CHRISTOPHE LAMBERT ET SAM VANSTEEN

VIRUS 57

SYROS

Soon

Une collection dirigée par Denis Guiot

ISBN : 978-2-74-851465-0

25, avenue Pierre-de-Coubertin, 75013 Paris

PROLOGUE

Haïti, 1998

La grotte s'ouvrait sur un chaos de rochers et de débris végétaux.

– Eh bien, allons-y, dit le jeune homme qui ouvrait la marche.

Petit, carré, il avait la peau couleur café, les cheveux noirs et les yeux un peu bridés. C'était difficile de lui donner un âge. Vingt-cinq ans? Trente-cinq? En tout cas, il paraissait plus mûr que le garçon placé derrière lui, un Américain de vingt ans maximum, athlétique et souriant. Le guide avait attaché à sa ceinture un sac contenant un marteau, des pitons, des mousquetons, sans oublier trente mètres de câble en nylon. L'Américain transportait une boîte étanche renfermant des instruments et des provisions. Ils avaient tous les deux amené une bouteille d'air comprimé ainsi qu'une combinaison pliée dans leur sac à dos.

– Combien de siphons à passer avant d'arriver au lac? demanda l'Américain.

– Deux. Tu vas y arriver, Gary?

– Oui, ça va aller.

Ils pénétrèrent dans la grotte.

Au fur et à mesure qu'ils s'aventuraient en profondeur, le sol devenait moins accidenté. La lumière du jour faiblissait graduellement. L'Haïtien alluma sa lampe frontale et son compagnon fit de même. Ils parvinrent à un puits qui plongeait droit dans les ténèbres. On n'en voyait pas le fond.

– Il fait vingt mètres, annonça le guide en déroulant sa corde. Tu vas passer en premier.

Gary Zaboly déglutit, moyennement rassuré. L'Haïtien planta un piton dans la roche dure et s'assura de la solidité de la prise pendant que le touriste vérifiait son équipement.

– Tu es prêt?

– Oui.

Assis sur le bord de la fosse, Gary laissait ses jambes ballotter dans le vide. Agrippant la corde des deux mains, il se retourna et le trou avala une bonne partie de son corps.

La descente en rappel commença.

On n'entendait que les chaussures du spéléologue amateur en train de rebondir sur la paroi, le sifflement du nylon dans les mousquetons, pareil à un bruit feutré de fermeture Éclair, et aussi de l'eau qui tombait goutte à goutte quelque part au cœur de la nuit éternelle.

Tout à coup, un bruit nouveau traversa le puits de haut en bas.

– C'est quoi?

– Des chauves-souris!

Elles se laissaient tomber en piqué, une par une, puis elles déployaient leurs ailes juste avant de toucher le sol.

Gary ne paniqua pas et continua ses mouvements de balancier entrecoupés de brefs repos. Une minute plus tard, il atteignit une grande salle avec un plafond en ogive. Il regarda vers le haut et vit la bouche du puits, un cercle gris au milieu d'un fond noir.

– C'est bon, j'y suis, dit-il.

– Pousse-toi, j'arrive!

Une luciole apparut dans le cercle.

La descente du guide fut beaucoup plus rapide.

– Tu t'en es bien sorti, sourit ce dernier en donnant une tape sur l'épaule de Gary.

Le jeune homme ne répondit pas. Fasciné, il laissait son regard explorer la nouvelle salle. Ce monde d'une incroyable étrangeté se déployait autour des deux jeunes gens. La lumière des lampes frontales arrachait aux ténèbres de singulières couleurs pâles, inconnues à l'air libre. Les stalactites sculptées par l'écoulement de l'eau pendaient des voûtes. Les stalagmites se dressaient, telles des chandelles minérales. Ici, tout paraissait tranquille. Et mort. Certaines concrétions avaient des formes vaguement familières un peu inquiétantes, comme cette espèce de pierre évoquant un crapaud.

La pierre bougea.

– Tu as vu ça? hoqueta l'Américain.

Il s'agissait bien d'un batracien... mais aussi gros qu'un chat adulte.

Corps bouffi, tendineux. Peau verruqueuse.

– C'est quoi, cette bestiole?

Le guide haussa les épaules:

– Sais pas trop... On trouve des choses bizarres sous terre. Mais il n'a pas l'air bien méchant.

L'animal observait les intrus de ses petits yeux aux éclats vitreux. Ces organes ressemblant à des billes de gélatine paraissaient posés de part et d'autre de son crâne.

Gary s'approcha.

– Gentil petit... Faut que je le prenne en photo...

Soudain, la gorge du crapaud se gonfla et il cracha un jet gluant et verdâtre droit devant lui. Le jeune homme eut un mouvement de recul mais trop tard: le liquide immonde l'avait touché en pleine figure!

– Aaah!!!

Ses yeux le brûlaient. Plus il se frottait les paupières, plus la douleur augmentait. C'était comme si on lui enfonçait des aiguilles dans la cornée.

– Putain, je crois que j'en ai avalé, en plus!

Il toussa et cracha en tombant à genoux.

– Attends, dit le guide.

Il dévissa le bouchon de sa gourde et aspergea généreusement les yeux de Gary.

– Ça va mieux?

– Oui, je... je crois... Je vois à nouveau...

Puis il prit la gourde, fit rouler l'eau dans sa bouche et recracha tout ce qu'il put.

– Si la bave de cette saleté est venimeuse, je suis mal !

– Si c'était venimeux, tu serais aveugle pour de bon.

– Ouais, sûrement...

Gary se calma. Le guide imbiba un mouchoir propre et lui massa les paupières. Quand il les rouvrit, sa vision avait recouvré toute son acuité.

– Lève-toi, dit l'Haïtien.

Gary obéit.

– Pas de vertiges, de maux de ventre, de nausées ?

– Non, rien de tout ça.

Mais il avait le teint cireux.

– Tu veux qu'on fasse demi-tour ?

– Non, non, je suis OK, je t'assure. Laisse-moi juste une ou deux minutes, le temps de me ressaisir.

On entendit un coassement moqueur et ils cherchèrent le crapaud dans le noir, le faisceau de leur frontale balayant l'air immobile. Rien. Aucune trace de l'animal.

– Tu es sûr que ça va ? insista le guide.

– Oui. Hors de question de renoncer maintenant. J'ai très envie de voir ce lac souterrain dont tu m'as parlé.

– Bien... Dans ce cas, on continue.

L'Américain sourit. Il n'avait plus du tout mal aux yeux.

– On a peut-être découvert une nouvelle espèce de batracien, tu te rends compte ? fit-il.

– Le « crapaud Gary » ! plaisanta le guide. C'est vrai que j'ai noté un certain air de famille entre vous deux.

– Crétin, répliqua l'autre en donnant un coup de coude amical à son compagnon.

Ils se remirent en marche.

Tapi dans une poche de ténèbres opaques, le gros crapaud regarda ces deux lucioles qui s'éloignaient, dansant dans le noir avant de s'y dissoudre. Sa gorge se gonflait comme une baudruche à intervalles réguliers. Ses yeux globuleux restaient fixes, sans expression.

Il attendit un long moment, puis il disparut à son tour en poussant un cri rauque.

CHAPITRE

1

Vingt ans plus tard : non loin des côtes du sud de la Californie

— J'en ai un ! cria Wade. Et c'est un gros !

Le garçon était doté d'un physique de joueur de football américain élevé au maïs : sain, costaud, les dents blanches... Un physique de cet acabit aurait pu l'aider à décrocher une bourse, mais il n'avait pas besoin d'argent. Wade Dillon était issu d'une famille pleine aux as. Papa avocat, tonton écrivain à succès... Wade se tenait à l'arrière de l'*Orca*, le yacht de son oncle, les jambes légèrement pliées, cramponné comme si sa vie en dépendait à la grande canne dont il avait planté le pommeau dans un socle pivotant.

– Laisse filer, dit l'oncle Dan, posté au-dessus de la cabine, les deux mains sur la roue du gouvernail.

Il jeta un œil à son neveu, à la ligne qui se tendait de biais alors que le fil se dévidait à toute vitesse, puis il revint à Wade.

– Assieds-toi, lui conseilla-t-il.

Un vieux barbu sortait à cet instant de la cabine, juste sous le pilote, avec une glacière pendue au bras.

– Stumpy, tu vas sangler le petit, d'accord?

– Oui, m'sieur Attias.

Stumpy était l'homme à tout faire de Dan Attias. Il lui servait (dans le désordre) de majordome, cuistot, jardinier, souffre-douleur...

L'ado prit place sur le siège de pêche et le vieux l'attacha.

– Bon sang, il est costaud, celui-là, dit Wade. Sûrement un espadon!

– C'est possible, acquiesça Stumpy.

– Je le ferre?

– Pas encore. Laisse-lui du jeu.

– Oui, attends, confirma l'oncle Dan.

– Mais il file drôlement vite, grogna Wade.

– Fais ce que dit Stumpy. Il s'y connaît en gros poissons.

Stumpy mit une main sur l'épaule de Wade.

– Si tu ferres l'animal trop sec, il va se déchirer la joue et filer. Tu n'as pas envie de ça, hein?

– Oh non, reconnut Wade.

L'oncle Dan fit pivoter la roue d'un quart de tour et le navire se repositionna doucement à mesure que le poisson décrivait un arc de cercle.

– Qu'est-ce qui se passe? lança une voix féminine depuis la proue du yacht.

C'était Laura, la petite amie de Dan Attias. Ils s'étaient rencontrés sur un tournage. Laura était actrice et avait joué dans la dernière adaptation en date de l'un des romans de l'écrivain. Un film d'horreur: *Les dents de la forêt*. Laura se faisait manger par le monstre (un loup-garou) avant la fin de l'histoire. Il ne s'agissait pas d'un rôle très important mais, avec son physique de jeune première bien carrossée, l'actrice avait tapé dans l'œil d'Attias. Il y avait deux autres personnes en train de faire bronzette à l'avant du bateau: les Barton, un couple d'amis invités par le romancier.

– Wade a attrapé un énorme fils de garce! cria Stumpy. Enfin, excusez mon langage, mam'zelle!

Laura et les Barton déboulèrent, tout excités.

– C'est vrai, Wade? demanda Laura.

– Je ne l'ai pas encore attrapé, répondit le garçon avec un sourire stressé. Je vais essayer de le fatiguer un peu avant de le remonter.

– Oui, c'est ça qu'il faut faire, approuva Stumpy.

Wade transpirait, les muscles bandés, crispé sur le manche de la canne qui se tordait de plus en plus. Le soleil était à son zénith et la mer était calme, extraordinairement plane. On aurait dit une immense surface de gélatine bleutée sur laquelle la lumière se réfractait en flashes scintillants.

Geena Barton brandit son téléphone:

– Il faut que je filme ça, dit-elle.

– Attends au moins qu'il ait sorti le poisson, fit son mari. Ta carte mémoire est presque pleine.

– Tu as chaud, mon gars? demanda Stumpy.

– Oui, dit Wade.

– Stumpy, mets-lui une casquette et fais-le boire! lança Dan Attias depuis le poste de pilotage. Un poisson comme ça, il faut des heures pour en venir à bout.

– Ah, tu vois, dit Randy Barton en donnant un coup de coude à sa femme. Ce n'est pas la peine de filmer tout de suite.

– Tu vas tenir, Wade? s'enquit Laura.

– Oui, je crois, répondit l'ado. Je veux voir à quoi il ressemble, ce bestiau! Je l'imagine pesant plusieurs centaines de kilos. Tu crois que c'est possible, Stumpy?

– C'est possible.

Wade était ravi. Cette partie de pêche, il en rêvait depuis des mois. Son oncle avait promis de l'emmener, mais ses parents renâclaient. Ils n'avaient pas trop confiance en l'écrivain. Attias était l'original de la famille. Artiste, rocker, libertaire (et libertin!), il paraissait en tous points l'opposé de sa sœur, la mère de Wade. Cette dernière, parfaite petite *desperate housewife* de la banlieue riche de Newark, virait de plus en plus à droite à mesure qu'elle vieillissait.

Comment deux enfants conçus et élevés par les mêmes parents peuvent-ils être aussi différents? se demandait souvent Wade.

Oncle Dan s'était bagarré pied à pied avec les Dillon pour tenir la promesse faite à son neveu.

– Je pêche au large de San Diego depuis des années et je n'ai jamais eu un seul pépin! avait-il rétorqué aux parents craintifs. Que voulez-vous qu'il arrive?

Wade s'était mêlé aux négociations et avait promis de faire une super-année scolaire si on le laissait partir quelques jours en mer, à la fin du mois d'août. Apparemment, ce dernier argument avait eu raison des ultimes réticences des Dillon.

Va falloir que j'assure au bahut, maintenant... Un deal est un deal...

Mais on n'en était pas encore là. Wade profitait pleinement du moment présent.

– Bon sang, il est coriace, dit-il, à la fois euphorique et tendu. Oncle Dan, si l'action se passait dans l'un de tes romans, ça pourrait être un requin géant ou un monstre à tentacules, hein ?

– Oui, ça pourrait, acquiesça l'adulte avec un sourire.

Dan Attias souriait beaucoup. Un vrai sourire, intense, fort, les yeux plissés. On le sentait habité par la passion. C'était le genre d'homme non conventionnel qu'un ado de quinze ans aurait pu suivre n'importe où.

– Si tu l'attrapes, j'écrirai une nouvelle spécialement pour toi, petit, dit-il. Je l'appellerai *Le Jeune Homme et la Mer* !

– Chiche ! rigola Wade.

Laura applaudit des deux mains :

– Oh oui, ce serait formidable ! Tu veux que je te masse les épaules, Wade ? Tu es tout crispé ?

– Je veux bien de l'eau. Je crève de chaud.

Stumpy fit boire le garçon, puis il lui mit une casquette sur la tête et une serviette humide sur la nuque.

– Les coups de soleil entre les épaules, c'est ce qu'il y a de pire, dit-il. Tu vas pouvoir le ferrer, maintenant. On dirait qu'il ralentit... Le vrai combat va démarrer.

– Et une fois que je l'aurai ferré ?

– Tu remontes la canne en tirant fort, puis tu la baisses lentement en rembobinant très vite. Et tu recommences. C'est comme ça que tu vas progressivement regagner tout le fil qu'il t'a pris. C'est épuisant, je te préviens.

– Je pense que je vais y arriver. Ce poisson ne me fait pas peur.

– Je suis fier de toi, Wade, rigola Stumpy.

– On peut faire quelque chose? demanda Randy Barton.

– Non, c'est une affaire privée entre Wade et ce poisson, répondit le vieux. Il n'y a rien à faire à part prendre garde à ce que le petit ne se déshydrate pas.

Geena Barton commençait à trouver le temps long. Elle se mit à filmer le duel en dépit des remontrances de son mari qui ne cessait de lui répéter:

– Attends qu'on voie le poisson, au moins!

Wade stoppa le moulinet. Son adversaire donna une brusque poussée: le choc le projeta en avant et les sangles mordirent ses épaules.

– Hé, ça va? s'inquiéta Dan Attias.

– Ouais, grimaça son neveu.

La ligne bougea, tendue à l'extrême, jusqu'à former un angle droit avec le niveau de l'eau.

– Il essaie de passer sous le bateau, commenta Stumpy.

L'écrivain fit avancer l'*Orca*, moteur au ralenti.

– C'est un malin, dit-il. Mais nous aussi on est malins, hein, Wade?

Le garçon ne répondit pas. Il était soudain pris d'un léger vertige.

Sans doute le soleil, pensa-t-il, tous les muscles de son visage contractés.

La sueur collait son tee-shirt sur son dos. La chaleur était accablante. Aucune brise marine ne soufflait.

– Tu es tout pâlichon, remarqua Stumpy. Tu te sens bien, gamin?

– J'ai soif, articula péniblement Wade.

Stumpy tendit sa gourde à l'ado, mais ce dernier ne parvenait plus à bouger. Même ses paupières semblaient bloquées. Il gémit et essaya d'avaler sa salive. Impossible de déglutir. Quand il y parvint enfin, après plusieurs essais, sa trachée et sa poitrine le brûlèrent. Son visage se tordit comme s'il venait d'encaisser un coup de poing vicieux.

– Tu as une crampe? demanda Stumpy.

Mais, qu'est-ce... et ce goût dans ma bouche, eurk? J'ai envie de vomir et j'y arrive pas. Oh, ma tête...

– Allez, bois! ordonna Stumpy, un fond de peur dans la voix.

– Qu'est-ce qui se passe? lança Dan Attias.

– On dirait que Wade va avoir un malaise, répondit sa petite amie.

Les Barton étaient effrayés à présent, eux aussi.

– Il faut détacher ce garçon, dit Randy Barton. Tant pis pour le poisson, on s'en fiche!

Wade piqua du nez. Stumpy lui prit le visage et lui donna de petites gifles:

– Hé, Wade, reste avec nous...

Dan Attias s'adressa au couple d'amis d'une voix autoritaire:

– Randy, Geena! On a une trousse de premiers secours dans la cabine!

– Tout de suite, Dan.

Ils se précipitèrent pendant que Laura aidait Stumpy à sortir l'ado du fauteuil dans lequel il était sanglé.

Oncle Dan... Pourquoi la lumière s'éteint? Où est le soleil? J'ai froid, ça brûle, lâchez-moi, lâchez-moi...

Wade tremblait comme s'il grelottait. Il hurlait de l'intérieur mais aucun son ne sortait de sa bouche, et ses yeux étaient révulsés. Des bruits sourds montaient de son estomac...

– Respire, supplia Laura, des larmes dans les yeux.

Et cette barre dans ma poitrine... Mais qu'est-ce que c'est? Je n'en peux plus... Ma tête pèse des tonnes. Il fait si noir d'un seul coup.

Stumpy allongea le garçon sur le dos. Ce dernier convulsait. Dan Attias lâcha le gouvernail et sauta sur le pont:

– Wade! Qu'est-ce qu'il t'arrive, bon Dieu?!

Wade agonisait et était incapable d'articuler la moindre réponse.

Une boule de feu lui traversa l'œsophage à une vitesse ahurissante. Il eut un hoquet, puis sa bouche projeta un geyser de sang noir sur Stumpy.

Je suis fatigué, si fatigué, vidé.

NOIR.

L'ombre de l'hélicoptère (un gros modèle H-3, la norme pour les garde-côtes) glissait sur les flots, précédée par le bruit assourdissant des rotors.

L'unité de sauvetage basée à San Diego avait reçu le message de détresse envoyé par l'*Orca* vingt minutes plus tôt. Après une rapide réunion à l'Operation Dispatch Center, les nageurs-sauveteurs avaient couru enfiler leur combinaison, puis ils étaient montés dans l'hélico. Une fois le plein fait et l'équipement chargé, le H-3 avait décollé et mis aussitôt le cap en direction de la position communiquée par la personne qui avait envoyé le SOS.

– Il paraît que ce bateau appartient à un écrivain, dit l'un des garde-côtes au collègue assis à côté de lui.

– Si c'est le cas, on est bons pour faire la une du *San Diego Chronicles*, mon pote !

À l'intérieur de l'appareil, l'ambiance était décontractée. Il en fallait beaucoup pour stresser ces hommes. Ils avaient subi l'un des entraînements les plus rudes du monde (plongée, saut, chute libre...) et se sentaient prêts à faire face à n'importe quelle situation. Des militaires aussi chevronnés que les Navy Seals ou les Bérets verts les respectaient et les considéraient comme leurs égaux.

– On arrive, annonça le pilote dans l'intercom.

Il inclina légèrement son appareil sur le flanc en virant de bord. Les sauveteurs postés à l'arrière firent coulisser la porte latérale pour glisser leurs pieds sur les patins. L'un de ces hommes était sanglé à une corde reliée à un treuil électrique.

– On dirait que les moteurs du yacht sont coupés, dit ce sauveteur en indiquant le petit point blanc et brillant qui voguait à la dérive.

Son compagnon acquiesça.

Le point blanc grossissait. Il y avait des corps étendus sur le pont, et ces corps ne bougeaient pas.

– Ils sont six... Deux femmes et quatre hommes...

– Tu crois qu'ils sont... ?

– J'en ai bien peur.

Le sauveteur qui venait de parler attrapa sa paire de jumelles.

– Nom de Dieu, lâcha-t-il après quelques instants. Il y a du sang partout...

– Ils se seraient entretués?

– C'est pas ce que suggèrent les positions des cadavres... Ils ont l'air... tordus de douleur. La plupart sont en position fœtale.

Les deux hommes frissonnèrent. Le pilote lança:

– Le gars qui a envoyé le SOS... Il n'a pas parlé d'une maladie ou de quelque chose dans le genre?

– C'est possible, répondit le garde-côtes le plus proche de lui. Mais ses propos étaient incohérents. On ne comprenait qu'un mot sur deux... Stabilise-nous à la verticale du bateau.

– OK.

L'hélico se positionna en vol stationnaire, pile au-dessus du yacht de Dan Attias. Le sauveteur harnaché se laissa tomber dans le vide, et la corde reliée au treuil se mit à se dévider rapidement.

Au bout de dix secondes, l'homme cria:

– Remontez-moi, remontez-moi!

Il n'avait même pas posé un pied sur le pont. Son camarade obéit.

– Qu'est-ce que tu as? questionna-t-il, à la fois effrayé et surpris par la terreur qu'il lisait dans les yeux de l'autre.

– C'est pas normal, tout ce sang... Il est noir. Et les flaques se trouvent autour de la bouche des victimes. Ces pauvres gens ont vomi du sang noir avant de mourir... Tout ça, c'est pas pour nous. Il faut appeler les gars du CDC.

– Tu es sûr qu'ils sont tous morts, en bas? demanda le pilote.

– Non. Mais le risque de contamination est trop grand. Tu connais la procédure: on n'a pas de combinaison intégrale. Cette affaire dépasse nos compétences. On doit passer la main.

Le pilote hocha la tête, la mort dans l'âme. CDC signifiait Center of Diseases Control: le Centre de contrôle des maladies. Autrement dit, les scaphandriers jaunes. Quand on voyait ces derniers apparaître quelque part, c'était généralement très, très mauvais signe.

– J'alerte les autorités sanitaires, soupira le pilote.

CHAPITRE

2

Tommy Bannister descendit de voiture et observa le spectacle.

– Quel cirque ! lâcha-t-il, laconique.

« Cirque » était bien le mot. L'écran d'étanchéité qui recouvrait la maison située au 21 Elm Street ressemblait à un chapiteau. Des tuyaux dépassaient de cette grande tente blanche, reliés à divers appareils tels que des purificateurs d'air ou des groupes électrogènes. La police avait établi un cordon de sécurité pour tenir les curieux à distance. Des hommes en uniforme ou en civil s'affairaient dans tous les sens, au milieu des véhicules aux gyrophares tournants et des ambulances gorgées d'équipements médicaux dernier cri.

Une journaliste qui était parvenue à se faufiler dans la zone sécurisée s'approcha de Bannister. Elle avait vingt-cinq ou trente ans, une chevelure blonde nouée en chignon et une webcam miniature couplée à ses grosses lunettes roses.

– Monsieur Bannister, en tant que directeur adjoint du CDC, pouvez-vous nous dire quelle sorte de danger...?

– Pas de déclaration.

Le Center of Diseases Control était une véritable institution à Atlanta. On y traitait les menaces bactériologiques émanant de tout le territoire, qu'elles soient d'origine naturelle ou terroriste.

La jolie blonde n'eut pas le loisir de cuisiner sa proie davantage : deux flics lui sautèrent dessus et l'entraînèrent à l'écart pendant qu'elle se perdait en vaines protestations où les mots «liberté» et «presse» revenaient tout le temps.

S'il avait eu l'autorisation de parler aux journalistes, Bannister aurait répondu quelque chose comme :

– Le charmant monsieur au crâne rasé qui habitait dans cette maison changée en paquet-cadeau géant s'appelle Ned Hutchmacher. C'est un militant néonazi notoire. La semaine dernière, il a fait toutes les quincailleries de la ville en demandant aux vendeurs comment se procurer du dichlorure de méthylphosphonyl. Un vendeur un peu plus futé que les autres a eu la bonne idée de prévenir la police qui a prévenu le FBI qui a prévenu le CDC. Il se trouve que le dichlorure en question entre dans la composition d'une substance inodore, incolore et volatile appelée le sarin. Oui, oui, il s'agit du même gaz qui a provoqué douze morts dans le métro de Tokyo en 1995, vous avez gagné le droit de revenir en deuxième semaine ! Les autorités ont donc appréhendé et interrogé monsieur Hutchmacher qui nous a «fort gentiment» avoué qu'il avait l'intention de reproduire le sinistre exploit de la secte Aum, dans le métro d'Atlanta cette fois, pour, je cite, « purger notre cité de la vermine nègre, latino et juive qui l'infeste ». Un programme qui a au moins le mérite d'être clair. Voilà pourquoi nous sommes réunis ici, en cette belle journée ensoleillée. Pour voir à quel point notre petit chimiste nazi était doué... Ou pas.

Toutes ces informations seraient rendues publiques une fois l'affaire classée. En attendant, la consigne était stricte : éviter la panique, donc zéro communication aux médias. Accomplir le boulot sous le regard de dizaines de badauds était déjà assez compliqué comme ça.

Un beau Noir longiligne au front d'intellectuel accourut vers Bannister à petites foulées. C'était Greg Johnson, l'assistant du directeur adjoint.

– Heureux de vous voir, *boss*, dit-il.

– Tu as apporté ma combinaison ? questionna Bannister.

– Bien sûr.

Johnson adressa un signe de la main à une jeune femme, et celle-ci rejoignit aussitôt les deux hommes. Elle tenait dans les bras une combinaison de protection si petite qu'elle aurait pu convenir à un enfant, sauf que, bien sûr, aucun enfant ne travaillait au CDC.

– Merci, dit Bannister.

Il enfila la combi jaune sans problème. Il mesurait 1 m 35.

Avant d'atteindre la zone d'isolement maximal, Bannister devait passer par un camion spécial qui faisait office de sas. Il ouvrit la fermeture à glissière d'une porte en plastique et pénétra dans un long couloir menant directement au garage de Ned Hutchmacher. Le couloir évoquait une sorte de gros intestin en toile souple. Avec le bruit de sa respiration confinée dans son masque, Bannister avait l'impression d'être Dark Vador, plus exactement une version réduite de Vador. Le portail en métal du garage n'était qu'à moitié relevé, mais le petit homme n'eut pas besoin de se baisser pour entrer. Il marqua un temps d'arrêt et balaya l'endroit d'un regard panoramique. On ne voyait pas de voiture ici, ni même de moto, mais par contre la lumière d'un néon maladif éclairait une paillasse à carreaux blancs, des becs Bunsen, des cornues et autres tubes à essai... Il y avait même des sacs d'engrais et de pesticides entassés dans un coin.

Bannister se mit en devoir d'examiner le labo amateur avec minutie.

Au bout d'un quart d'heure, il comprit que tout danger était écarté. Les produits toxiques n'avaient pas encore été mélangés. Bannister poussa un long soupir de soulagement puis s'aventura dans la maison que des hommes du FBI (en combinaison jaune, eux aussi) passaient au peigne fin, relevant les empreintes et inventoriant tout ce qui ressemblait de près ou de loin à une pièce à conviction. Bannister jeta un coup d'œil rapide à la tranche des livres alignés dans la bibliothèque de Ned Hutchmacher. Les titres des ouvrages étaient éloquents : *IIIe Reich et suprématie raciale*, *Mein Kampf*, *Manuel des armes à feu*, *Petit livre de cuisine à l'usage des anarchistes*, *Mon fusil et moi*...

– Vous avez déniché quelque chose ? demanda Bannister au plus haut gradé présent sur les lieux.

– Un revolver, deux fusils automatiques, des tracts de propagande glanés sur le Web...

– Pas de bombe? de détonateur?

– Non.

– Très bien.

Bannister repassa dans le camion, le sas de décontamination, puis il enleva sa combinaison et sortit à l'air libre.

– Alors? s'enquit Johnson.

– On remballe. C'est bon.

– Tant mieux, parce qu'on a une autre alerte sur les bras.

– Hein?

– Ouais, ça vient de tomber. Une maladie bizarre. Un truc fulgurant.

Bannister secoua la tête en grommelant :

– Moi qui comptais aller faire un golf.

– Vous êtes nul au golf, *boss*.

– C'est bien pour cette raison que je dois m'entraîner.

Johnson connaissait son patron par cœur. Il savait que celui-ci cultivait une espèce d'humour cynique et pince-sans-rire, surprenant au premier abord mais auquel on finissait par s'accommoder.

Les deux hommes montèrent en voiture et filèrent dare-dare vers les locaux du CDC.

Le centre se présentait sous la forme d'un élégant bâtiment où le verre et le métal se mariaient harmonieusement.

Bannister et Johnson rendirent à peine son salut à la sentinelle de garde à l'entrée, puis ils foncèrent au quatrième étage, où se trouvait un nouveau point de contrôle. Bannister glissa sa carte dans le lecteur. L'écran dans le mur afficha son nom tandis qu'une voix synthétique lançait :

– *Identification vocale requise.*

– Identification, mon cul!

La patience n'était pas la qualité principale de Tommy Bannister, et cette procédure l'agaçait au plus haut point, en particulier quand une affaire urgente l'attendait de l'autre côté de la porte en verre blindé.

Une fois l'empreinte vocale validée, la voix synthétique se fendit du protocolaire *Merci de votre collaboration, monsieur Bannister*, puis la porte s'ouvrit et le duo remonta un interminable couloir avant de s'engouffrer dans le bureau du directeur adjoint. Celui-ci s'assit sur son siège à hauteur réglable. Un mur composé d'une mosaïque d'écrans s'alluma face à lui. Sur l'un d'eux, on voyait une jeune femme au visage sévère vêtue d'une combinaison de protection standard.

– Salut, Anne, dit Bannister.

Anne Lovas était l'analyste du CDC détachée en Californie. Diplômée de l'institut John Hopkins, elle avait déjà montré son professionnalisme et son sang-froid durant des situations de crise, la plus récente étant l'épidémie d'anthrax de 2016. Aussi Bannister n'aima pas l'expression d'angoisse aiguë qui déformait les traits de sa collègue derrière son masque de plexiglas.

– *Salut, Tom. On voulait vous attendre pour l'autopsie*, dit Anne Lovas.

Derrière elle, on distinguait clairement un corps d'ado allongé sur une table d'opération.

– Vous avez bien fait, acquiesça Bannister. Quel est le topo, Anne?

– Wade Dillon. Quinze ans. Il a eu un malaise subit et a commencé à vomir du sang noir à 11 h 30, en pleine partie de pêche, sur le yacht de son oncle. Il y avait cinq autres personnes à bord. Elles sont toutes mortes. L'une de nos équipes a rapatrié les corps à San Diego en prenant toutes les précautions nécessaires.

– On est sûr que c'est le gamin qui a été malade le premier?

– C'est ce que son oncle a dit quand il a alerté les garde-côtes par radio.

Bannister regarda Johnson, qui prenait des notes, puis ses yeux revinrent vers les écrans.

– Empoisonnement? demanda-t-il. Ces six personnes avaient peut-être mangé le même lot de conserves pourries la veille?

– Je ne sais pas. On se renseigne. J'ai peur que cela ne soit viral et que le virus ne se transmette par les voies aériennes ou le contact, comme la grippe.

– Merde.

Bannister jeta de nouveau un regard en biais à son assistant. Ce dernier avait arrêté d'écrire et semblait aussi inquiet que lui. Un malaise, du sang noir et une période d'incubation quasiment réduite à néant... Ni l'un ni l'autre n'avaient jamais entendu parler d'une chose pareille, et pourtant ils croyaient connaître toutes les maladies de la Création!

– On a de la chance dans notre malheur, soupira Anne Lovas. *D'après la météo, le vent soufflait vers l'ouest, donc d'ici à ce qu'ils atteignent le Japon, les éventuels germes ont largement le temps de se dissiper dans l'air. S'il s'agit bien*

d'un virus et si la même chose s'était produite dans une ville, je n'ose pas imaginer ce qui aurait pu...

– Ouais, pas besoin de me faire un dessin... Vous pouvez procéder, Anne.

Bannister se cala plus profondément dans son siège pendant que sa collègue s'emparait d'un scalpel. Elle montra une seconde silhouette en combinaison, debout à côté d'elle.

– *Voici le docteur Brody, qui va m'assister.*

Bannister hocha la tête et dit :

– Allez-y.

Anne Lovas pratiqua la première incision, de la poitrine à l'os pubien. Un sang épais et noir apparut, qui coula sur la table en acier, avant de tomber dans des rigoles prévues à cet effet.

Bannister se raidit, la colonne vertébrale parcourue d'un mauvais frisson. Il avait soudain très froid, mais l'air conditionné n'était pour rien dans cette impression.

Une fois que la jeune femme eut ouvert la poitrine de Wade Dillon, coupant à travers le muscle puis écartant les côtes, les dégâts causés par la maladie apparurent dans toute leur horreur : les poumons ressemblaient à deux éponges goudronneuses, comme si le gamin avait fumé dix paquets de clopes par jour pendant dix ans.

– *Mon Dieu*, souffla Anne Lovas.

– Qu'est-ce que c'est que ce truc ? hoqueta Bannister.

En temps normal, il avait le cœur bien accroché, mais là, il y avait de quoi être vraiment épouvanté. Il essaya néanmoins de garder son calme, triant et enregistrant les données à mesure qu'elles lui parvenaient.

– Anne, dit-il, vous allez faire des prélèvements et me les envoyer le plus rapidement possible, d'accord?

– *D'accord.*

– Je vous recontacte dès qu'on aura procédé aux premières analyses.

On va y arriver, se dit Bannister. *Grâce aux prélèvements, on va trouver un moyen de combattre cette saloperie si jamais d'autres cas se déclarent. Inutile de flipper.*

Mais il ne pouvait quitter des yeux le gouffre noir qu'était devenue la cage thoracique du pauvre Wade Dillon.

CHAPITRE 3

Virgil Connor avait mis une semaine à contourner les *firewalls* préliminaires qui protégeaient le serveur du Pentagone, le fameux quartier général du département de la Défense, et maintenant les choses sérieuses commençaient !

Virgil s'était attelé depuis plusieurs heures à l'étude d'un code comprenant des centaines de milliers de lignes. Ses bécanes tournaient à plein régime, moulinant de la mémoire vive et des calculs trop compliqués pour Einstein lui-même. C'était la partie la plus laborieuse du processus. L'adolescent avait réussi à se connecter sur la machine d'un bureaucrate de la CIA. Les chiffres qui défilaient sous ses yeux lourds de fatigue représentaient les codes ASCII identifiant les touches actionnées par le fonctionnaire sur son clavier. Il fallait que Virgil isole les combinaisons directement liées aux procédures de sécurité, et le tour serait joué !

Plus facile à dire qu'à faire.

– Pfff, ça rame...

Virgil émit un grognement de frustration, s'étira, puis, les mains derrière le crâne, bascula sa tête en arrière pour faire craquer ses cervicales douloureuses. Son regard se posa sur le rectangle de papier collé au plafond. Une phrase était imprimée dessus :

Pendant que tu bayes aux corneilles, le gouvernement complote !

Même si une bonne partie de la chambre ressemblait au capharnaüm standard de l'ado occidental féru d'informatique, on aurait eu tort de résumer Virgil Connor à un simple *geek*. Il était bien plus que cela. Des dizaines de photos, de couvertures de magazines ou d'extraits d'articles décoraient les murs, formant une étrange tapisserie dans laquelle George W. Bush côtoyait Ben Laden, Mark Chapman (l'assassin de Lennon), Kennedy, Edgar Hoover, le mythique patron du FBI, et bien d'autres célébrités encore... Des fils de tissu rouge, noir ou vert reliaient certains clichés entre eux. On aurait dit une toile fabriquée par une araignée écossaise. Virgil était la seule personne au monde capable de comprendre le sens caché derrière ce patchwork délirant. Ses parents avaient renoncé. Ses copains avaient renoncé. D'ailleurs, il s'était brouillé avec la plupart d'entre eux. Les ânes ! Ils croyaient encore que l'attentat du World Trade Center était une « simple » attaque terroriste. Virgil leur avait pourtant montré les images au ralenti : des petites charges explosives se déclenchaient juste avant l'effondrement des tours jumelles, c'était flagrant ! Il leur avait également montré les rapports des experts : la chaleur du carburant en feu n'avait pas pu faire fondre la superstructure des bâtiments ! Et, comme par hasard, il y avait cet immeuble à première vue insignifiant, qui avait été soufflé par l'onde de choc, à la périphérie de *ground zero*... sauf que l'immeuble en question cachait en son sein les archives gênantes de la CIA !

Malgré cette avalanche de preuves, les contribuables américains continuaient de gober la version officielle, sans chercher à voir plus loin que le bout de leur nez !

– Virgil !

Son père ne prenait jamais la peine de venir frapper à la porte. Il se contentait de crier en restant en bas de l'escalier.

– Le dîner est prêt !

– Pas tout de suite, p'a...

« P'a »... Virgil ravala un soupir acide. Jack Connor n'était même pas son vrai père. *Procréation assistée.* C'était le terme exact inscrit au bas d'un papelard sur lequel il était tombé par hasard, en aidant ses parents à classer des documents administratifs juste avant leur dernier déménagement, deux ans plus tôt. Virgil avait alors quatorze ans. Une faille de la taille du Grand Canyon s'était ouverte sous ses pieds, et sa vision du monde s'était alors radicalement modifiée.

Grâce à ses talents de *hacker*, le garçon avait retrouvé sans difficulté l'identité de son père génétique : un petit tour dans les archives de la clinique, un petit tour dans les dossiers de la banque de sperme et, hop, roulements de tambour, *the winner is*... Gary Zaboly. Un toubib originaire de Seattle. « Papa Zaboly » avait sacrément voyagé dans sa jeunesse, et c'était un fou de spéléologie. Une rubrique du dossier s'intitulait *Quelles sont vos motivations ?* Zaboly avait répondu : *Je veux aller au-delà du don du sang. J'ai fait beaucoup de bénévolat, pour moi c'est un prolongement. Je veux venir en aide aux couples stériles et aux couples homosexuels à qui on met trop de bâtons dans les roues lors des procédures d'adoption.* Plus loin encore, Zaboly indiquait qu'il était lui-même gay et vivait avec son conjoint à Boston, où il terminait ses études de médecine.

Mon père génétique est GAY !?

Cette révélation avait profondément choqué Virgil. Révulsé, même. Il avait renoncé à essayer d'en apprendre davantage sur son géniteur, sans même parler de le rencontrer un jour...

Vous croyez que le monde est tel qu'il se présente ? Vous vous gourez ! Le monde ressemble à ces décors de western, avec des échafaudages qui soutiennent des façades bidon, et les gens que vous côtoyez sont des figurants qui jouent un rôle !

The Truman Show était devenu son film culte, et Philip K. Dick son auteur de référence.

Et puis il y avait cette blague. Il ne l'avait jamais complètement comprise, jusqu'à ce jour funeste où ses parents avaient été contraints de lui révéler leur honteux secret.

C'est l'histoire de deux gars, un peu poivrots sur les bords. Ils font une traversée en paquebot. Un soir qu'ils ont bien picolé, ils vont prendre le frais sur le pont-promenade. Le premier s'accoude au bastingage, regarde la mer et dit :

– Bon sang, tu as vu toute cette étendue d'eau ?

Et l'autre répond :

– Et encore, ce n'est que la surface !

Ouais, c'était tout à fait ça. 99 % des gens s'arrêtaient à la surface des choses. Leur vision glissait dessus, pareille à une goutte sur de la toile cirée. Mais, sous les flots tranquilles, il y avait des formes sombres qui nageaient en eaux troubles, des trucs horribles, des Léviathan, des pieuvres... C'était plus confortable de les ignorer, bien entendu. Confortable et lâche. Peut-être qu'un écrivain comme Lovecraft n'était pas cinglé, finalement? Il y avait dans son œuvre trop de choses pertinentes, de vérités profondes pour qu'on la circonscrive au seul champ de la littérature fantastique.

– Soit tu manges tout de suite, soit tu manges pas! cria Jack Connor.

– Alors, je mange pas, tant pis!

Le paternel de Virgil n'insista pas. Ses deux parents avaient démissionné. La chambre de leur rejeton était une espèce de donjon où le mutant de la famille (un animal bizarre au cerveau dérangé) vivait en reclus, caché aux yeux des gens respectables. Cette situation convenait tout à fait à Virgil. Il avait un boulot à accomplir et ne supportait pas d'être dérangé. Il aurait pu sortir pour draguer les filles à la piscine (il était pas mal, non, mieux que pas mal, vraiment beau, dans le genre brun ténébreux; et il était attiré par les filles, LUI) mais... il préférait rester planqué dans sa tanière et chasser des chimères.

Son ordi émit un trille flûté façon R2-D2; encore une coquetterie de *geek*. Ce signal voulait dire qu'il avait isolé la bonne série de lignes codées.

– Ouais! glapit Virgil, à nouveau complètement concentré sur l'écran.

Il double-cliqua. Une fenêtre s'ouvrit. L'adolescent naviguait dans un menu aussi complexe qu'un tableau de bord de 747 mais il était à l'aise, parfaitement dans son élément.

Il se faufilait dans le labyrinthe informatique. Il fallait faire vite ; net et sans bavures. Au moindre faux pas, des dizaines de cerbères électroniques se lanceraient à ses trousses. Ces vacheries étaient capables de remonter jusqu'à l'unité centrale espionne pour lui griller son disque dur en guise de représailles... Aussi Virgil avait-il le sentiment d'évoluer en terrain miné.

– *Keycheck: off, safety: off, sl: off...*

Ça prenait forme. Son cœur battait vite et fort.

– J'y suis presque.

Il ouvrit une nouvelle fenêtre. Elle était pleine de dossiers avec des noms bizarres.

– Hein?

Virgil avait la bouche pâteuse, tout à coup, et l'adrénaline lui fouettait le sang. Il n'aurait pas le temps d'ouvrir ces dossiers un par un. Ils étaient tous verrouillés comme des coffres de la réserve fédérale de Fort Knox, le jeune *hacker* n'en doutait pas. En revanche, il pouvait pirater un de ces bébés dodus et l'attaquer ensuite bien tranquillement « au chalumeau », une fois sorti de là.

Un dossier l'intriguait particulièrement. Il était intitulé *Some scary notte.*

– « Une note effrayante »?

Sauf que « note » était mal orthographié : un « t » en trop !

Sa curiosité piquée au vif, Virgil lança un programme de création d'anagrammes. Il obtint *Meye Castro s son* (« Meye fils de Castro »), *Tom s scar not yet* (« Pas encore la cicatrice de Tom », ça ne voulait rien dire !), *Mono scary teste* (là, c'était mal orthographié ET ça ne voulait rien dire !)...

Puis il lut *Too many secrets.*

– «Trop de secrets»!

Cette fois, il était persuadé d'avoir mis dans le mille. Il commença à télécharger le dossier. C'était du lourd.

– Allez, allez, dit-il à son ordinateur, comme si cet encouragement pouvait stimuler la machine.

32%. La barre témoin du téléchargement se remplissait avec une horripilante lenteur.

43%... 51 %...

– C'est pas le moment de mollir, soliloqua l'ado. On y croit!

65%... 70 %...

Virgil se mordillait l'intérieur de la joue.

82%... 89 %...

– Allez, putain!

95%... 100 % !

– OUAIIIS!!!

Virgil tapa du poing dans sa paume ouverte. Il avait gagné.

Il ferma toutes les fenêtres estampillées CIA.

Salut la compagnie, je tire ma révérence!

Le dossier *Some scary notte* apparut sur son bureau virtuel. Virgil fit craquer ses phalanges tel un pianiste sur le point de se lancer dans un morceau à l'exécution ardue.

Contre toute attente, le dossier s'ouvrit sans opposer de résistance... mais l'euphorie fut de courte durée!

– Et merde!

Le contenu de *Some scary notte* ressemblait à un fourmillement de pictogrammes, disons, mésopotamiens.

– Alors ça, c'est de l'encryptage de tout premier choix, ou je ne m'y connais pas, siffla Virgil entre ses dents.

Il essaya quelques tours de passe-passe de son cru. Sans succès.

– Là, on dirait que j'ai eu les yeux plus gros que le ventre.

Une seule personne pouvait le tirer de là : son pote Mel.

Mel Hondo n'était pas comme les autres. Mel le comprenait. Il était le rédacteur en chef d'un webzine appelé *Conspiracy Theory*. Tout un programme. Mel passait une bonne partie de son temps libre à éplucher les grilles de mots croisés dans la presse nationale, persuadé qu'il s'agissait là d'un moyen de communication codé employé aussi bien par la CIA que par le FBI.

Les deux *geeks* avaient fait connaissance via le forum de *Conspiracy Theory* : ils étaient sur la même longueur d'onde. Accessoirement, Mel (qui avait six ans de plus que Virgil) s'occupait de l'entretien du parc informatique de l'université d'Austin. Il revendait souvent du matos au marché noir pour se faire un peu de fric et était toujours à la pointe des dernières innovations technologiques.

Virgil composa le numéro de son ami.

– Mel? J'ai besoin de toi, *amigo*.

– *Qu'est-ce qu'il t'arrive, p'tit gars?*

– Tu m'as bien parlé d'un nouveau logiciel de décryptage, l'autre jour?

– *Ouais, Falken 3. Le top du top. La Rolls des* hackers.

– Ben, ça m'intéresse.

– *Hon hon... Ça va te coûter un max.*

– Combien?

– *Mille.*

– ‘tain... T’abuses ! Je t’en donne huit cents.

– *Neuf cents.*

– Huit cent cinquante.

– *OK, passe demain à l’université. Tu auras le fric, t’es sûr ?*

– Je vais me débrouiller... Je peux pas venir plus tôt ?

– *Non, j’ai un truc à finir.*

Virgil soupira :

– Bon, d’accord. Demain, donc. Vers quelle heure ?

– *Fin de matinée... Tu es sur quelque chose de gros ?*

– Énorme, mon pote, énorme !

Virgil coupa la communication. Il était un peu frustré mais, après tout, l’attente faisait partie du plaisir, comme lorsque, tout gamin, on lorgne sur les paquets-cadeaux devant le sapin de Noël, ne rêvant que d’une chose : déchirer ces emballages colorés pour percer leurs secrets !

CHAPITRE

4

Tout souriant, Richard Curilla planta le premier piquet de la tente. Il aimait le grand air. Il aimait la nature. Autant dire qu'ici, en plein cœur du parc national de Grand Bassin, il avait l'impression d'être au paradis. Oubliés, ses problèmes de fric et les soucis liés à son récent divorce ! Il se sentait bien. Sa fille Charlotte s'était allongée un peu plus loin sur une serviette éponge. Elle offrait au soleil son corps d'adolescente.

– C'est pas une bonne heure pour bronzer, grogna Curilla. C'est même la pire. Les UV sont très mauvais, à la mi-journée, tout le monde sait ça !

Il était lui-même en tee-shirt, la tête couverte par un chapeau kaki avec un protège-nuque en toile. Des chaleurs record avaient été annoncées, et la météo ne s'était pas trompée.

– J'ai mis de la lotion, répondit Charlotte. Indice de protection maximal.

– Ouais, mais quand même... Il fait vraiment très chaud aujourd'hui. Ne t'expose pas trop longtemps.

– Lâche-moi, papa, je ne suis plus une gamine.

Charlotte avait beau aller sur ses seize ans, elle serait toujours pour son père la gosse à couettes brunes qu'il faisait sauter sur ses genoux en lui chantant des comptines. Oui, elle demeurerait à jamais la prunelle de ses yeux, l'enfant qu'ils avaient eu tellement de mal à avoir, son ex-femme Martha et lui, à l'époque où ils s'aimaient encore et se parlaient autrement que par avocats interposés.

Rien ne dure éternellement, songea Curilla, *même ces montagnes, au loin, même les grands arbres qui nous entourent... Alors, l'amour, cette bonne blague !*

Charlotte n'avait pas manqué de se gausser quand il lui avait proposé cette semaine de camping sauvage loin des copines et des boutiques à la mode, mais, au fond, son père sentait bien qu'elle était heureuse d'être là. Ils allaient enfin pouvoir passer quelques jours ensemble, un droit que Richard Curilla avait arraché de haute lutte lors d'une procédure extrêmement longue et éprouvante. Son ex s'était révélée être une vraie tigresse, âpre au gain et d'une mauvaise foi hallucinante.

On ne connaît pas tout à fait son conjoint tant qu'on n'a pas divorcé, se dit Curilla avec une pointe d'amertume. Non, plus qu'une pointe. Un bon gros kilo ficelé dans un paquet de colère noire !

Remuer tout cela ne servait à rien. Curilla préféra reporter son attention sur le montage de la tente. Il n'avait pas envie de se gâcher les vacances avec des pensées négatives.

– Bon, alors, par où on commence?

Il consulta le plan, qui était à peu près aussi clair que celui fourni avec certains meubles en kit: des chiffres et des flèches partout!

– Euh, tu veux pas venir m'aider, Charlotte?

Curilla entendit sa fille tousser et se retourna, inquiet. L'adolescente était asthmatique, comme sa mère. Elle suivait un traitement de fond depuis de nombreuses années.

– Tu as pris ton sérétide, ce matin?

– Oui...

Charlotte se remit à tousser encore plus fort. Elle était pliée en deux, pareille à un poisson échoué sur la berge qui se tortille convulsivement.

Curilla lâcha son plan et son maillet. La Ventoline, le médicament le plus efficace en cas de crise, était rangée dans la boîte à gants de sa voiture.

– J'arrive, chérie!

Il récupéra l'inhalateur et revint en quatrième vitesse vers Charlotte.

– Attends, chérie, je vais te...

Il s'immobilisa, stupéfait. Sa fille crachait du sang noir et glaireux. Ça ne ressemblait pas du tout à une crise d'asthme habituelle.

– Papa, gémit Charlotte.

Un nouveau spasme la secoua.

– Ne panique pas, ma belle. Ne panique pas...

Mais il avait l'air, lui, totalement terrifié.

– Papa, qu'est-ce qui m'arrive?

– C'est rien.

Il lui colla l'embout de l'inhalateur dans la bouche. Elle voulut inspirer mais faillit s'étouffer et vomit un véritable geyser de couleur noire!

– Nom de Dieu! jura Curilla.

Il prit Charlotte dans ses bras et l'aida à se relever.

– Je me sens... pas bien du tout, bredouilla l'ado.

Le père et la fille titubèrent jusqu'à la voiture, une vieille Chevrolet pourrie. Bien sûr, Martha avait gardé LA belle voiture (la Mercedes), ainsi que la maison, le mobilier (qu'ils avaient acheté à deux!), le...

OK, arrête avec ça!

Ce n'était pas le moment de faire l'inventaire.

Curilla installa sa fille sur le siège passager et se mit au volant. Il avait l'impression de vivre un cauchemar.

La marche arrière... Bon sang, comment on fait déjà?

Il perdait les pédales. Serrant le volant à deux mains, il s'astreignit au calme.

La voiture recula jusqu'à la route, qui ressemblait plutôt à un sentier forestier mal goudronné. Charlotte toussa en se couvrant la bouche; son poing était noir de sang.

– Tiens le coup, bébé, fit Curilla.

Il roulait à tombeau ouvert sur la petite route en lacets. Les arbres défilaient, traits de fusain flous, presque abstraits.

– Papa, hoqueta Charlotte.

Elle paraissait sur le point de s'endormir. Sa tête dodelinait et son menton retombait sur sa poitrine, à peine soulevé par les cahots de la route.

– Reste éveillée, ma chérie. S'il te plaît, pour papa...

Le Visitor Center n'était pas très loin. Huit ou dix miles, pas davantage. Ils avaient sûrement tout ce qu'il faut pour traiter une urgence médicale, là-bas.

Richard Curilla appuya à fond sur la pédale d'accélération. Les pommes de pin explosaient sous ses roues dès qu'il en écrasait une. Le cuir du volant était moite de transpiration entre ses poings serrés à outrance. De la sueur coulait jusque dans ses yeux. Il essaya de la chasser par des battements de cils successifs.

Merde, j'ai l'impression que je ne me sens pas très bien, moi aussi !

Tu m'étonnes que tu ne te sentes pas bien ! Ta fille est en train de mourir à côté de toi et...

Ne dis pas ça ! Elle n'est pas en train de mourir. C'est seulement un...

Un quoi?

Peut-être que je deviens fou.

Ouais, c'est une option à envisager...

Richard Curilla sentait la fièvre le gagner. Quelque chose chatouillait sa poitrine, comme un animal qui s'éveille et s'ébroue au fond d'une grotte. Un grizzly? Un dragon? Non, autre chose... Un truc pire encore. Le genre d'animal que l'on n'a pas du tout envie de voir sortir à la lumière du jour.

Curilla se tourna vers sa fille.

– Charlotte?

Charlotte ne bougeait plus, ne respirait plus.

Curilla hurla et perdit le contrôle du véhicule.

CHAPITRE

5

Bien que dotée d'une personnalité artistique et rêveuse, Sia avait également un côté pragmatique, et anxieux, comme un radar en vigilance permanente. Une petite voix intérieure passait son temps à lui dire «attention». Pénible. Surtout quand cette voix venait la harceler dans les coulisses, deux minutes avant d'entrer sur scène.

Elle entendait le brouhaha provenant de la salle. Le public était chaud. Est-ce qu'il y aurait une bagarre, ce soir? La musique adoucit les mœurs, paraît-il... Cependant, lors du dernier concert, une bande de jeunes *red necks*[1] s'étaient incrustés et avaient tout gâché. Ces abrutis avaient déplié une banderole avec des injures antihomos. Il faut dire que la majorité des chansons de Sia et son groupe, *The Bandidas*, était un hommage à ce monde marginal qu'elle fréquentait depuis son plus jeune âge. Son foyer était composé de

1. *Red neck*: archétype du Sudiste un peu péquenaud sur les bords et parfois raciste.

deux mères, et alors? Elle n'avait jamais manqué de rien, et surtout pas d'amour. Sia pensait qu'une bonne part de l'homophobie venait de l'ignorance, aussi était-elle en perpétuelle croisade, tant dans la vie quotidienne, au bahut, que sur scène. Et encore, elle habitait l'une des villes les plus tolérantes du Texas: Austin. Un relatif havre de paix pour les familles comme la sienne. Dès qu'elles voyageaient plus au sud, Sia sentait des regards hostiles peser sur elle ainsi que sur ses deux mères, Janis et Patty.

Le vieux rideau mité de l'*Apotheosis* s'ouvrit et Sia se dirigea enfin vers les trois marches qui faisaient office de frontière entre les coulisses et la scène. Comment expliquer ce sentiment intense de pouvoir et de fragilité mêlés? Impossible. La musique était sa raison de vivre, son oxygène. Plus ses pas la rapprochaient des projecteurs, plus elle se transformait. La jeune fille menue de quinze ans se mettait à rayonner littéralement.

Les deux autres membres du groupe, une bassiste absolument irrésistible aux longs cheveux d'ébène et une batteuse à la tignasse platine, lunettes noires chaussées sur le nez, suivaient la guitariste et chanteuse de près, pareilles à des gardes du corps. Toutes trois prêtes à mettre le feu. Elles se tapèrent dans les mains. C'était leur rituel immuable, un pacte guerrier avant la bataille. Puis Sia sauta les marches, avec sa guitare dorée et argentée tenue en l'air, à bout de bras. Les lumières des rampes lui cinglèrent la figure. Elle ne voyait rien, ni la salle ni le public, mais elle sentait les vibrations et l'énergie émanant de cette masse floue, véritable hydre à cent têtes! Tous ses potes du lycée étaient là, elle le savait.

Les vacances touchaient à leur fin. La rentrée avait lieu dans une semaine, tel un couperet implacable. Le concert était pour beaucoup une ultime occasion de faire la fête. Les ados semblaient farouchement déterminés à se donner du bon temps avant de reprendre le rythme scolaire.

Le bahut... Quelle galère... Si elle avait pu, Sia aurait vécu exclusivement la nuit. Elle ne se sentait pleine, entière que lorsque le soir commençait à tomber. «Ton père doit être un vampire», lui disaient toujours ses deux mères en se moquant gentiment. Elles n'avaient pas tort, dans le fond. Sia avait un côté un peu gothique. Teint blafard, qui faisait ressortir son maquillage. Jean noir, chemise blanche à jabot. Il ne lui manquait plus que la cape.

Le public cria le nom du groupe en tapant des mains et des pieds. Les trois filles étaient les stars du lycée des Bulls. Elles entamèrent direct sur un rythme endiablé. La voix de Sia, d'abord chuchotante, enrouée et sensuelle, se métamorphosa, gagnant en puissance. Elle était partie. Elle s'envolait, vibrait et vivait chaque parole des chansons qu'elle composait et écrivait elle-même. Au fur et à mesure du morceau, elle arrivait à distinguer des visages précis dans la salle. Les corps se déhanchaient. Les lèvres fredonnaient ou hurlaient, selon l'humeur. La musique avait une présence presque physique. Elle pulsait, martyrisant l'air de ses stridulations. La nuit, la ville, le monde entier se comprimaient dans cet espace électrisant. Sia était en transe.

La première moitié du concert se déroula sans incident. Pas de trouble-fête. Pas de panne de sono. Cinq chansons allant crescendo avaient emballé tout le monde. Sia entamait *Make it true*, une ballade qu'elle appréciait beaucoup, quand elle entendit le mugissement des sirènes d'alarme.

Évidemment, ça devait arriver un jour, pensa-t-elle.

L'*Apotheosis* était loin de répondre aux normes de sécurité en vigueur dans ce genre de salle. L'installation électrique évoquait un jeu de Meccano bricolé, avec ses raccordements hasardeux, ses fils aux gaines dénudées, et la plomberie ne valait guère mieux. Mais Sia tenait énormément à cet endroit. L'*Apotheosis* avait appartenu à son grand-père, une trentaine d'années plus tôt. Bien qu'il ait depuis changé maintes fois de propriétaire, ce lieu conservait une place privilégiée dans son cœur. Janis, l'une de ses mères, avait grandi ici. Elle avait vu les *performers* défiler : artistes, comédiens, chanteurs, magiciens... Janis était d'ailleurs devenue ingénieur du son ! Pour Sia, qui ne connaissait pas l'identité de son père, tout ce qui se rattachait à l'historique de la famille était précieux. Dans ses rêves les plus fous, elle imaginait reprendre un jour cette salle et en faire un lieu incontournable de la scène rock alternative. Mais, en attendant...

C'est quoi ce délire ? songea la chanteuse. *Une alarme anti-incendie ?*

Elle ne voyait pas de flammes ni de fumée. Le public avait arrêté de chanter, de danser, et les gens regardaient autour d'eux avec des têtes de somnambules réveillés trop brusquement.

– Prenez la direction de la sortie sans paniquer ! cria une voix.

C'était celle de Karl, le vieux régisseur. Il avait déjà l'air vieux du temps du grand-père de Sia. Karl était indissociable de l'*Apotheosis*, qu'il connaissait comme sa poche.

– Allez, les enfants, on garde son calme, s'il vous plaît ! lança-t-il depuis le fond de la salle.

Près d'une soixantaine de personnes se dirigèrent sans trop broncher vers le panneau vert EXIT, là où se dressait une bien mince porte, la sortie de secours. Les trois membres du groupe rejoignirent la file en traînant des pieds. Sia et la bassiste emportaient leur instrument. Bien sûr, c'était plus compliqué pour les percussions.

– Ma batterie ! se lamenta la troisième membre du groupe.

– La sirène s'est sûrement déclenchée par erreur, t'inquiète, essaya de la rassurer Sia.

Jusqu'au dernier moment, elle avait attendu, espérant un miracle du genre : « C'est bon, m'sieurs dames, tout danger est écarté. » Mais non. Il fallait partir, vider les lieux. Sia était plus en colère qu'effrayée. Elle déboucha dans la rue parmi les derniers évacués, chercha Karl du regard pour avoir des explications, mais ne le vit pas. Les murs en brique étaient éclaboussés par la lumière psychédélique des gyrophares surmontant les voitures de flics qui arrivaient de toutes parts. Sia eut juste le temps d'apercevoir Karl, puis il disparut de nouveau, entraînant avec lui un bataillon d'hommes en uniforme bleu à l'intérieur de l'*Apotheosis*. Les flics restés dehors repoussèrent la foule à vingt mètres de la salle de concert. Le quartier regorgeait jadis d'entrepôts en ruine et de bâtiments industriels rouillés, mais tel n'était plus le cas. Le grand-père de Sia avait été le premier à essayer de mettre en valeur ces terrains bon marché. Il avait ouvert l'*Apotheosis*, et des petits malins avaient rapidement suivi son exemple. Restaurants, clubs et bars s'étaient multipliés en quelques années.

Pour l'heure, les gens discutaient entre eux, par petits groupes. Les fumeurs s'allumaient des clopes, éclairant la nuit de brèves lueurs orangées. Des badauds s'étaient joints aux fans des *Bandidas*.

– Qu'est-ce qu'il se passe?

– Une alerte à la bombe, je crois.

– Hein?

– J'ai entendu un flic qui en parlait. Coup de fil anonyme au début du concert.

Le cœur de Sia sauta un battement. Une alerte à la bombe?! On ne leur avait encore jamais fait ce coup-là...

OK, on énerve pas mal de monde, mais quand même...

Elle n'arrivait pas à y croire. Elle échangea un regard avec ses amies qui paraissaient aussi surprises qu'elle. Une poignée de fans en profitèrent pour les accoster et leur demander des autographes. Sia se prêta au jeu avec un sourire forcé.

Quelques minutes plus tard, le nouveau propriétaire de la salle fit son apparition. Un grand type sec et hirsute. Il avait le front soucieux. Sia aussi. Mais, assez vite, deux policiers ressortirent de l'immeuble. Ils paraissaient à la fois soulagés et irrités. Le plus vieux des deux vint parler au propriétaire. Sia tendit l'oreille pour essayer de saisir ce qu'ils se racontaient.

– Fausse alerte, dit le flic. On a tout fouillé ; pas de bombe.

Sia poussa un profond soupir de soulagement.

– En revanche, on a trouvé des graffitis au sous-sol : *Dehors les gouines*, *Retournez avec les pédés en Californie*, ce genre de choses... La peinture était encore fraîche.

Le cœur de Sia se serra et elle retint une larme amère.

Le combat était loin d'être fini.

CHAPITRE 6

Le téléphone sonna. Tommy Bannister s'arracha à un sommeil hanté de cauchemars où les gens se transformaient en zombies et erraient dans les rues dévastées d'Atlanta. Il pencha la tête pour voir le réveil digital non loin de son lit, un simple matelas taille dix-douze ans posé à même le sol. Il était 4 h 15 du matin.

Bannister poussa un grognement d'ours tiré de son hibernation. Il avait bossé jusqu'à 23 heures au Centre, épluchant sans relâche le dossier médical du jeune Dillon. C'était bien lui le « cas index », autrement dit le premier malade officiellement recensé. Bannister avait réécouté plusieurs fois le SOS lancé à la radio par son oncle, et ce dernier était très clair sur ce point. Le malaise avait débuté alors que Wade luttait contre un gros poisson, sans doute un espadon. D'après les autopsies pratiquées sur les autres corps, Dan Attias et ses passagers étaient tous morts un quart d'heure plus tard. Bannister espérait découvrir quelque chose de suspect dans le dossier du gamin, mais il avait fait chou blanc sur toute la ligne. Pas de voyage dans un pays exotique, pas d'antécédents médicaux bizarroïdes, pas de prise de drogue, pas de comportements à risque d'une manière générale... Wade Dillon était désespérément banal, excepté le fait qu'il avait été conçu par insémination artificielle.

Bannister était donc rentré chez lui avec la ferme intention de prendre un peu de repos. Il décrocha à la troisième sonnerie. C'était Johnson, son adjoint.

– *Salut,* boss.

– Salut.

– *Les prélèvements sont là, ça y est. Et...*

– Et quoi?

– *Il y a un deuxième foyer d'épidémie déclaré.*

– Merde.

– *Une adolescente et son père, dans le parc national de Grand Bassin. D'après l'autopsie, la fille est morte en premier. Ce serait donc elle qui aurait contaminé l'adulte, et non l'inverse.*

– Grand Bassin, c'est dans le Nevada, ça?

– *Ouais. Un ranger qui faisait sa patrouille quotidienne a découvert sur le bas-côté de la route une voiture avec à bord la petite et son papa. Il y avait du sang noir sur les vitres, partout à l'intérieur. Le flic a pris peur. Il n'a touché à rien. Il a laissé la voiture fermée et a contacté nos services, direct!*

– On devrait lui donner une médaille.

– *C'est aussi mon avis. Le véhicule a été mis sous bulle, et les corps ont été transférés à l'hôpital de Carson City avec toutes les précautions d'usage, cosses imperméables, etc. On n'a pas* *encore reçu les derniers prélèvements, mais ça ressemble bigrement à ce qui s'est passé sur l'*Orca... *En parlant de l'*Orca, *les garde-côtes nous ont envoyé un petit film trouvé dans le téléphone de l'une des victimes, Geena Barton. Vous voulez voir?*

– Bien sûr. C'est lourd?

– Non, ça dure deux minutes. La carte mémoire de l'appareil était presque remplie quand la dame a commencé à filmer.

– Alors vas-y. Je regarde ça et j'arrive.

– Hum, je ne vous conseille pas d'avaler quelque chose AVANT...

– Oui, maman. À tout'!

Bannister récupéra le fichier vidéo et tourna son téléphone à l'horizontale pour avoir une plus grande surface d'image à visionner. Une fois assis, une tasse de café à la main, il déclencha la lecture.

La tasse était à mi-chemin entre la table et ses lèvres quand les premières images s'animèrent. Le petit homme resta ainsi, coude levé, bouche bée, durant deux minutes et quinze secondes, durée exacte de la séquence.

C'était horrible. Absolument horrible. Un vieillard essayait de réanimer le gamin, puis le pauvre vieux se mettait à vomir sang et tripes à son tour (du sang noir, évidemment), le téléphone tombait, des pieds couraient devant l'objectif, une jeune fille s'écroulait au premier plan, secouée de spasmes, et, enfin, l'image coupait.

Le directeur adjoint du CDC se leva de sa chaise, groggy. Ses pires craintes se confirmaient: le virus avait l'air d'être du genre volatil et hautement létal.

Bon Dieu, ça craint!

Bannister slaloma entre ses cartons. Il vivait dans le désordre et la pagaille propres à un célibataire négligent. Les murs étaient nus, exception faite de son diplôme de l'université de Stanford qui servait de cible à fléchettes. Des manuels de médecine s'entassaient autour du coin informatique. Ce décor était le parfait reflet d'une existence spartiate exclusivement consacrée au boulot. Tommy Bannister se laissait bouffer par son job ; il l'avait toujours fait. Il avait dû travailler deux fois plus que quiconque pour être pris au sérieux et gravir les échelons. Et il aimait ça. Il passait ses week-ends devant son ordinateur, se nourrissant de plats réchauffés au micro-ondes. Il n'avait ni loisirs ni vie sociale. Dans sa jeunesse, il avait bien essayé l'alcool et les pilules, les psys et les curés, la méditation et le yoga, mais chaque fois il revenait encore et toujours au boulot, ce foutu boulot, car c'était le seul truc qui donnait un sens à sa vie.

À quand remontait sa vocation? Difficile à dire... Peut-être que le déclic s'était produit durant cette année de collège où il avait étudié la guerre froide, en histoire. Aux élèves inquiets de l'éventualité d'un conflit atomique, le professeur avait répliqué : « La bombe? Ne vous souciez pas de la bombe ! C'est un virus qui aura la peau de l'humanité. » Il n'en avait pas fallu davantage pour piquer la curiosité du jeune Bannister. Il avait fait des recherches, lu des magazines et s'était rapidement rendu à l'évidence : le prof d'histoire n'avait pas exagéré. Malgré les progrès de la science, le risque d'une pandémie était plus important que jamais. Essayer d'imaginer les dégâts d'une maladie du style grippe espagnole, mais transposée au présent, donnait le vertige. Cette grippe avait fait vingt millions de morts, à une époque où l'on ne se déplaçait quasiment pas en avion. Certes, maintenant, on fabriquait des vaccins plus rapidement... mais on voyageait aussi beaucoup, beaucoup plus vite, et les bactéries se fichaient comme de l'an quarante de la notion de frontière! Les agents pathogènes transmissibles de l'animal à l'homme étaient très nombreux et difficiles à dépister. Après la fièvre aphteuse et la maladie de la vache folle, quel serait le prochain fléau? La question n'était même plus de savoir si une épidémie allait arriver, non; la question était juste: «Quand?»

Peut-être bien maintenant, si on se laisse prendre de vitesse, pensa Bannister.

Il se débarbouilla, enfila un pantalon, une chemise et un blouson, puis il fit une halte au salon, l'unique pièce baignée par une lumière douce et chaude. Celle-ci provenait d'un terrarium dans lequel somnolait un énorme serpent éclairé par une lampe solaire. Bannister fit «toc toc» à la vitre.

– Papa va travailler, dit-il.

Il ouvrit un clapet reliant, via un petit tunnel, le terrarium à une seconde cage en verre qui contenait des souris. L'un des rongeurs, plus curieux (et plus imprudent) que les autres, s'engagea dans le tunnel. Lorsqu'il entra dans le domaine du reptile, Bannister referma le clapet et lâcha:

– Jocko, le petit déj' est servi.

Comme de bien entendu, une fois parvenu au quatrième étage du CDC, Bannister se heurta à la voix métallique qui lança:

– *Identification vocale requise.*

– Un jour, je vais te défoncer à coups de marteau, saloperie !

– *Merci de votre collaboration, monsieur Bannister.*

Le nain fonça illico dans la partie labo, une grande pièce où s'alignaient de nombreux postes de travail. Johnson était assis devant l'un d'eux, l'œil vissé au microscope. Une rangée de congélateurs en acier inoxydable munis de serrures à combinaison occupait une partie de l'espace. Des centaines de virus reposaient dans leur ventre, endormis par la neige carbonique. Des laborantins s'activaient un peu partout, en dépit de l'heure on ne peut plus matinale. Bannister s'approcha de son adjoint.

– Alors, vous avez vu le film ? demanda ce dernier.

– Ouais. Pas joli joli... Ça se transmet très facilement, on dirait.

– Et une fois transmis, ça se déclenche super vite !

Johnson se redressa. L'embout du microscope avait dessiné un rond autour de son œil gauche, accentuant ses cernes. Il paraissait lessivé. Sa peau virait au gris cendreux. Il désigna l'écran relié au microscope : les cellules humaines, noires, ultra-grossies, étaient nettement visibles. Des formes allongées, semblables à des tentacules, ondulaient autour de ces cytoplasmes.

– Voilà le virus, dit Johnson. On l'a baptisé « Dillon », faute de mieux pour l'instant. Un sacré morceau, si vous voulez mon avis.

Prenant une profonde inspiration, Bannister lança :

– Je veux une étude sur les animaux, le tropisme, les réponses antivirales, le taux de mortalité, bref, tous les vecteurs possibles.

– À vos ordres, chef.

– Et je veux aussi que tu fasses un break. Un assistant qui n'a plus les yeux en face des trous ne me sera d'aucune utilité... Les deux victimes du Nevada?

– Tout est là. Comme je vous l'ai dit par téléphone, c'est la gamine qui est morte en premier. Et le père a été contaminé dans la foulée.

Johnson montrait sa tablette tactile. Bannister parcourut le dossier en diagonale:

– Charlotte Curilla, bientôt seize ans... Elle connaissait le jeune Dillon? Ils avaient un lien quelconque?

– Apparemment, non.

Bannister grimaça et continua sa lecture:

– Rhésus sanguin B négatif... gna gna gna... Asthmatique, gna gna gna... Fécondation *in vitro*...

Il s'arrêta.

– L'autre gamin, Dillon, il a bien été conçu par insémination artificielle?

– Ouais. Les deux couples avaient un problème de stérilité, je crois. Dans les deux cas, ça venait de l'homme.

– Et tu as laissé passer un truc pareil? Quand je te disais que tu dois faire un break...

– Vous pensez que...?

Bannister ferma une fenêtre, en ouvrit une autre intitulée dossier *Wade Dillon*, puis il siffla un juron entre ses dents serrées.

– Quoi? s'enquit Johnson, la gorge nouée.

– Les mères des deux enfants ont été inséminées dans la même clinique, en Californie, il y a respectivement quinze et seize ans ! Clinique de l'Espérance, ça ne s'invente pas. Et le don de sperme provient de la même banque. Le voilà, notre point commun !

Bannister ressemblait à quelqu'un qui vient de mettre les doigts dans une prise électrique.

– On a l'identité du donneur ? risqua Johnson.

– Non. Juste un numéro, 6302, clause de confidentialité oblige. Mais ça ne doit pas être trop difficile de remonter à lui grâce aux archives.

– Et... si jamais nos deux malades ont d'autres demi-frères et demi-sœurs ? risqua Johnson. Ça voudra dire...

– Qu'on est dans la merde jusqu'au cou, confirma son patron.

Ils passèrent des coups de fil, réveillèrent des gens de mauvais poil, leur secouèrent les puces, accédèrent à de nouveaux dossiers... Johnson était retourné chez lui, mais Bannister avait mis tout le reste de son équipe sur le coup. Ses cinq autres assistants s'interpellaient, cellulaire à l'oreille, prenaient des notes, pianotaient comme des fous sur leurs claviers. Ils carburaient à l'adrénaline. Et au café ! Les gobelets vides s'entassaient dans différentes corbeilles. Quelqu'un eut la bonne idée de vidéoprojeter une carte des USA sur un mur. Bannister s'adressa à Marcia Lyu, une jeune femme d'origine asiatique :

– Chaque fois qu'on a localisé l'un des descendants de mister 6302, tu me copies-colles son nom et sa trombine sur la carte, OK ?

– C'est comme si c'était fait, *boss*. Il y a combien de mômes à répertorier?

– Cinquante-sept.

Lyu faillit recracher son café.

– Tant que ça?

– Ouais...

– Mister 6302 a été très productif, enfin, «reproductif»!

– Faut croire qu'il avait un sperme d'excellente qualité.

Les infos continuaient d'arriver.

– On a l'identité du donneur! annonça le plus jeune membre de l'équipe, un gamin joufflu d'à peine vingt ans nommé Reno et ressemblant à un hamster avec une paire de lunettes.

Bannister fit glisser sa chaise à roulettes jusqu'au garçon.

– Alors?

– Gary Zaboly. Né en 1978 à Seattle. Toubib. Spéléologue amateur à ses heures... Ma parole, dans sa jeunesse il a fricoté avec toutes les ONG possibles et imaginables: Médecins sans frontières, World Food Program, j'en passe et des meilleures... C'est qui, ce mec? La réincarnation de Mère Teresa?

– Pour ta gouverne, Mère Teresa était encore vivante en 1978. Il est allé en Afrique? En Asie?

– Oui, mais pas seulement... Il a bourlingué dans tous les pays du tiers-monde, on dirait.

– Super, ronchonna Bannister. Et il crèche où, maintenant, notre Bon Samaritain?

– Ch'ais pas. Le dossier date de 2001.

– Tu te mets sur le coup, Reno, d'accord?

– C'est parti!

À la fin de la matinée, cinquante-quatre photos avaient été placées à différents endroits de la carte. Les trois derniers descendants avaient également été localisés, mais à l'étranger où ils terminaient leurs vacances : deux en Europe et un en Asie.

– Cinquante-sept bombes bactériologiques à retardement qui se baladent dans la nature, commenta Bannister d'une voix sans timbre. Il faut immédiatement transmettre leur identité à la police des États et des pays concernés.

Il regardait la carte, une boule dans la gorge et un creux froid dans le ventre.

– On pourrait passer une annonce sur les chaînes télé et demander aux parents des gosses de les amener au centre médical le plus proche... hasarda Marcia Lyu.

– Non... J'aimerais autant éviter la panique. Avec un peu de chance, le FBI et les autorités locales vont mettre la main sur ces mômes rapidement. Regarde, il y a des « tirs groupés » possibles : trois à San Francisco, quatre à Los Angeles, trois à New York, deux à Austin...

– Et le fameux donneur ?

Bannister se tourna en direction de Reno.

– Du nouveau sur Zaboly ?

Reno fit « non » de la tête :

– C'est incompréhensible. Ce gus a disparu de la circulation depuis quasiment dix ans !

– C'est quoi ce délire ? s'emporta Bannister. Il ne paye pas d'impôts ? Il a forcément un numéro de Sécu, une banque !

– Puisque je vous dis qu'il est impossible à tracer... Il a fermé son cabinet de généraliste, puis il a retiré tout son fric d'un coup à un guichet de Boston en 2009 et il n'a plus jamais donné signe de vie.

– Il n'avait pas des amis? des parents? un employeur? une copine?

– Hum, plutôt un copain, j'ai l'impression... On est en train de remonter toutes ces pistes-là, mais c'est pas simple.

Bannister se rongeait les ongles en réfléchissant. Ses assistants attendaient, suspendus à ses lèvres.

– Bon, dit-il enfin. On lance un avis de recherche officiel: *Wanted Gary Zaboly*! Je veux des appels à témoins sur les chaînes du câble, les chaînes nationales, avec récompense et tout le tremblement. On reste flous sur le motif, inutile de provoquer une psychose... Il me faut ce type pour comparer son sang avec celui des victimes du virus. C'est notre seule chance de fabriquer un antisérum, pour l'instant.

Marcia Lyu soupira:

– Comment a-t-on pu laisser un gars porteur d'un truc aussi mortel donner son sperme?

– On ne risque pas de trouver ce qu'on ne cherche pas. Zaboly a dû être dépisté pour le VIH, l'hépatite, la procédure standard, quoi... Les médecins de la clinique de l'Espérance ne pouvaient pas se douter qu'il trimballait une telle saloperie.

– Il est peut-être mort, à l'heure qu'il est. Tu y as songé? On ne sait même pas comment la maladie se déclenche! Ce Zaboly est peut-être devenu SDF? Ou il est reparti incognito dans un pays d'Afrique? Ou...

– Ouais, enfin, avant d'envisager le pire, on va faire comme si cet olibrius était encore vivant, en pleine forme et résidant aux États-Unis, d'accord? Je préfère ne pas imaginer d'autres hypothèses!

– Très bien, acquiesça sombrement Marcia Lyu. J'appelle le FBI.

CHAPITRE 7

Gaudi avait déjà dix ans et, «pour un golden retriever, ça commence à faire vieux», avait dit le vétérinaire. Avant d'ajouter:

– Ne vous en faites pas, Hans, ça va aller, elle est très solide. Je vous la garde une heure, puis comptez-en encore une pour le réveil. Je vous revois en début d'après-midi. Allez faire un tour.

Hans Perry avait accompagné sa chienne dans la salle d'opération aux murs blancs décorés de posters de chats et de chiens, et il lui avait caressé le museau tout doucement en lui susurrant des mots de réconfort jusqu'à ce qu'elle s'endorme. Il n'aimait pas que l'animal ait une confiance aveugle en lui dans ces moments-là. Il avait le sentiment horrible de trahir sa meilleure amie. Cet amour sans faille qu'un chien vous porte a parfois quelque chose de malsain: c'est trop. La «douce beige», comme il l'appelait souvent, avait une tumeur dans l'une de ses mamelles. Le mal avait été découvert à temps, et Gaudi, du nom de l'architecte auquel Hans vouait une admiration sans bornes, avait toutes les chances de tenir encore quelques années. Deux? Trois? Si toutefois l'opération et le réveil se passaient bien.

C'est qu'on s'y attache drôlement à ces bestiaux, pensait Hans en sentant la truffe toute chaude sous ses doigts. *Au moins, eux, ils ne nous déçoivent jamais.*

Il quitta Gaudi sans se retourner, la gorge nouée, puis il sortit dans la rue... Mais pour aller où? Le soleil brillait dans un ciel sans nuages. La saison avait été particulièrement chaude à Philadelphie. Pas très agréable quand on résidait en plein centre-ville, mais une fois assis à une terrasse de café et avec un peu d'imagination, ça sentait presque les vacances. Hans n'en avait pas pris cette année. Pas assez d'argent et, surtout, envie d'aller nulle part.

Hans aperçut un bar. Un sourire fatigué accentua ses rides au coin des lèvres.

Pourquoi pas?

Il entra. Le propriétaire avait un accent écossais. Il était en train de se faire livrer ses fûts de bière pour la semaine. Il y avait un habitué au comptoir. Hans adressa un signe de tête au barman et se posa sur un tabouret, à la verticale d'un néon.

Les démons revenaient, plus pressants que d'habitude. Même à 11 heures du matin.

– Une bière, demanda-t-il.

Après le départ de sa femme, Lucie, il avait plongé allègrement dans la bouteille. Un penchant qui ne l'avait jamais vraiment quitté. Après tout, aujourd'hui, c'était spécial : sa chienne passait sur le billard et il avait drôlement besoin d'un remontant.

Juste pour aujourd'hui, se dit-il.

Le barman lui apporta un grand verre débordant de mousse, pendant qu'un serveur dressait quelques tables pour le déjeuner des cols blancs du quartier. Une télé allumée surplombait le bar. Les informations y passaient en boucle. Il n'y avait que deux clients et Hans se permit de demander si on pouvait monter le son. Le barman accepta. Les images défilaient avec, en fond sonore, la voix off du commentaire. Puis l'image revint sur une jolie présentatrice, le modèle standard, c'est-à-dire *Barbie girl*. Ce contraste entre la belle plante brushée et bien habillée et les images de guerres, de famines ou d'attentats avait toujours énervé Hans au plus haut point. Il trouvait ce télescopage obscène. Il émit un « pffff » de dépit en haussant les épaules et but une gorgée bien fraîche de sa blonde à lui. Le JT se terminait quand son regard accrocha une image ainsi que les informations défilant en dessous : un avis de recherche. Hans chercha ses lunettes dans sa veste. Une fois qu'elles furent chaussées, les choses se précisèrent.

La chaîne nationale diffusait la photo d'un homme qui, à vue de nez, avait dans les vingt-cinq ou trente ans. Châtain, les yeux clairs, la peau burinée, plutôt beau gosse. Le cliché datait du milieu des années 2000. Il ne s'agissait pas d'un criminel. Si l'on en croyait le texte, cet homme avait disparu depuis 2009.

Il a dû bien changer depuis, maugréa Hans, la tête levée vers l'écran.

Toujours d'après le texte, Gary Zaboly (c'était son nom) avait été donneur de sperme vers 2001-2002. L'un de ses descendants avait besoin de toute urgence d'une greffe de moelle osseuse. La famille du gamin malade était pleine aux as et offrait 100 000 dollars de récompense pour toute information susceptible de mener au fameux Zaboly. Hans sortit son téléphone et appela quelqu'un qu'il avait surnommé *Sweet Candy*.

– Candice... Salut, tu peux faire une recherche rapide pour moi? Ouais... Un certain Gary Zaboly. Y a son portrait sur NBC, en ce moment... Je te paye le déj' pour te remercier, ça te va?... Ouais, je passe te prendre dans vingt minutes. Merci, *Sweetie*.

Hans avait beau toucher sa retraite de flic, un bonus de plusieurs dizaines de milliers de dollars serait le bienvenu. Il glissa son téléphone dans sa poche, finit sa bière en buvant une longue gorgée, lança un billet sur le comptoir et sortit. Il alla dans un parc situé non loin de là. Assis sur un banc, il regarda un joggeur qui courait en compagnie de son labrador, et cette image le ramena en pensée vers Gaudi. Elle devait toujours être sur la table d'opération. Le vieil homme avait le cœur serré. L'angoisse lui grignotait le cerveau. Il se leva et marcha. Quelques pas plus loin, il rejoignit sa voiture, une vieille Volkswagen bleu roi un peu cabossée mais à laquelle il tenait beaucoup.

Arrivé au coin de l'avenue Lincoln, il aperçut une jeune femme en uniforme, plutôt jolie, brune, aux traits latins. Elle l'attendait, un café à la main. Hans s'arrêta à sa hauteur et lui ouvrit la porte passager.

– Comment tu vas ? lança-t-il. Tu aurais pu m'attendre en bas du commissariat.

– Oui, mais je préfère qu'on ne nous voie pas ensemble.

Hans fit la moue.

– Quand je viens bosser gratos sur les *cold cases* et autres affaires classées, ça ne dérange personne que je mette mon nez dans les dossiers.

– Oui, je sais, Hans. Mais sur ce coup-là, tu joues cavalier seul, si j'ai bien compris ?

– Ouais, allez, monte. Je t'emmène manger un burger.

Candice se glissa dans la Volkswagen.

Du temps où il bossait à la Criminelle, Hans Perry était déjà un « loup solitaire ». Méticuleux et tenace, il allait à son propre rythme, indifférent aux coups de pression de la hiérarchie. Il menait les interrogatoires à sa façon, sans gueuler ou taper du poing sur la table. Il avait les suspects à l'usure. Au fil du temps, un fossé s'était creusé entre lui et le reste de l'unité. Les autres flics le regardaient comme une sorte d'extraterrestre ou de dinosaure... Sa femme ne s'était jamais habituée à ses horaires impossibles (il pouvait très bien être occupé à monter un dossier à 3 heures du matin alors que son service s'achevait à minuit) ; quand elle avait compris qu'elle ne le changerait pas, elle était partie à l'autre bout du pays avec leur fille... et un autre homme.

– Tu as une sale tête, dit Candice.

– C'est Gaudi qui me donne du souci. Elle est en train de se faire opérer, donc je ne suis pas contre un peu de compagnie.

– Gaudi ? Qu'est-ce qu'elle a ?

– Une saleté de tumeur...

– Oh, je suis désolée.

– Ça va bien se passer, d'après le véto. Enfin, ils disent toujours ça.

Candice se plongea dans ses pensées. Hans la regarda de côté tout en conduisant.

Quelle jolie fille elle est devenue, la môme !

Hans était attaché à la fille de Juan Amadillo, un des seuls inspecteurs de la Crim' qu'il respectait. Il l'avait vue naître, grandir, puis devenir une adolescente adorant faire tourner ses parents en bourrique. Un beau jour, Juan était arrivé au bureau le torse bombé et un sourire jusqu'aux oreilles : sa fille lui avait annoncé qu'elle intégrait l'académie de police, «tout comme moi au même âge!» avait-il clamé dans un élan de fierté paternelle. C'était trois jours avant qu'il écope d'une balle mortelle dans la poitrine.

– Et tes fiançailles ? demanda Hans. Ça se précise ?

– Oui, mais j'ai l'impression d'avoir un million de trucs à organiser... J'ose pas imaginer ce que ce sera pour le mariage.

– Tu es vraiment sûre de vouloir te mettre en couple avec ce zozo-là ? Ch'uis pas ton père, je sais, mais...

Candice fit la grimace :

– Hans, on en a déjà discuté cent fois. Je t'assure que Paul est un type bien.

– Si tu le dis, ma poulette... En tout cas, je te souhaite tout le bonheur du monde.

Candice avait le chic pour tomber sur des olibrius qui la menaient en bateau avant de la larguer comme une vieille chaussette. Sauf que, cette fois, cela paraissait sérieux.

Après tout, c'est une grande fille maintenant, se dit l'ex-flic. *Elle est en âge de prendre ses responsabilités...*

Hans se gara et ils entrèrent s'installer au bar pour déguster le « meilleur hamburger de la ville », comme le clamait l'écriteau cloué au-dessus de la porte.

– J'ai fait la recherche que tu m'as demandée, annonça Candice. L'histoire de la greffe de moelle osseuse, c'est du bidon. C'est un dossier FBI, ton affaire, figure-toi !

– Hein ?

– Il y a cinquante-sept gamins à sauver. Ils sont porteurs d'une espèce de tuberculose très contagieuse, et les autorités sanitaires comptent sur Zaboly pour fabriquer le vaccin. On diffuse une version *soft* et tronquée à la télé pour ne pas faire flipper les gens.

– Et la récompense ? La famille éplorée ?

– C'est le gouvernement qui régale.

Hans émit un son étrange avec sa bouche.

– Des pistes ? lança-t-il après un instant de réflexion.

– Non, aucune. Le monsieur semble s'être évaporé dans la nature depuis des années. On a juste son témoignage dans le passage à tabac de son mec.

– Son mec ?

– Oui. Gary Zaboly est ou était homosexuel. Il vivait à Boston avec un certain Andy Bress. Celui-ci est mort à la suite de coups et blessures. Zaboly a été entendu.

– Il était suspecté ?

– Du tout, mais il a assisté en direct à la mort de son petit copain. Un crime haineux, ça a de quoi te faire changer de ville, mais là on n'a aucune trace, pas de téléphone portable, pas de transactions financières, pas de cartes Visa.

– Tu crois qu'il y a autre chose qu'un simple crime homophobe?

– J'en mettrais pas ma main à couper, je trouve cette disparition suspecte. Comme si le crime n'était que la partie visible de l'iceberg... Le hic, c'est que j'ai pas le début d'une preuve allant dans ce sens et, surtout, mes intuitions, tout le monde s'en fout à la brigade!

– Allons, fit Hans en pinçant la joue de Candice, laisse-leur le temps de t'apprécier à ta juste valeur. Mignonne, jeune, intelligente, futée, ça fait beaucoup à la fois pour des vieux briscards encroûtés dans leurs habitudes. Mais, un de ces quatre, tu auras fini de manger ton pain noir et tu pourras faire tes preuves...

– Si tu le dis.

– Merci pour les infos, en tout cas.

La serveuse arriva et ils passèrent leur commande.

CHAPITRE 8

Austin, Texas. 11 h 45, heure locale.

Virgil Connor remonta un long couloir éclairé par des tubes fluorescents. Il passait devant des salles presque toutes vides. L'université allait ouvrir ses portes dans quelques jours. En attendant, c'était le royaume des femmes de ménage d'origine mexicaine ! Virgil salua l'une d'elles, qui poussait une table à roulettes pleine de produits désinfectants, puis il tourna à gauche. L'atelier de son ami Mel Hondo se trouvait au bout du couloir.

– Salut, *man* !

– Salut, p'tit gars.

Mel aimait se la jouer Han Solo, le genre « grand frère à la cool »..., sauf qu'il n'était pas tout à fait le sosie d'Harrison Ford. En fait, il ressemblait plutôt à une version *geek* de Jabba, un Hutt barbu qui aurait essayé d'enfiler une chemise hawaïenne, l'archétype du gars amateur de pizzas, de figurines, et pour qui les filles vivent dans une galaxie lointaine, très lointaine.

– Attends, je termine un truc...

Mel était penché sur les entrailles d'un ordinateur désossé. Des piles d'appareils électroniques, petits ou grands, gisaient çà et là parmi des postes de soudure et des centaines de composants. Une odeur de métal fondu planait dans l'air, mélangée aux effluves corporels douteux du maître des lieux.

– Tu as mon truc? demanda Virgil.

– Est-ce que je t'ai déjà déçu une seule fois, p'tit gars?

– Non. Tu es mon dieu, mon idole, mon modèle...

– Tsss tsss... Le sarcasme, c'est MON rayon, gamin. Tu as le fric?

– Ouais.

Virgil sortit les billets de sa poche. Mel consentit alors à s'arracher à son travail pour remuer sa graisse jusqu'à son jeune ami.

– Le compte y est? questionna-t-il.

– Huit cent cinquante, comme convenu, acquiesça Virgil.

Quand vous êtes capable de vous introduire dans le serveur du Pentagone, piller le compte bancaire de vos parents ne présente guère de difficultés.

Mel empocha le fric et tendit une clé USB au garçon:

– Tiens, tout est là-dedans. Falken 3. Avec ça, aucun cryptage ne te résistera!

– Merci, dit Virgil.

– Tu ne veux vraiment pas me raconter sur quoi tu es tombé?

– J'en saurai plus une fois que j'aurai utilisé ceci.

Virgil agita la clé USB sous le nez du gros barbu, puis il la rangea dans une poche intérieure de son cuir.

– Ho ho, on a de la visite, lâcha Mel.

En grand parano devant l'Éternel, il avait connecté l'un de ses ordinateurs aux caméras de surveillancc de l'université.

– Regarde ça, p'tit !

Deux espèces de scaphandriers jaunes venaient d'entrer dans le hall principal. Ils semblaient hésiter sur le choix du couloir à prendre.

– Je suis sûr qu'ils viennent pour moi, prononça Virgil d'une voix curieusement détimbrée.

Quand il était sorti de chez lui, il avait eu l'impression diffuse d'être observé... Mais, d'un autre côté, comme il avait TOUJOURS l'impression d'être suivi dès qu'il mettait le nez dehors, il ne s'était pas formalisé plus que cela...

Sauf que cette fois, c'est pour de bon !

L'afflux d'adrénaline le secoua et une bouffée de chaleur remonta de son sternum jusqu'à la racine des cheveux. C'était comme de jeter une bûche dans le feu : la flambée était presque instantanée.

– Dans quel pétrin tu t'es fourré, gamin ? lâcha Mel.

– Je ne peux rien te dire... Merde, merde, merde...

Virgil jetait des regards d'animal aux abois dans toute la pièce. Il avisa l'unique fenêtre du local.

– Je me casse, dit-il. Tu m'as pas vu, OK ? Sauf si tu veux finir en taule, interrogé par le FBI ou la CIA...

– J'aimerais autant éviter.

Mel afficha les images de la caméra braquée sur le parking du campus. Des cosmonautes jaillissaient de plusieurs camionnettes et se déployaient déjà.

– Tu t'en sortiras jamais, grogna Mel. Ils sont trop nombreux.

– On verra.

Virgil sauta par la fenêtre, heureusement située au rez-de-chaussée. Il atterrit sur un carré de pelouse, derrière une haie entretenue avec soin par des jardiniers aussi latinos que les femmes de ménage. Il entendait les sirènes qui hurlaient, et un bruit de course sur le bitume, multiplié par le nombre d'hommes lancés à ses trousses.

Ouais... J'ai toutes les chances de me faire pincer... Peut-être même qu'ils ont déjà perquisitionné chez moi et confisqué mon ordi !

Virgil plongea une main dans sa poche pour en sortir deux clés USB. La première contenait le logiciel de décryptage qu'il venait d'acquérir ; il avait copié sur la seconde le mystérieux dossier *Too many secrets*. Il se félicitait à présent de cette mesure de précaution. Fouillant dans une autre poche, il s'empara d'un paquet de clopes presque vide, mit les deux clés à l'intérieur et l'enterra derrière la haie, à un endroit où la terre lui paraissait particulièrement meuble.

Bon, maintenant, faut que j'arrive à me tirer de ce traquenard !

– Il est là ! brailla un homme en jaune, la voix étouffée par sa visière en plexi.

Il avait dû apercevoir la silhouette derrière la rangée d'arbustes.

Virgil piqua le sprint de sa vie, regrettant soudain d'avoir séché la majorité des cours de sport cette année-là.

– Arrête-toi, petit !

L'ado traversa la pelouse à toute blinde. Ses jambes s'actionnaient comme les pistons d'une machine en surchauffe. Le sang battait à ses tempes.

Soudain, il trébucha sur un rebord de trottoir et partit en avant, battant des bras de manière inutile pour recouvrer son équilibre. Son menton heurta durement le sol. La meute fut sur lui en un instant !

Napa Valley, Californie. 11 h 20, heure locale.

Ambroisie McKenzie regarda discrètement sa montre. Dieu merci, la matinée touchait à sa fin. La jeune fille prenait son cours particulier de français avec son précepteur depuis près de deux heures, et elle commençait à trouver le temps long.

– « Je suis sûre et certaine que l'atmosphère de la conférence sera propice à l'adoption de la loi sur les produits génétiquement modifiés », tu peux répéter cette phrase, Ambroisie, s'il te plaît ? Ambroisie ? Ambroisie !

Marc Higgins, le précepteur, leva les yeux au ciel et souffla. Cette gamine pourrie gâtée avait des côtés attachants, mais elle était un vrai cauchemar en tant qu'élève. Cela dit, les parents payaient rubis sur l'ongle son éducation « à la française », alors Higgins avait appris à s'accommoder du manque d'assiduité de sa jeune élève.

– Ambroisie, un peu d'attention, je te prie.

Les cours avaient lieu dans la propriété des McKenzie, à Napa Valley. Régulièrement, l'adolescente laissait son regard dévier vers les fenêtres du salon transformé en salle de classe. Elle aimait rêvasser en observant les changements du ciel et le passage des saisons, une manie qui avait le don d'horripiler son précepteur.

– Mais, qu'est-ce que tu fais? gronda celui-ci.

Ambroisie avait quitté son pupitre et se tenait face à une fenêtre ouverte sur un temps chaud et lumineux. Elle fronçait les sourcils.

– C'est aujourd'hui que papa fait traiter les vignes? s'enquit-elle. C'est bizarre. On n'est plutôt pas loin des vendanges, là? C'est pas vraiment le moment?

Elle s'interrogeait toute seule à voix haute, comme si elle avait occulté son prof.

Le père de la jeune fille tirait sa fortune de son vignoble, l'un des plus réputés de la Californie. Celui-ci s'étageait sur la pente douce d'une colline bordant la propriété voisine de celle de Francis Ford Coppola.

– Qu'est-ce que tu racontes, ma petite? grommela Higgins.

Il s'approcha à son tour de la fenêtre et fit une moue dubitative. Son élève avait raison: des hommes en combinaison jaune évoluaient parmi les plants de vigne. Le précepteur n'avait rien d'un spécialiste mais il lui semblait en effet que la période de l'épandage était passée.

– Oui, c'est étrange, admit-il, mais rassieds-toi, on prend vraiment du retard sur le programme, et c'est moi qui vais trinquer.

– Il y a quelque chose d'anormal.

– Quoi?

– Ces gens... Ils n'ont pas de pulvérisateur... Je ne sais pas pourquoi, mais ils me font un peu peur.

L'instant d'après, l'un des inconnus vêtus de jaune se tourna vers le grand manoir et braqua son index sur Ambroisie, qui sursauta.

– Cette fois, j'ai vraiment la trouille, lâcha-t-elle.

Aussitôt, les hommes en combinaison se mirent à courir.

Orly, France. 20 h 20, heure locale.

David Webb, sa femme Gloria et leur fille Carrie faisaient la queue au guichet d'embarquement. Le père de famille passait en revue les photos enregistrées sur son téléphone : les châteaux de la Loire, le Moulin Rouge, l'Arc de triomphe, Notre-Dame et, bien entendu, l'incontournable tour Eiffel dont la réplique en porte-clés reposait au fond de la poche de son jean. Il y avait du tri à faire dans ces clichés (avec le numérique, on avait tendance à mitrailler tout et n'importe quoi), mais la majorité d'entre eux était de bonne qualité. Une fois les meilleures prises de vue classées, il les mettrait en ligne sur Internet en mode « diaporama », avec une musique de circonstance, quelque chose de très français... De l'accordéon, peut-être? Carrie avait pris des photos, elle aussi, mais elle s'était limitée à Disneyland Paris! Son père et sa mère avaient eu beau lui expliquer que ça n'avait pas grand intérêt (on trouvait quasiment la même chose en Californie et en Floride), la gamine de douze ans n'avait pas voulu en démordre. Elle avait également insisté pour aller manger plusieurs fois au McDo. L'exotisme des pays étrangers exerçait sur elle un attrait encore très limité.

Elle a le temps de changer, de s'ouvrir au monde, songea David Webb.

– Veuillez nous suivre, s'il vous plaît.

L'homme qui venait de parler portait un costume trois-pièces des plus stricts, à l'image de son visage en lame de couteau. Il était accompagné d'un policier français en uniforme.

– Mais... et notre avion? hoqueta David.

– Simple contrôle de routine, monsieur, ne vous inquiétez pas.

Le duo fit sortir les Webb de la file d'attente. Carrie jetait des coups d'œil anxieux à son père.

– Qu'est-ce qu'il y a, papa?

– Rien, ma chérie. Ne t'en fais pas...

Ils enfilèrent une série de couloirs moquettés, passèrent devant les douanes puis arrivèrent enfin à une porte sans signe distinctif.

– Vous restez dehors, dit l'homme en costume aux parents.

– Hein?

– Mais pourquoi?

– On va tout vous expliquer. Ne vous inquiétez pas.

La porte s'ouvrit. On poussa Carrie dans une pièce blanche, nue, aseptisée. Deux hommes en combinaison jaune attendaient la gamine.

Memphis, Tennessee. 15 h 30, heure locale.

Marisa Tavoularis s'était absentée de son domicile pour une course. Elle n'en avait pas pour longtemps : vingt minutes, tout au plus. Elle avait confié la garde de sa fille, Tina, à son fils aîné, Alexander. Ses enfants avaient respectivement sept et quinze ans. Alex avait été conçu par insémination artificielle, car le premier mari de Marisa était stérile. Après la mort de celui-ci (un stupide accident de voiture), la jeune femme s'était remariée avec Mike Tavoularis et avait déménagé dans le Tennessee, l'Amérique profonde, autrement dit. Pour elle qui venait de San Francisco, le choc avait été un peu rude. C'était comme d'atterrir sur une autre planète. Mais, avec le temps, elle s'était habituée à l'accent traînant des gens du Sud et à leur façon de vivre. Et puis il y avait eu la naissance de Tina, sa princesse. Une merveille. Alex était plus difficile. Il était rentré dans la phase « ado grognon », et Marisa ignorait combien de temps cette période de turbulences allait durer.

La jeune femme déposa ses paquets dans l'entrée.

– Alex, c'est moi !

Pas de réponse.

– Alex ?

– Alex est parti, répondit une petite voix.

– Quoi ?

Marisa fonça dans le salon. Sa fille de sept ans était en train de dessiner, ses crayons de couleur éparpillés sur une table basse en verre opaque.

– Ton frère est pas possible ! grogna Marisa. Je lui avais demandé de veiller sur toi. On ne peut vraiment pas lui faire confiance.

– Il est pas parti tout seul. Il y a deux monsieurs qui l'ont emmené.

– Hein ?!

Le sang de Marisa se réfrigéra. Elle pensa :

Il se drogue, c'est sûr. Il a des mauvaises fréquentations... Il a été arrêté par la police !

– L'un des monsieurs a laissé sa carte. Il a dit de ne pas t'inquiéter.

Tina montra un petit rectangle de papier posé sur la table basse, à côté des crayons. Sa mère s'en saisit, le cœur martelant comme un fou sa poitrine.

Jack Hattaway, brigade sanitaire.

La mère de famille se mordit la lèvre inférieure jusqu'au sang. Elle avait l'impression que ses entrailles se liquéfiaient.

– À quoi ils ressemblaient, ces messieurs ? demanda-t-elle à sa fille.

– Je les ai dessinés. Tiens, regarde. C'est joli, non ?

Tina terminait de crayonner en jaune deux silhouettes style « Bibendum » avec un bocal sur la tête...

Austin, Texas. 16 h 37, heure locale.

Julia ouvrit des yeux grands comme des citrouilles. La petite fille, d'habitude si concentrée sur ses devoirs de vacances, semblait avoir vu un fantôme. Elle et Sia étaient assises dans la salle prêtée par la ville pour permettre aux jeunes et moins jeunes de recevoir des cours de rattrapage ou des cours du soir. Quand elle ne composait pas ou n'était pas en concert, Sia aidait bénévolement les enfants des quartiers défavorisés à se préparer pour la rentrée. Cela faisait presque trois semaines qu'elle travaillait avec Julia, une gamine noire de huit ans que sa mère élevait toute seule dans des conditions difficiles. C'était une enfant douce, facile et motivée. Sia s'était attachée à elle.

La jeune fille fit claquer ses doigts devant les yeux agrandis de Julia.

– Hé ho? Tu es avec moi?

Pas de réponse. Sia se retourna et faillit lâcher un cri.

Un homme en scaphandre jaune était entré silencieusement dans la salle et marchait droit sur elle.

– Sia Mandelson?

Elle ouvrit la bouche pour répondre par l'affirmative, mais resta muette. Elle était pétrifiée.

C'est une blague ou quoi?

Elle imaginait sa meilleure amie en train de la filmer, cachée quelque part. Demain, la vidéo circulerait sur le Net. Sia balaya la grande salle du regard. Toutes les têtes s'étaient tournées vers elle. Elle avala sa salive difficilement. C'était débile, comme blague; ça n'avait aucun sens. Pourquoi ce déguisement digne d'un mauvais film de science-fiction?

– Oui, c'est moi. Que se passe-t-il? parvint-elle enfin à articuler.

– Vous devez me suivre immédiatement, c'est urgent. Veuillez vous lever.

– Il est arrivé quelque chose à mes parents?

– Elles vont bien. Elles nous ont dit où vous trouver.

Sia obéit.

– Ils vont te faire quoi? demanda Julia, terrifiée.

– Je ne sais pas. Ne t'inquiète pas.

Mais Sia était morte de trouille, comme le prouvaient les vibratos dans sa voix.

Un bénévole d'une trentaine d'années qui enseignait les maths s'avança:

– Vous avez un mandat? Un document officiel?

En guise de réponse, le cosmonaute désigna la porte devant laquelle se tenaient deux officiers de police, mains sur le ceinturon et coiffés de Stetson, dans la plus pure tradition texane.

L'homme en scaphandre emmena Sia dans un coin, l'aspergea d'un produit sorti d'un gros vaporisateur à pompe, puis il la fit sortir sous les yeux éberlués de tous les gamins et de leurs enseignants.

CHAPITRE 9

Bannister s'était assis sur le canapé en moleskine de la salle de repos, une pièce exiguë située au même étage que la partie «labo». Une cafetière en fin de vie y distillait son jus de chaussette goutte à goutte. Les murs étaient constellés des cartes postales envoyées par les membres de l'équipe quand ils partaient en vacances: Bahia, Montréal, Paris, Lisbonne, Hong Kong... Les textes griffonnés au dos des cartes disaient: *Je pense bien à vous, les rats de labo! Enjoy*, ou encore: *Je crois que je vais me construire une cabane sur la plage et rester ici...* Un distributeur de sodas, un frigidaire et un distributeur de barres aux céréales s'alignaient, pareils à un trio de soldats au garde-à-vous. Bannister avait pris un paquet de *Snickers*. Il grignotait tout en zappant sur la télé à écran plat encastrée dans un mur. C'était sa manière à lui de réfléchir le plus efficacement possible. Il mettait son cerveau en pilotage automatique et changeait de chaîne, encore et encore, avec une régularité de métronome, comptant sur des associations d'idées hasardeuses pour provoquer une illumination.

Qui es-tu, Gary Zaboly?

Il avait déjà vu trois appels à témoins sur trois chaînes différentes. Les spots passaient aussi souvent que les «alertes enlèvement» quand un gamin disparaît. Beaucoup de gens appelaient le numéro indiqué en bas de l'écran, mais la plupart n'avaient rien à dire. Ils étaient juste alléchés par la récompense. Les rares témoignages dignes de foi provenaient de patients qui avaient eu Zaboly comme médecin... une dizaine d'années plus tôt. Les parents de ce dernier étaient morts au début du siècle. Il n'avait pas de frère ou de sœur. Pour résumer, Bannister n'en savait pas davantage que la police: le conjoint de Zaboly, un dénommé Andy Bress, avait été assassiné en février 2009. À en croire le rapport, les deux homos avaient été pris à partie par une bande de crétins éméchés à la sortie d'un concert, et la bagarre avait mal tourné. Deux semaines plus tard, Zaboly vidait ses comptes bancaires puis, pffiut, plus rien. Il était devenu l'homme invisible.

Où te caches-tu, Gary? Si tu es toujours de ce monde, bien entendu... Et pourquoi t'es-tu volatilisé?

Du côté des enfants, en revanche, les choses avançaient vite et bien. FBI et Interpol avaient fait diligence. Les cinquante-sept «bombes à retardement» avaient été appréhendées, et la procédure de mise en quarantaine suivait son cours.

Dès qu'on aura mis la main sur votre gentil papa, on trouvera le moyen de vous «désamorcer», les amis. Je vous le promets...

Bannister attendait une première batterie de prélèvements issus des ados interceptés et mis en quarantaine. Les tests étaient prêts. Avec un peu de chance, lui et son équipe trouveraient assez vite de quelle façon le virus évoluait de son état dormant à son stade mortel.

Il passa d'une énième rediffusion de *Friends* à des pubs débiles, puis à des clips de rap sur MTV, puis encore des pubs, puis...

Son pouce resta suspendu en l'air.

Il venait de tomber sur *Bip Bip et Coyote*, son dessin animé préféré. Pour la majorité des spectateurs, adultes comme enfants, les aventures du célèbre *road runner* et de son ennemi juré n'étaient rien d'autre qu'un divertissement rigolo. Pas pour Bannister. Il discernait clairement dans ce vieux *cartoon* une dimension métaphysique : rien moins qu'une métaphore de l'existence humaine !

Sur l'écran, le prédateur famélique et obstiné était en train d'élaborer un piège très compliqué visant à capturer une bonne fois pour toutes son insaisissable proie supersonique. Bien sûr, le piège foirait. Bannister éclata de rire en voyant la machine infernale qui explosait à la figure de son concepteur. Pauvre Coyote. Il était voué à un éternel recommencement. Si bizarre que cela puisse paraître, Bannister s'était toujours identifié au Coyote. Ils avaient un côté « capitaine Achab » tous les deux. La baleine blanche de Bannister, sa Moby Dick, c'était son désir de traquer et d'éradiquer les maladies qui germaient aux quatre coins du monde : un travail jamais achevé, une course avec l'infini en point de mire, un peu comme ce petit jeu auquel se livraient concepteurs de programmes et pirates informatiques. On avait beau trouver la parade à un virus, il y en avait toujours un autre qui apparaissait le surlendemain, plus méchant, plus vicieux.

Bannister avait les yeux rivés sur la télé. Il regardait le programme, fasciné, un sourire de môme aux lèvres. Le Coyote collait une oreille sur la route pour guetter l'approche de son adversaire, tel un Sioux sur le sentier de la guerre. Derrière lui, le décor désertique se résumait à quelques éléments ultra-stylisés : un cactus, un piton rocheux au loin, une étendue jaune vif avec trois petits points pour symboliser les grains de sable. Des ondes de chaleur montaient de l'asphalte et, quand le Coyote se redressa, la moitié de sa tête resta scotchée à la route, façon papier tue-mouches.

Bannister commença à rire, mais le son de sa propre voix mourut sur ses lèvres. La qualité du gag n'était pas en cause. Il venait de penser à quelque chose.

Chaleur...

Ses neurones crépitaient. Une intuition se cristallisait dans son cerveau, trop parfaite, trop lumineuse pour être valide.

Il s'empara de sa tablette tactile, tapa *météo* sur son moteur de recherche favori puis se rendit directement sur le site arrivé en tête de liste...

OK, est-ce que les températures enregistrées hier sont archivées ? Ouais, ici, très bien.

Il ouvrit la page. Une carte des USA s'afficha plein pot. La date était bien celle de la veille. Les zones les plus chaudes du pays étaient coloriées en rouge.

Bon sang, «alerte canicule niveau 4» dans le Nevada... Et au sud des côtes californiennes!

La température avait frôlé les 50 °C à l'intérieur de ces deux zones! Il avait fait chaud dans le reste des États-Unis, mais rien de comparable avec le pic atteint dans le Nevada et sur la côte Ouest.

Bannister bondit du canapé et fonça au labo.

– Qu'est-ce qui vous arrive, chef? s'enquit le jeune Reno.

– Je dois vérifier un truc!

Bannister se précipita sur une cage hermétiquement isolée dans laquelle folâtraient une demi douzaine de souris blanches. On avait inoculé le virus Dillon à l'une d'entre elles. Et on attendait.

Une lampe semblable à celle qui prodiguait lumière et chaleur au serpent domestique de Bannister éclairait les rongeurs. Le petit homme augmenta sa température réglable jusqu'à 45 °C.

– Vous jouez à quoi? demanda Greg Johnson, qui était revenu travailler, frais et dispo.

46 °C... 47 °C...

Bannister resta silencieux. Tous les membres de son équipe se regroupaient petit à petit autour de lui. Personne ne parlait. Ils regardaient tous la cage, et surtout son contenu.

Soudain, l'une des souris poussa un couinement déchirant et se tordit de douleur.

– Bingo, lâcha Bannister avec un sourire sans joie.

L'animal se convulsait en crachant du sang noir. Son agonie fut brève, mais c'était terrible d'imaginer des êtres humains en proie aux mêmes tourments.

– C’est la chaleur notre élément déclencheur, marmonna Bannister. Au-dessus d’un certain seuil, boum, le virus se réveille et...

– Quelle horreur ! gémit Marcia Lyu.

Moins de trois minutes plus tard, une deuxième souris se mit à couiner, puis ce fut le tour d’une autre, et encore une autre. En dix minutes, tous les occupants de la cage étaient morts. Certains luttaient plus longtemps que la moyenne, mais l’issue du combat s’avérait chaque fois inéluctable.

Bannister se tourna vers ses assistants :

– Appelez tous les services de quarantaine et dites-leur de garder les gamins bien au frais !

CHAPITRE

10

ILS l'avaient enfermé pendant des heures dans une pièce aux murs nus, gris et sales, qui sentait le vomi. Sans doute une cellule de dégrisement pour poivrots. ILS lui avaient apporté un plateau-repas insipide auquel il avait à peine touché. Chose étrange : ILS ne lui avaient pas posé de questions.

Puis, en milieu d'après-midi, ILS avaient autorisé la venue de ses parents.

Jack et Mary Connor étaient restés dans le couloir, de l'autre côté des barreaux, mais, au moins il avait pu les voir et leur parler. L'échange avait été bref :

– Ils t'ont frappé? s'était inquiété Jack Connor en voyant le sparadrap collé au menton de son fils.

– Nan... Me suis cogné en tombant.

– Ils disent que tu es malade, Virgil. Un virus dormant. Rien de grave. On doit juste te faire une batterie de tests.

Jack Connor essayait de cacher sa peur mais il n'avait jamais été très bon comédien.

Bien sûr! avait pensé Virgil. *Le joli conte à dormir debout. On m'arrête moins de vingt-quatre heures après que j'ai piraté un dossier top secret dans les archives du Pentagone. Simple coïncidence.*

Sauf que l'adolescent ne croyait pas plus aux coïncidences qu'au hasard ou au karma! Cette histoire de virus, c'était du flan. Classique. Les magiciens procèdent de la même manière: ils vous enfument, font diversion de la main gauche et, hop hop, sortent un joli lapin blanc de leur chapeau de la main droite.

– Est-ce qu'ils sont allés dans ma chambre? avait demandé Virgil.

Sa mère, qui semblait avoir pris dix ans depuis la dernière fois qu'il l'avait vue, quelques heures plus tôt, avait hoché la tête:

– Oui. Ils ont tout désinfecté. La pièce est condamnée, pour l'instant.

Ben voyons! avait songé l'ado, amer. *Je suis sûr qu'ils ont fait main basse sur mon disque dur par la même occasion. Heureusement que j'ai copié le dossier sur une clé USB...*

Restait à savoir quand il pourrait récupérer ses deux clés enterrées derrière une haie. Pas tout de suite, vraisemblablement. Il se voyait déjà enfermé dans une prison top secret avec les reliquats du groupe al-Qaida.

Puis, en fin d'après-midi, un flic en costard-cravate lui avait annoncé:

– On va te transférer au centre médical des enfants de Dell, pour les tests. Ne t'inquiète pas. Tu es entre de bonnes mains.

– Quelles sortes de tests, exactement?

– Tu verras.

– C'est quoi, ce fameux virus?

– Je ne peux rien te dire de plus.

Virigil avait pensé:

Il vont me faire des piqûres, des trucs comme ça. Il va y avoir un accident, puis ce sera «Oh, désolé, monsieur et madame Connor, mais Virgil a été victime d'un arrêt cardiaque durant les tests. Toutes nos condoléances»...

Un scénario diabolique. Avec lui dans le rôle de la victime.

On le fit sortir de sa cellule à 18 heures. Il avançait, épaules voûtées, encadré par deux hommes en armes. Le flic en costard-cravate ouvrait la route, et Virgil avait l'impression d'être un condamné à mort marchant vers la chaise électrique.

Les policiers le conduisirent jusqu'à une ambulance garée derrière le commissariat. Les portes arrière du véhicule s'ouvrirent sur deux personnes: un type en combinaison jaune, casqué façon Neil Armstrong, et une jeune fille aux cheveux aile-de-corbeau. Jolie, bien qu'un peu trop maquillée au goût de Virgil. Très mince. Il lui donnait quinze ou seize ans. Il avait l'impression de l'avoir déjà vue quelque part. La fille le dévisageait également. Elle avait une expression partagée entre la peur et la curiosité. Un brancard à roulettes était rangé dans un angle, avec du matériel de réanimation.

– Monte, dit le flic en costard à Virgil.

Le garçon obtempéra. Les deux battants claquèrent derrière lui. Il frissonna. Il faisait plutôt froid à l'intérieur de cette ambulance.

– Assieds-toi, fit l'homme en jaune.

Il indiqua le banc riveté en face de lui, celui sur lequel la jeune fille brune était déjà installée. Virgil prit place à côté d'elle. Le véhicule démarra, gyrophare et sirène en action, et l'adolescent se cramponna pour ne pas se cogner contre sa voisine au premier tournant. Le conducteur avait mis le turbo. Virgil s'adressa à l'homme en jaune :

– Je vais rester combien de temps à l'hosto ?

– Le temps qu'il faudra.

Le type était aussi aimable qu'une porte de congélateur. En parlant de congélo...

Il fait VRAIMENT froid, pensa Virgil.

Il regarda les bras nus de la fille. Elle était vêtue d'un simple tee-shirt et avait la chair de poule.

– Vous pouvez pas y aller mollo sur la clim ? lança Virgil à l'adulte.

– J'ai des ordres, se borna à répondre ce dernier.

– Des ordres qui viennent de qui ?

Silence.

La jolie brune soupira :

– Te fatigue pas, y a rien à en tirer. J'ai essayé, moi aussi.

– Qu'est-ce que tu fiches ici, toi ? s'enquit Virgil.

– Il paraît que je suis malade.

– Ouais. Comme moi. Et tu te sens malade ?

– Non, je me sens très bien... Mais je vais à coup sûr attraper la crève s'ils continuent de mettre la clim aussi fort.

Elle frissonna.

– Moi, je crois que je vais dégobiller, ronchonna Virgil.

Freinages, accélérations pied au plancher, tournants pris quasiment sur deux roues. Leur chauffeur semblait décidé à battre un record.

– Je m'appelle Virgil, dit Virgil.

Il tendit la main. L'adolescente la serra en lui souriant.

– Moi, c'est Sia.

– Tu n'es pas cette fille du lycée des Bulls, qui chante avec un groupe?

– Ouais. Les *Bandidas*.

– Je me disais bien que je te connaissais de vue...

L'instant suivant, ils entendirent un long crissement déchirant.

Puis le monde parut exploser.

Le conducteur de la Ford avait freiné, mais trop tard.

La faute à son boulot. La faute à son patron, qui lui mettait la pression pour faire toujours plus de chiffre. La faute à ces trois verres de whisky qu'il s'était enfilés, après le travail, au bar du coin de la rue, histoire d'envisager la vie d'un œil un peu moins sombre...

Il avait vu l'ambulance débouler sur sa gauche; il avait juré, citant la Sainte-Trinité dans le désordre, écrasé la pédale de frein, voulu donner un coup de volant... Il aurait peut-être réussi à éviter la collision si ses réflexes n'avaient pas été émoussés par l'alcool.

Si...

Virgil se sentit arraché du banc. Il partit au plafond. Sia, le type en jaune et le brancard à roulettes décollèrent également. Trois voix hurlaient à l'unisson. Un choc broya l'épaule du garçon. Il se replia d'instinct en position fœtale. Son dos cogna le pack de réanimation. Il était pris dans un shaker géant... Tout tournait, roulait; l'univers était un manège fou. Puis tout s'arrêta brusquement.

La sirène placée sur le toit (qui était devenu entre-temps le plancher!) avait cessé de crier. Elle mugissait, lancinante, tel un vieux disque passé au ralenti.

– Hé, ça va?

C'était la voix de Sia.

– Je... ouais, je crois, fit Virgil.

Il toucha son épaule et grimaça. Il se l'était sans doute démise. Son dos lui faisait également assez mal, mais c'était supportable.

– Et toi? demanda-t-il à la jeune fille.

– Oui, ça va. Je n'ai rien de cassé.

– Tu... tu saignes.

Le rouge vif du sang contrastait avec sa carnation très pâle. Elle porta la main à son arcade sourcilière, puis à son front, suivant le tracé de l'écoulement, et remonta encore jusqu'à son crâne.

– Mon Dieu, lâcha-t-elle.

– Panique pas, lui dit Virgil. Le cuir chevelu, ça saigne toujours un max, même quand c'est superficiel. Tu as mal à la tête?

– Non, enfin, je veux dire pas trop.

– Suis mon doigt des yeux.

Il passa son index levé devant le visage de la jeune fille, d'abord de droite à gauche, puis l'inverse. Les iris bougeaient en rythme.

– C'est bon, dit-il.

Un gémissement fit tourner la tête aux ados. L'homme en jaune était en train de reprendre connaissance. Virgil n'avait aucune envie d'attendre son réveil complet. La vitre latérale du côté droit était cassée. Le garçon enroula son blouson autour de son avant-bras et entreprit de nettoyer les débris de verre subsistant sur les rebords.

– Qu'est-ce que tu fiches? l'interrogea Sia.

– Je me tire. Et tu ferais bien de m'imiter.

– Mais pourquoi? T'es dingue!

– Cette histoire de virus, c'est bidon!

– Hein?

– C'est un mensonge des autorités destiné à couvrir un truc beaucoup plus gros.

– Tu délires...

– Tu n'as pas été témoin de quelque chose de bizarre, ces jours derniers? Un événement qui sort de l'ordinaire?

– Non, je ne crois pas... Enfin, il y a eu cette alerte à la bombe, hier soir, dans la salle où je jouais avec...

Virgil la coupa:

– C'est peut-être en rapport avec ça, ou peut-être avec autre chose. En tout cas, une chose est sûre, Sia, et je te demande de me croire sur parole: nous ne sommes pas malades. J'en mettrais ma main à couper!

La jeune fille déglutit. Elle semblait complètement perdue.

Virgil s'engagea à quatre pattes dans l'ouverture puis s'arrêta pour se retourner et tendre la main à Sia:

– Allez, viens avec moi.

– Je ne sais pas.

– Tu as envie que des types en blouse blanche fassent des expériences sur toi ? Qu'ils te lavent le cerveau pour le purger de tout souvenir compromettant ? Tu as envie d'être transformée en légume ?

– Qu'est-ce qui me prouve que tu n'es pas complètement barjot ? Pourquoi je te suivrais toi plutôt qu'eux ? Je ne te connais même pas.

– Bon, moi je me tire, tu fais ce que tu veux. Je ne vois pas pourquoi je m'encombrerais d'une nana, après tout !

Piquée au vif dans son orgueil, la jeune fille se glissa à son tour hors du véhicule. Un attroupement commençait à se former au carrefour. Les deux ados se relevèrent, chancelants. Ils se soutenaient mutuellement.

– Ne bougez pas, dit un grand maigre à lunettes. J'ai appelé le 911. Les secours arrivent.

– C'est bon, laissez-nous passer, répliqua Virgil.

– Dans votre état ? Mais vous n'y pensez pas, jeune homme !

– Nous allons bien.

– C'est aux médecins d'en décider.

Virgil fit mine de forcer le passage, mais le grand type l'agrippa par les épaules :

– Allons, ne sois pas stupide, mon garçon !

Virgil lui balança un coup de poing en pleine poire. Sia ouvrit de grands yeux stupéfaits. L'homme recula, le nez en sang, l'air affreusement outragé.

– Mais... mais...

Cette fois, les badauds s'écartèrent.

Virgil prit la main de Sia. Tout d'abord, elle résista, puis ils se mirent à courir ensemble.

CHAPITRE

11

– Quoi?! explosa Tommy Bannister.

– *Ils se sont évadés*, confirma la voix à l'autre bout du fil. *Durant le transfert. Un malencontreux concours de circonstances... Un accident*

Le directeur adjoint du CDC venait de terminer son dixième café de la journée. Il froissa rageusement le gobelet en plastique et le jeta dans la corbeille la plus proche.

– Nom de Dieu, lâcha-t-il. On n'avait pas besoin de ça... Vous n'avez pas pu... je ne sais pas, moi, braquer nos satellites sur la zone?

– Le temps qu'on fasse la demande et qu'on explique le pourquoi du comment, les mômes s'étaient déjà fondus dans le paysage!

– Mouais... Et les caméras de surveillance?

– Pas évident de repérer deux ados lambda dans une ville de près de un million d'habitants!

Bannister se laissa tomber sur son siège à roulettes, tête tassée dans les épaules, comme si la pesanteur venait de doubler, puis il se mit à réfléchir intensément.

– Préparez un nouveau spot avec le signalement des fugitifs, dit-il après de longues secondes de silence. On met le paquet sur les télés locales. Ils n'ont pas pu aller très loin...

– *Bien monsieur. On offre une récompense?*

– Voyez ça avec le département d'État... Et surtout, précisez : *Gardez vos distances et prévenez les autorités sanitaires les plus proches*. On ne sait pas à quel point ces mômes sont contagieux.

– *Oui, monsieur.*

Bannister raccrocha, puis annonça la mauvaise nouvelle à ses collègues. En un instant, tout le monde se figea.

– Merde, soupira Greg Johnson. Dire qu'on avait trouvé et isolé tous les gamins en moins de vingt-quatre heures... C'était trop beau.

– Pas de temps à perdre en lamentations, le coupa Bannister. Sors-moi tout ce que tu as sur Sia Mandelson et Virgil Connor.

– OK, *boss*, je vous maile tout de suite les dossiers.

Bannister regagna son poste de travail en faisant rouler son siège d'un vigoureux coup de bassin. Il cliqua sur sa boîte de réception, s'arrêta sur le courriel le plus récent (il datait d'à peine une poignée de secondes) et ouvrit les fichiers joints.

Les photos des deux ados s'affichèrent. La forme du visage de la fille évoquait celle de son père biologique. Elle avait de plus la couleur et l'intensité de ses yeux, tandis que le garçon possédait indéniablement le front et le sourire de Gary Zaboly.

Foutu Zaboly, j'aimerais bien le débusquer, lui aussi, songea Bannister.

Malheureusement, pour l'instant, aucun des enquêteurs qu'il avait mis sur le coup n'avait réussi à élucider la disparition du toubib de Boston ! Plusieurs interrogatoires étaient en cours, et Bannister espérait bien que l'un d'eux déboucherait sur un indice concluant.

Il lut les dossiers des ados, passa en revue leurs photos, bios, bulletins scolaires, profils disponibles sur les réseaux sociaux...

Le jeune Connor était très réputé dans le milieu des *geeks* amateurs de conspirations en tous genres. Un pro du *hacking*, apparemment. La petite, elle, était une militante homosexuelle. Les paroles de ses chansons ne laissaient planer aucun doute là-dessus. Elle semblait par ailleurs attirée par les garçons, si l'on se fiait à plusieurs de ses anciens statuts Facebook.

Ils vont chercher de l'aide au sein de leurs réseaux respectifs... Le gamin essaiera sûrement d'entrer en contact avec l'un de ses potes paranos. C'est par là qu'il faut fouiner...

Le dossier de Connor signalait qu'il avait été arrêté alors qu'il rendait visite à un individu nommé Mel Hondo, pirate informatique, lui aussi, et trafiquant de matériel à ses heures. Bannister appela aussitôt le chef du Austin Police Department.

– Organisez une descente chez Mel Hondo, dit-il, une fois les formules de politesse expédiées. Connor est peut-être planqué là-bas. Si jamais ce n'est pas le cas, Hondo a sûrement une idée de l'endroit où il peut se cacher.

Le chef de la police locale assura que le nécessaire serait fait dans les plus brefs délais, et Bannister se replongea dans la lecture des dossiers.

Soudain, une mention attira son attention.

– Ben ça alors! siffla-t-il entre ses dents.

Virgil Connor était déjà fiché au FBI. Bannister composa aussitôt le numéro de Mark Snow, son contact au sein de l'agence fédérale. Snow était un type compétent, solide, mais il avait goûté à la drogue dure des médias quelques mois plus tôt, à l'occasion d'une interview dans une émission consacrée aux *serial killers*, et, depuis, il était accro aux paillettes. Il préparait un livre racontant sa vie, ses enquêtes, et servait de consultant technique sur une série télé.

– Mark? Tommy Bannister à l'appareil... Je t'appelle au sujet de l'une de mes cinquante-sept «bombes humaines».

– *Parlez-moi de votre enfance, Tommy*, susurra Snow en prenant la voix d'Hannibal Lecter. *Parlez-moi du cri des agneaux dans la nuit...*

C'était une vieille blague entre lui et le directeur adjoint du CDC mais, aujourd'hui, ce dernier n'avait pas le temps de plaisanter.

– Une autre fois, Mark, tu veux bien? Je suis dans la merde.

– *OK, j'arrête. C'est quoi, le souci? Je croyais que tu les avais tous mis au frais, tes lardons. En tout cas, c'est ce que prétendait le dernier rapport que j'ai eu entre les mains.*

– Ouais, sauf qu'il y a du neuf. Deux d'entre eux ont réussi à nous filer entre les doigts.

– *Où ça?*

– Austin... L'un des deux fugitifs est connu de tes services: Virgil Connor, ça te dit quelque chose?

– *Bouge pas, je vais me renseigner...*

– Merci.

Deux ou trois minutes passèrent, agrémentées par une musique d'attente digne d'une mélodie d'ascenseur.

– *C'est bon, j'ai consulté le dossier*, annonça Mark Snow. *Ton Connor est un petit mariole. Il a essayé plusieurs fois de s'introduire dans le serveur du Pentagone. Figure-toi que sa dernière tentative date d'hier.*

– Et il a réussi?

– *Oui... enfin, c'est ce qu'on lui a fait croire. On a un programme qui prend en charge les rigolos dans son genre, une sorte de système de diversion. Je t'épargne les détails techniques mais, en gros, ça envoie les intrus sur un site leurre avec tout plein de fichiers bidon cryptés comme les vrais. C'est une façon de donner un os à ronger aux* hackers *qui viennent nous chercher des poux dans la tête...*

– Pas bête... Donc, si je comprends bien, Connor est persuadé d'avoir piraté un vrai dossier?

– *Oui. À moins qu'il n'ait déjà réussi à le cracker mais, franchement, ça m'étonnerait. On a mis le paquet sur le logiciel d'encodage.*

– Je vois. Merci pour ces infos, Mark. Tu peux me lancer une recherche sur les différents contacts de Connor, les gens avec qui il discute régulièrement sur les réseaux sociaux?

– *Tu penses qu'il va leur demander de l'aide?*

– Possible. Entre grands malades, on se serre les coudes.

– Logique, en effet. Je m'en occupe. Mais, tu sais, c'est parfois compliqué de remonter jusqu'à la véritable identité de ces gus... Ils sont spécialisés dans les avatars bidon, ils savent brouiller les adresses IP pour rester intraçables, etc. Ça peut prendre un peu de temps, quoi.

– Je sais que tu feras le maximum.

– À ton service. On se tient au courant.

– D'ac.

Bannister raccrocha et sa bouche se tordit de manière presque comique.

Parano comme il est, Connor va sans doute s'imaginer qu'il est traqué à cause de son histoire de fichier piraté.

Bannister se leva et attrapa son blouson qui pendait à une patère.

– Z'allez où, *boss*? demanda Greg Johnson.

– Voir les parents des deux gosses, Connor et Mandelson. Je veux les interroger moi-même. Dis à Jack de faire chauffer les rotors.

Jack Harlow était le pilote de l'hélico mis à la disposition du CDC vingt-quatre heures sur vingt-quatre. L'appareil avait neuf cents kilomètres d'autonomie; c'était le moyen le plus pratique pour rejoindre Austin rapidement.

– Et vous allez manger quand? s'enquit Johnson.

– Dans une prochaine vie, gloussa Bannister. Avec un peu de chance.

Il ferma la porte du labo et remonta le couloir jusqu'aux ascenseurs. Tous occupés. Comme il n'avait pas la patience d'attendre la prochaine cabine, il grimpa à toute vitesse les marches de l'escalier de service. Lorsqu'il déboucha sur le toit du centre de recherches, le souffle des pales en action lui fouetta le visage plus fort que le vent.

Une minute plus tard, il était sanglé sur le siège du passager et décollait.

CHAPITRE
12

La nuit était tombée, et des courants d'air tiède s'engouffraient dans l'appartement d'Hans Perry comme autant de promesses d'un été éternel. L'ancien policier soupira d'aise. Il s'était confectionné un sandwich prosciutto-tomates-mozzarella. La cuisine italienne restait l'un de ses petits bonheurs personnels. Il aurait adoré passer sa retraite entre l'Espagne et l'Italie, peut-être dans le sud de la France, mais, les années filant, son rêve s'était éloigné à tire-d'aile. Au fond, qu'est-ce qu'il irait faire en Provence, tout seul? C'était le genre de truc qu'il fallait réaliser à deux.

Le téléphone sonna.

– *Salut, Hans*, lança Candice. *T'es connecté?*

– Pourquoi? Du neuf sur Zaboly?

– *Indirectement... Va sur LastNews.com.*

Hans se pencha sur son écran et effleura du doigt un onglet. Le portrait de deux ados apparut. C'était un nouvel avis de recherche.

– *Ces deux-là sont des descendants de Zaboly*, annonça Candice.

– Hon hon...

Hans avait la bouche pleine. Il fronça les sourcils et mit ses lunettes.

– *Ils se sont évadés en fin d'après-midi*, reprit Candice. *D'après les gens du CDC, ils sont super contagieux.*

– Cette espèce de tuberculose dont tu m'as déjà parlé?

– *Oui.*

D'ailleurs, l'avis de recherche spécifiait: *Gardez vos distances et prévenez les autorités ou les services sanitaires les plus proches.*

– Hum, ça a l'air sérieux, grommela Hans. Tous les autres descendants sont en quarantaine?

– *D'après ce que je sais, oui. Tu es toujours branché sur Zaboly?*

– Ouais. Je suis en phase «remue-méninges».

– *OK!* (Un silence, puis:) *Gaudi va bien?*

– Elle se remet. Merci de t'en soucier.

– *Super, je t'embrasse, Hans.*

– Moi aussi.

Hans raccrocha. Gaudi était couchée dans son panier, à côté de lui. Elle redressa avec peine son museau et envoya un regard d'amour encore très anesthésié à son maître. Un large pansement bandait son pelage beige. Elle n'avait pas mangé. Le vétérinaire avait prévenu Hans que son appétit en prendrait un coup. Elle n'avait pas bu non plus. Cela inquiétait davantage le vieil homme. Il avait glissé un bol d'eau juste devant sa truffe sèche afin qu'elle n'ait pas à se lever. Il la regarda. Il faisait si chaud. La chienne devait se réhydrater, surtout après une telle opération.

Ma jolie, je ne vais pas pouvoir t'emmener si je pars en chasse, cette fois, pensa Hans. *Pas dans ton état.*

Heureusement, il pouvait compter sur sa voisine en cas d'absence prolongée. Dix ans qu'ils partageaient la même maison transformée en deux appartements. Lui vivait au premier étage et Aida au rez-de-chaussée. Celle-ci avait vu grandir Gaudi et l'aimait beaucoup. Au moins, la chienne serait bichonnée et pourrait profiter du grand jardin *non-stop*.

Hans se servit un verre de chianti et s'assit devant son ordinateur. En fond d'écran, il avait mis un portrait de son petit-fils, Nathan, douze ans, un blondinet souriant et grassouillet. Sa fille lui envoyait des photos de temps en temps, histoire de garder le contact symboliquement. Elle vivait sur la côte Ouest, comme l'ex-femme de Hans. Elle avait un mari gentil et un métier intéressant (journaliste). Elle ne détestait pas son père, mais les liens s'étaient effilochés avec le temps et la distance. À dire vrai, elle ne connaissait pas assez Hans pour le détester.

Ne pense pas trop à tout ça, sinon tu vas déprimer, se dit-il.

Inutile de se voiler la face : il avait complètement raté sa vie privée. Le constat était sans appel. Mais, au moins, il avait la faiblesse de croire qu'il avait été un bon flic.

Une fois connecté, il ouvrit les pièces jointes d'un dossier intitulé *Zaboly*. Le médecin gay avait fait une déposition à la police la nuit même où Andy Bress, son *boy-friend*, avait été tué. Le compte rendu administratif du meurtre portait le numéro de code 2B1138... 2 indiquant le district où avait eu lieu l'incident. B, le mois de février. Le reste, c'était le numéro de suivi. Hans fila directement à la partie *Déposition* et la parcourut à trois reprises, à la recherche d'un indice. Zaboly relatait en détail le passage à tabac auquel il avait assisté, impuissant ; un crime haineux, antihomos, comme il y en avait encore des dizaines chaque année à travers le pays. Hans se leva et se posta devant la fenêtre ouverte de son salon. Il alluma une cigarette, tira une bouffée, puis l'écrasa aussitôt. Il s'était juré d'arrêter de fumer. Chaque soir, c'était la même chose. Il avait ce tic qui le reprenait et, aussitôt la première bouffée tirée, il se gendarmait, énervé d'avoir craqué. Il évacua la fumée qui s'était immiscée en lui. L'odeur, elle, resta. Hans alla se laver les mains pour ne pas la conserver au bout des doigts. Il se regardait dans le miroir de la salle de bains quand une phrase lui revint comme un boomerang : « Ça aurait dû être moi », n'avait cessé de dire Gary Zaboly, lors de son témoignage.

Hans Perry avait toujours fait confiance à ses intuitions. Trop, peut-être. Certaines « fulgurances » l'avaient conduit dans des impasses. C'était inévitable, lorsqu'on travaillait à l'instinct. Mais il y avait aussi un paquet d'affaires qu'il avait résolues avec ses tripes. Tous ces feuilletons mettant en scène des experts de la brigade scientifique (qu'ils bossent à Las Vegas, Miami ou Pétaouchnok) le faisaient doucement rigoler. Il était un dinosaure, ouais, et fier de l'être ! Laisser la bride sur le cou à ses impulsions, c'était ça le vrai secret du métier.

Hans se rassit devant l'ordinateur, très excité, et relut encore une fois la déposition. Gary avait prononcé la phrase

«Ça aurait dû être moi!» à trois reprises. Une phrase que tous les amoureux, mères ou pères de famille disent quand ils perdent un être cher et cèdent au poids de la culpabilité. Les rescapés d'accidents graves ont le même réflexe post-traumatique : «Pourquoi ai-je été épargné? En quoi suis-je meilleur que les autres?»

Et si Zaboly avait lâché cette fameuse tirade pour une autre raison? Et si, en effet, Andy avait été la mauvaise victime? Quelqu'un aurait-il eu des raisons de vouloir se débarrasser de Gary Zaboly, à l'époque?

Hans dégaina son téléphone.

– Candice, désolé de te déranger une fois de plus, ma belle, mais j'ai une... intuition!

– *Vas-y, raconte. En général, tes intuitions valent de l'or...*

– Fais-moi un topo sur les finances de Zaboly avant sa disparition.

– *Pourquoi?*

– Est-ce qu'il avait des ennemis, des dettes, de vieux amours aigris, ce genre de choses? Cela cadrerait avec son besoin de se fondre dans la nature par la suite, non?

– *Mais... ce n'est pas lui qui a été agressé. Tu crois qu'il s'agit d'un crime avec un mobile autre que l'homophobie?*

– Je ne suis sûr de rien, princesse. C'est pour cela que j'ai besoin de toi.

– *OK, OK*, soupira son amie. *Je vais voir ce que je peux faire...*

Hans raccrocha et retourna dans la salle de bains pour se laver les dents. Il se regarda encore une fois dans le miroir. Il se trouvait vieux et fatigué. Il était temps d'aller mettre cette carcasse rouillée au lit. Si le corps laissait à désirer, le cerveau, lui, fonctionnait toujours aussi vite. Hans était quasiment certain d'avoir mis le doigt sur un détail pertinent.

Dans quelle affaire louche avez-vous trempé, monsieur Zaboly?

Il ne savait pas quand et comment, mais il percerait ce secret.

CHAPITRE

13

Virgil et Sia remontaient un couloir constellé de graffitis et de tags. L'une des portes, sur le côté, semblait avoir été ouverte à la hache. Le néon du plafond diffusait une lumière papillotante et grésillait... L'ensemble n'était guère rassurant.

– Ton ami habite dans ce taudis? questionna Sia.

Le garçon ne répondit pas. Il n'était pas très bavard, d'une manière générale. Il avait dû décrocher dix phrases depuis le début de la cavale.

Dans quelle galère m'a-t-il entraînée? songea Sia.

Peu après l'accident, ils avaient pris le métro pour, *dixit* son guide, «éviter les caméras des satellites».

– Et les caméras du métro? avait demandé Sia.

– À cette heure-ci, les rames sont noires de monde et, selon toute vraisemblance, ils n'ont pas encore eu le temps d'enregistrer nos photos dans la base de données des systèmes de reconnaissance morphologique. Autant chercher une aiguille dans une botte de foin!

Décidément, il semblait avoir réponse à tout, ce garçon! Sia trouvait ça un peu agaçant, d'ailleurs. Mais elle devait reconnaître qu'il était beau gosse, dans le genre brun ténébreux. Tout à fait son style.

Leur trajet souterrain avait été erratique et assorti de nombreux changements qui ne semblaient avoir de logique que pour Virgil. Une heure plus tard, ils avaient refait surface dans un quartier louche situé à la périphérie de la ville. Virgil s'était dirigé vers le premier immeuble venu sans hésiter, rasant les murs en mode «protocole fantôme», c'est-à-dire la capuche de son blouson rabattue sur la tête. Sia l'avait suivi, une fois de plus. Il paraissait savoir ce qu'il faisait, lui, au moins. La jeune fille avait conscience que c'était un peu dingue d'emboîter le pas à un total inconnu, mais pour l'instant elle ne voyait pas trop d'alternatives. Retourner avec les scaphandres? Très peu pour elle. Elle prenait son mal en patience. Arriverait bien le moment où la situation allait s'éclaircir, d'une manière ou d'une autre.

Une porte en métal vert écaillé se trouvait au bout du couloir du rez-de-chaussée. Virgil donna une série de coups entrecoupés de pauses. On entendit des bruits de pas, puis un nombre invraisemblable de cliquetis et, enfin, la porte s'ouvrit, laissant apparaître un sexagénaire mal rasé au crâne déplumé. L'homme portait un tee-shirt crasseux et un caleçon à rayures à peine plus avenant. Il sourit, découvrant une dentition négligée.

J'aurais peut-être dû me barrer avant, pensa Sia, tandis que son corps luttait, le plus discrètement possible, contre l'odeur pénible qui imprégnait le couloir.

– Salut, gamin, dit l'homme. C'est marrant, j'étais sûr que j'allais pas tarder à te voir.

– Salut, Tom.

Virgil serra la main au vieux puis il désigna Sia du menton :

– Tom, je te présente Sia... Sia, lui, c'est Tom Grogan.

– Entrez, les mômes, entrez. On parle que de vous, sur la chaîne locale.

– Ouais, ça m'étonne pas, grinça Virgil.

Ils avancèrent dans un nouveau couloir plus petit, obscur et encombré. Sia remarqua que le vieux avait une démarche bizarre, légèrement déséquilibrée. La moitié inférieure de sa jambe droite était une prothèse. Elle plissa les narines, le cœur soulevé par une forte odeur de moisi. Ils entrèrent dans le salon de Tom Grogan, qui faisait également office de salle à manger. La télé était allumée. Il y avait les reliefs d'un repas sur la table.

– Vous avez faim ? demanda le propriétaire des lieux.

Virgil répondit par un « oui » catégorique tandis que Sia dissimulait un haut-le-cœur.

– Je vais vous faire réchauffer quelque chose.

– Attends une minute, dit Virgil. Tu aurais du désinfectant pour Sia ? Elle a une coupure au cuir chevelu, et moi... je me suis démis l'épaule ; ça fait un mal de chien.

– Tonton Grogan va arranger ça, hé hé... Assieds-toi, mon gars.

Virgil obéit. Le vieux se plaça derrière lui et, d'un coup sec, sans prévenir, il lui remit l'os en place. Le garçon hurla. Sia réprima un cri.

– Voilà, fit Grogan. C'est mieux, à présent, non ?

Virgil se massa l'épaule.

– Oui... C'est mieux... Merci, Tom.

Grogan alla chercher le désinfectant pour Sia, ainsi qu'une boule de coton, puis il disparut dans une pièce qui devait être la cuisine. Sia regarda autour d'elle en se tamponnant le crâne à l'endroit où ça l'élançait. Elle voyait des meubles délabrés, dont quelque chose qui, autrefois, avait dû ressembler à un canapé convertible. Pas vraiment le genre d'intérieur à exposer dans *Maisons et Jardins*. Des cartons ou du papier aluminium obstruaient les fenêtres. La moquette était épaisse, mais elle avait au moins vingt ans et était dans un état de saleté et d'usure incroyable. Une photo punaisée au mur montrait des militaires en kaki posant sur fond de sable jaune et ciel bleu.

– Tom a combattu au Koweït, révéla Virgil. L'opération «Tempête du désert», ça te dit quelque chose? Saddam Hussein?

– Vaguement.

– C'était en 1991.

Qu'est-ce que je fous là? pensa la jeune fille.

Son ventre se serrait comme une serpillière qu'on essore, et pas seulement à cause de la faim.

– Je dois prévenir mes parents, dit-elle. Les avertir que je vais bien.

– Pas possible, répliqua Virgil. Ils n'attendent que ça pour nous tracer.

– Mais elles doivent être mortes d'inquiétude.

– «Elles»?

– J'ai deux mères.

Un pli perplexe barra le front de l'adolescent, cependant il n'ajouta aucun commentaire.

– C'est quoi, ton délire, à la fin? s'emporta Sia. Tu redoutes quoi, exactement?

Elle sentait la moutarde lui monter au nez. Elle en avait soupé des non-dits et des sous-entendus: «*Ils* vont nous tracer», «*Ils* vont nous faire ceci», «*Ils* vont nous faire cela»...

Le «ding» du four à micro-ondes la fit sursauter. Tom Grogan revint avec un plat de lasagnes fumantes et deux assiettes munies de couverts. Il avait enfilé un peignoir pelucheux.

– Mangez tant que c'est chaud.

Il servit également à boire aux jeunes gens qui s'étaient mis à table sans se faire prier. Virgil dévora sa part en quelques bouchées. Sia avait moins d'entrain mais elle mangea quand même.

– T'as de l'appétit pour un môme atteint de la tuberculose, rigola Grogan en donnant un coup de coude au garçon.

– C'est ce qu'ils disent à la télé? questionna celui-ci.

– Ouais, et que vous êtes très contagieux.

– Conneries! siffla Virgil.

– Alors, c'est quoi, le fin mot de l'histoire?

Virgil raconta tout, du moment où il avait téléchargé le fichier jusqu'à leur évasion. La jeune fille l'écoutait avec attention. Il parlait calmement, sans faire de digressions. Il n'avait pas l'air d'un illuminé, et son récit était assez troublant.

– La clé USB contenant le fichier et celle du logiciel de décryptage sont restées à l'université, c'est ça? s'enquit Grogan.

– Ouais, acquiesça Virgil. Sauf si les *men in black*, enfin, plutôt les «hommes en jaune» ont eu l'idée de creuser derrière le buisson où je les ai enterrées... mais ça m'étonnerait.

Sia se fit l'avocat du diable :

– Vous croyez vraiment que le gouvernement irait inventer cette histoire abracadabrante de maladie contagieuse parce que tu as mis la main sur un prétendu dossier top secret ? J'ai l'impression que tu t'accordes une importance, disons, disproportionnée, sans vouloir te vexer.

Virgil répondit par une autre question :

– Tu connais le dicton de Goebbels, le chef de la propagande nazie ?

Sia fixa le garçon en croisant les bras. Celui-ci se fit un plaisir de poursuivre :

– «Plus le mensonge est énorme, plus les gens seront prêts à le gober ! »

Il en fallait davantage pour que Sia s'avoue vaincue :

– Tout ça, c'est bien joli, riposta-t-elle, mais quel est mon rôle dans cette histoire ? Pourquoi je me suis retrouvée embarquée avec toi alors que je suis incapable de pirater quoi que ce soit ? C'est vrai, je ne suis même pas foutue de me rappeler mes propres mots de passe, alors trouver ceux des autres...

Grogan caressait sa barbe de trois jours, pensif.

– Tu connais quelqu'un qui bosse pour le gouvernement, petite ? demanda-t-il.

– Non.

– Tu n'as rien remarqué de bizarre, dans ton environnement, ces jours derniers ?

– Non.

Mais, tout en prononçant ce mot, Sia laissa un nouveau souvenir affleurer à la surface de sa mémoire.

La semaine précédente, elle avait noté la présence d'une Ford noire stationnée non loin de son pavillon. Ce n'était pas la voiture de l'un des voisins ; elle les connaissait toutes. Il y avait deux hommes dans la Ford, et Sia avait eu la désagréable impression que le duo l'observait pendant qu'elle sortait les poubelles. Puis elle avait repris le cours de ses occupations et oublié le mystérieux véhicule noir... jusqu'à l'incident des graffitis dans les sous-sols de l'*Apotheosis*. Elle s'était alors brièvement demandé si les occupants de la voiture auraient pu être des homophobes, les mêmes qui avaient gâché le concert. Mais pas une seule fois elle n'avait envisagé l'hypothèse d'une planque effectuée par des membres des services secrets.

Elle relata l'anecdote à Virgil et Grogan, qui échangèrent un regard de connivence.

– Tu es sous surveillance, lâcha Grogan. Y a pas de doute ! C'est signé FBI, NSA ou CIA.

– Mais pourquoi, bon sang? Qu'est-ce que j'ai fait de mal?!

Le vieux haussa les épaules.

– Rien du tout, sans doute, lâcha-t-il. Des fois, on est juste des cobayes... Ils font des expériences sur nous et on s'en rend même pas compte. C'est ce qui s'est passé, pour moi et mes potes, durant la guerre du Golfe. Quand on est revenus au pays, on tombait comme des mouches. Des maladies bizarres. La version officielle, c'est qu'on aurait *peut-être* été exposés à des fumées toxiques sorties des puits de pétrole en feu. Mon cul, oui ! On parlait aussi, du bout des lèvres, de cocktails de vaccins hasardeux... Mais la vérité vraie, c'est qu'ils ont testé des trucs sur nous, des drogues destinées à nous transformer en super-soldats ou je sais pas quoi ! Ils nous ont peut-être injecté ces bidules, là, des nanomachins...

– Des nanomachines, le corrigea Virgil.

Sia grimaça :

– En 1991, la nanotechnologie était vraiment balbutiante, si je dis pas de bêtises...

– Ouais, bon, peut-être, grogna le vieux. Mais on m'enlèvera pas de l'idée qu'il y a des petits génies qui ont fait mumuse avec nous autres, là-bas, au Koweït...

Le regard de Sia glissa machinalement jusqu'à la prothèse de Grogan. Le tibia en plastique blanc brillait dans la pénombre de la pièce. Le vétéran handicapé avait perçu son regard, et elle releva les yeux, gênée.

Virgil se racla la gorge :

– Tom, tu peux nous héberger pour la nuit ?

– Bien sûr, dit Grogan.

Il tapota le dossier du canapé-lit.

– C'est pas le grand luxe, mais...

– Ça ira très bien, termina le garçon. Merci à toi.

Sia se mordit la lèvre inférieure. Dormir sur un tas de ressorts rouillés l'emballait moyennement, *a fortiori* en compagnie de Virgil. D'accord, il était pas mal (il aurait même pu entrer dans la catégorie « craquant », avec un look un peu plus soigné) mais il demeurait à ses yeux un quasi-inconnu, et elle n'avait pas pour habitude de partager son lit avec des étrangers.

– Je te promets qu'on trouvera un moyen pour contacter tes... mères, dès demain, assura Virgil.

Il avait hésité sur le mot «mère». Sia avait l'habitude. Elle était fatiguée d'avoir à se justifier sur l'orientation sexuelle de ses parents. Elle était fatiguée tout court. Épuisée, même. Elle ne protesta pas quand Tom Grogan entreprit de déplier le canapé-lit.

– Soyez sages, hein, les enfants? dit-il avec un clin d'œil égrillard.

Mais ni Sia ni Virgil n'eurent l'air de trouver ça drôle.

CHAPITRE

14

Bannister composa le numéro de Mark Snow pendant que le chauffeur de taxi prenait la direction d'une banlieue pavillonnaire pratiquement collée à Austin. La visite chez les parents du jeune Connor n'avait rien donné. Ces derniers étaient pourtant on ne peut plus coopératifs. Ils avaient accepté qu'on mette leurs téléphones sur écoute sans protester. Ils n'avaient pas de nouvelles de leur fils depuis la visite qu'ils lui avaient rendue au poste de police, durant l'après-midi. L'entretien achevé, Bannister avait inspecté la chambre de Virgil. Apparemment, le gamin était encore plus timbré qu'il ne le craignait.

– Allô, Mark? Tu as rendu une petite visite au copain *geek* de Connor, comme je te l'avais demandé?

– Ouais. Virgil et la fille n'étaient pas chez Mel Hondo. On l'a embarqué dans nos locaux pour le cuisiner, mais l'animal est coriace. Il s'est fermé comme une huître et refuse de nous parler.

– Mets-lui la pression.

– *C'est ce qu'on fait, qu'est-ce que tu crois?*

– D'accord. Très bien. Appelle-moi dès que tu as du neuf...

Bannister se frotta les yeux. Il était épuisé, physiquement ET nerveusement. Deux heures plus tôt, le président des États-Unis l'avait appelé en personne pour lui demander comment évoluait l'affaire, quels étaient les risques réels, etc. Le directeur adjoint du CDC savait qu'une cellule de crise était réunie à Washington depuis plusieurs heures déjà. Ses membres le bombardaient de SMS avec une remarquable régularité. Il avait répondu au chef de l'État sans dramatiser ni minimiser les risques encourus. Il avait alors presque pu sentir à distance la gorge de son prestigieux interlocuteur en train de se serrer pendant que ses paumes devenaient moites et que la sueur imbibait sa chemise taillée sur mesure chez un couturier de luxe. Une fois le rapport terminé, le président avait dit à Bannister qu'il lui renouvelait sa confiance et qu'il mettrait tous les moyens nécessaires à sa disposition, satellites et tout le toutim. Le petit homme l'avait remercié en retour, puis il s'était retrouvé seul avec ses soucis et une quantité de stress suffisante pour donner un ulcère au plus zen des moines tibétains.

– On arrive, annonça le taxi, tirant Bannister de ses sombres ruminations.

Les Mandelson habitaient dans un lotissement coquet qui témoignait d'un niveau de vie plus que confortable. Le taxi se gara en face du numéro 12.

– Attendez-moi, dit Bannister au chauffeur. Je n'en aurai pas pour très longtemps...

Il remarqua tout de suite la Ford noire stationnée un peu plus loin, tous feux éteints. Deux hommes étaient à l'intérieur du véhicule.

La police locale? Bon, on verra ça plus tard...

Bannister remonta l'allée gravillonnée menant au pavillon. Il sonna à la porte. Une femme blonde d'une quarantaine d'années aux yeux rougis de larmes lui ouvrit.

– Bonsoir, Tommy Bannister, dit-il.

La femme eut un moment de stupeur, qu'elle essaya de masquer mais sans grand succès. Bannister avait l'habitude de ce genre de réaction.

– Je travaille pour le CDC, poursuivit-il. Désolé pour l'heure tardive.

– Pas de souci, monsieur Bannister. On nous a prévenues que vous alliez passer. Je suis Janis Mandelson. Entrez.

La mère de Sia avait repris contenance. Bannister la suivit jusqu'au salon décoré dans le style bourgeois-bohème, une grande pièce avec pas mal d'objets et de meubles qui semblaient sortir des années 1970: angles arrondis, couleurs pétantes, plastique... Une autre femme (une jolie brune, toute menue) attendait, assise sur un sofa tapissé en cuir rouge. Elle reposa son verre de gin et se leva pour serrer la main du visiteur.

– Tommy Bannister, répéta ce dernier.

– Patty, répondit la brune, un peu surprise, elle aussi. Vous désirez boire quelque chose?

– Merci, ça ira. Je suis ici pour essayer d'aider votre fille. Je suis le directeur adjoint du Centre de contrôle des maladies.

– Vous venez d'Atlanta?

– Oui.

Janis Mandelson s'effondra en larmes.

– Je n'arrive pas à y croire, sanglota-t-elle. C'est un cauchemar.

– Tout va s'arranger, tenta de la rassurer Bannister.

Puis il ajouta :

– Si on retrouve Sia sans trop tarder... Vous pouvez me parler d'elle ? de ses habitudes ? de ses amis ?

– Et vous, est-ce que vous pouvez nous parler de cette mystérieuse maladie ? C'est la tuberculose ? C'est quoi ? Ici, personne ne veut rien nous dire.

– Je vais vous expliquer.

Ils s'assirent. Bannister avait décidé de jouer cartes sur table. Il évoqua Zaboly, le virus dormant, les deux cas déjà déclarés chez les descendants directs du donneur... Les deux femmes installées en face de lui se tenaient la main, écoutaient, puis elles l'interrogeaient quand un point leur paraissait obscur. Bannister répondait du mieux qu'il pouvait, avouant que beaucoup de zones d'ombre persistaient : oui, à première vue, le virus devenait vraiment dangereux à l'adolescence ; oui, il semblait prêt à se déclencher après la puberté ; oui, Zaboly était sans doute la clé du futur vaccin ; non, on ne savait pas où il se trouvait...

Vint son tour de poser des questions :

– Sia a-t-elle une meilleure amie, une confidente ? Une personne chez qui elle pourrait trouver refuge ?

– Il y a les copines de son groupe, répondit Janis.

– Bien sûr, on les a déjà contactées, ajouta Patty. Elles n'ont pas de nouvelles de Sia.

– On peut leur faire confiance?

– Oui. Il s'agit de filles très raisonnables.

L'échange continua durant vingt minutes. Janis et Patty étaient aussi désireuses d'aider les autorités que les parents de Virgil. Une même détresse les habitait. Bannister prenait des notes sur sa tablette. À première vue, Sia était une gamine bien dans sa peau, sans histoires, une fille passionnée de musique comme la plupart des ados de son âge. Elle était assez secrète sur tout ce qui touchait à sa vie sentimentale, mais ses mères pensaient qu'elle avait déjà eu un ou plusieurs petits copains. Elle ne buvait pas, ne se droguait pas, ramenait de bonnes notes à la maison...

Le démenti parfait pour tous ceux qui croient qu'avoir des parents homos fait de vous un déséquilibré mental! songea Bannister.

Personnellement, ça ne l'étonnait guère. Il considérait les préjugés à l'égard de l'homoparentalité archaïques et sans fondements.

– Je peux voir sa chambre? demanda-t-il, une fois son stock de questions épuisé.

– Bien entendu, fit Janis.

Les policiers étaient déjà passés par là, mais Bannister voulait s'assurer par lui-même qu'aucun détail ne leur avait échappé. Les deux femmes le firent monter au premier étage de la maison. La chambre de Sia se trouvait juste après l'escalier.

La pièce était propre et bien rangée, contrairement au spectacle proche de l'apocalypse qui avait sauté à la figure de Bannister quand il était entré dans l'intimité de Virgil:

un doudou posé sur l'oreiller; aux murs, une guitare et des affiches de films réalisés par Tim Burton: *Edward aux mains d'argent*, *Alice au pays des merveilles*... La police d'Austin avait, comme chez le jeune Connor, embarqué l'ordinateur de l'adolescente pour examiner son disque dur.

Ah oui, la police...

Bannister se tourna vers ses hôtes:

– Il y a une Ford noire en bas de chez vous, avec deux hommes dedans. C'est normal?

– Oui, répondit Patty. On a reçu des menaces au début de l'été. Des menaces répétées...

– Il y a pas mal de gens qui n'aiment pas tout ce que nous représentons, au Texas, précisa Janis.

– Je sais ce que c'est de se sentir différent, acquiesça le petit homme.

– La police a fini par prendre ces menaces au sérieux, et ils ont placé un binôme en surveillance à notre adresse, reprit Patty. Voilà pour la Ford noire.

– On n'a rien dit à Sia car on ne voulait pas l'inquiéter, termina Janis.

Bannister hocha la tête:

– Je vois... Merci de votre collaboration, mesdames. Je vous promets qu'on retrouvera votre fille. J'en fais une affaire personnelle.

CHAPITRE

15

Tom Grogan secoua ses invités vers 5 heures du matin. Sia avait passé une nuit épouvantable, se réveillant plusieurs fois, désorientée, terrifiée. Pour couronner le tout, son voisin de lit ronflait.

– Allez, debout, les jeunes! lança Grogan. On a du pain sur la planche!

Au menu du petit déj' : œufs brouillés, bacon et corn flakes. Sia décida de manger ses céréales sans lait, car la date inscrite sur la brique était dépassée depuis belle lurette.

– J'ai le temps de prendre une douche? demanda la jeune fille, une fois son estomac rempli.

– Oui, mais grouille-toi, répondit Virgil.

La salle de bain était à l'image du reste de l'appartement: potable pour un habitant de l'ex-Yougoslavie en période de guerre, mais vétuste selon les normes d'un citoyen des USA. Sia se savonna, faillit s'ébouillanter deux fois, suite à des variations de température, puis elle choisit la serviette la moins sale stockée dans la penderie, se sécha et se rhabilla en vitesse.

– En route, dit Grogan.

Virgil et lui portaient deux gros sacs.

– Qu'est-ce que c'est? s'enquit l'adolescente.

– Une tente deux places, des duvets, un réchaud...

– On va camper?

– Ouais, fit Grogan. Mieux vaut éviter les motels pendant quelque temps.

Il entraîna les deux jeunes gens dans une cour située derrière son immeuble. Celui-ci était encore plus moche de jour que de nuit. Le dernier ravalement devait dater de l'administration Bush Senior, au moins. Du linge pendait aux fenêtres et sur les balcons ornés d'antennes paraboliques. Plusieurs véhicules étaient parqués dans la cour. L'ancien combattant possédait une vieille Range Rover aussi mal en point que lui. Il monta dedans et mit le contact. Virgil prit place côté passager. Sia s'assit à l'arrière.

– On va où? questionna-t-elle.

– Tu verras, fit le garçon, énigmatique.

Il était repassé en mode «protocole fantôme», ce qui énerva passablement Sia.

– Je ne suis pas là pour jouer aux devinettes, monsieur le grand cerveau. Et je ne suis pas non plus votre petit chien-chien, cingla-t-elle en ponctuant sa phrase d'un faux sourire bien marqué.

Virgil changea de ton, lui aussi:

– Fais-moi confiance, dit-il, radouci, je t'assure que tu n'as rien à craindre.

Et pour accentuer le trait, il termina sa phrase par un «désolé» de circonstance.

Il avait un sourire de fripouille, un sourire à la Harrison Ford dans ses jeunes années. Craquant, quoi. Cela faisait passer beaucoup de choses...

Grogan démarra, roula dix minutes puis s'arrêta dans un drugstore où il acheta un téléphone jetable à dix dollars, ainsi que deux flacons de teinture pour cheveux. Sia et Virgil n'avaient pas bougé du 4×4. Grogan rangea les flacons dans la boîte à gants et tendit l'appareil à Sia.

– Tiens, petite.

– Tu peux appeler tes parents, enchaîna Virgil. Mais ne t'éternise pas, s'il te plaît.

– Oui, oui, je sais, soupira la jeune fille. Les satellites espions, tout ça...

– Exactement!

Sia était trop contente pour râler. Le cœur battant, elle pianota le numéro de son domicile sur l'écran du téléphone flambant neuf:

– Allô, maman? Oui, c'est moi... Oui, je vais bien. J'appelais juste pour vous dire de ne pas vous inquiéter... Non, non, tout va bien, je suis en bonne santé. Mais je ne peux pas vous en dire plus. Pas maintenant... Ça va, je vous assure... Je vous en prie, ne vous inquiétez pas trop, je vous rappellerai, je...

Virgil lui arracha l'appareil des mains et le balança sur le trottoir où il se fracassa.

– Désolé, grommela-t-il. Elles n'ont pas besoin d'en savoir davantage.

Grogan démarra en trombe.

– Tu ne m'as même pas laissé le temps de leur dire au revoir ! s'emporta Sia.

Elle était furieuse.

– Ce n'est pas moi qui fixe les règles du jeu, se justifia Virgil. On n'a pas droit à l'erreur.

– Dans combien de temps je pourrai les contacter de nouveau ?

– Je ne sais pas.

– Merde, lâcha Grogan.

Il ralentit. Il venait d'apercevoir une voiture de police tapie à un coin de rue, pareille à un fauve à l'affût.

Dans une seconde, le gyrophare va se mettre en marche, se dit Sia. *Et les flics vont nous ordonner de sortir du véhicule, mains sur le capot...*

Une part d'elle-même avait envie que la scène se déroule de cette manière. Elle avait envie que la cavale prenne fin. Elle avait envie de revoir ses deux mères, même si c'était dans un parloir, derrière une vitre blindée, même pour dix minutes... Oui, revoir des visages connus et aimants. Ce serait si bon...

D'un autre côté, Virgil et le vieux Grogan étaient parvenus à instiller le doute en elle. Et si jamais il y avait un fond de vérité dans leurs élucubrations ? La jeune fille n'arrêtait pas de repenser à cette Ford noire stationnée devant chez elle... C'était à la fois étrange et inquiétant.

Ils dépassèrent la voiture de police sans qu'aucun bruit de sirène ne déchire le silence relatif de la rue. Il n'y avait pas beaucoup de circulation, en cette heure très matinale. Les trottoirs appartenaient encore aux joggeurs et aux sans-abri couchés sur des cartons.

– Pfffiou, souffla Grogan. J'ai cru que j'allais faire dans mon froc.

– Moi aussi, grinça Virgil.

– Amis de la poésie, bonjour, soupira Sia.

Ils jetaient tous les trois des coups d'œil réguliers dans le rétroviseur, mais la voiture au gyrophare ne bougeait pas.

– Bon, on passe à la phase numéro 2, lança le garçon.

Sia renonça à lui demander de quoi il s'agissait. Elle était persuadée qu'elle n'obtiendrait qu'une réponse hermétique, voire carrément une fin de non-recevoir.

Une demi-heure plus tard, ils pénétrèrent dans le campus de l'université, avec ses bâtiments rectangulaires, tout en longueur, ses vastes étendues de gazon bercées par le zézaiement de l'arrosage automatique...

– C'est plus loin, murmura Virgil sur un ton de conspirateur. Tu tournes à gauche... Oui, voilà, là-bas !

Le chauffeur descendit du véhicule, claudiqua jusqu'à un massif de haies puis, après quelques secondes passées derrière l'écran de végétation, il revint vers le 4 × 4, le visage éclairé par un sourire triomphant.

– Je les ai, dit-il.

Il remit les deux clés USB à son ami.

– Merci, lança celui-ci. T'es un chef, Tom.

– Et maintenant? s'enquit Sia. Quel est le programme?

Virgil paraissait un poil plus détendu, aussi avait-elle décidé de tenter sa chance. L'adolescent répondit en lui adressant son sourire de vaurien :

– Tu as déjà visité le Nouveau-Mexique?

CHAPITRE

16

Hans Perry se tenait devant une maison très coquette et fraîchement repeinte. Des dentelles de bois sculpté venaient agrémenter le contour des fenêtres du premier étage. La propriétaire prenait un soin maniaque de son jardin, à en juger par la pelouse taillée à ras, ultra-verte pour la saison, et la magnificence des rosiers. Le gazon était coupé en deux par une allée de pavés anciens. De jolies pierres, sûrement glanées au gré de voyages, encadraient ce petit chemin. Clémence de Bree avait à première vue beaucoup de goût. La porte s'ouvrit sur une vieille femme souriante, au regard pétillant et gentil. Elle s'accordait parfaitement avec la maison.

Ça fait trop pub, pensa Hans*, trop beau pour être vrai.*

De son côté, Clémence de Bree observait le nouveau venu d'un œil perplexe. Hans savait de quoi il avait l'air, avec son pardessus chiffonné et son chapeau flasque : une sorte de Columbo anachronique, limite clochard.

Il avait retrouvé Clémence grâce aux recherches de Candice, sa jeune protégée. La veuve, maintenant âgée d'une soixantaine d'années, avait été la secrétaire de Gary Zaboly, à l'époque où il montait son cabinet. Elle était restée aux environs de Boston après la fermeture de ce dernier. La piste semblait ténue, mais Hans n'avait rien de mieux à se mettre sous la dent, aussi avait-il pris le premier avion pour le Massachusetts sans trop hésiter, laissant à sa voisine le soin de s'occuper de Gaudi.

– Que puis-je pour vous? demanda poliment Clémence.

– J'aimerais vous poser quelques questions au sujet de Gary Zaboly.

Une ombre passa sur le visage de la mamie idéale.

– Encore? J'ai dit tout ce que je savais à trois personnes différentes, hier: un homme de la brigade sanitaire, un policier, et quelqu'un du FBI ou de la CIA, je ne sais plus.

– Oui, mais moi... je viens vous voir à titre privé.

Hans sortit une photo de sa poche. Il avait pris soin d'imprimer le portrait de son petit-fils Nathan avant de partir.

– Mon petit-fils est l'un des descendants directs de votre ancien patron, mentit-il en prenant un air de cocker malheureux. C'est lui qui a besoin de la greffe de moelle osseuse... Vous avez dû voir les spots à la télévision?

– Oh... oui, bien sûr.

– Vous avez des petits-enfants?

– Deux.

– Alors, vous devez imaginer à quel point je suis inquiet.

– Mais... j'ai dit tout ce que je savais aux enquêteurs, je vous assure.

– Accordez-moi quelques minutes. Je ne serai pas long, je vous le promets.

Clémence soupira :

– Très bien. Entrez... monsieur?

– Perry. Hans Perry.

Ils s'assirent dans un salon impeccable, meublé d'antiquités bien agencées, et Hans posa son chapeau gondolé sur ses genoux, avec un air de petit écolier bien sage.

– Désirez-vous boire quelque chose, monsieur Perry?

– Un café ne serait pas de refus.

– Je reviens.

La femme se leva pour aller dans la cuisine. La cafetière était pleine et elle vint la poser sur la table basse. Hans nota qu'elle tremblait. Mais, à son âge, on pouvait trembler pour de multiples raisons. Pas forcément parce qu'on avait mauvaise conscience. L'ancien flic était bien placé pour le savoir : sa mère avait eu l'horrible maladie de Parkinson.

Le café sentait drôlement bon.

– J'ai travaillé cinq ans auprès de Gary, enfin, monsieur Zaboly, raconta Clémence. J'étais là dès l'ouverture du cabinet. C'était un très bon médecin et il adorait son métier... Je ne sais pas ce qu'il s'est réellement passé ce soir-là mais, après la mort de son ami Andy, Gary est devenu comme fou. Plus rien de ce qu'il faisait n'avait de cohérence. J'ai mis ça sur le compte du chagrin, au départ. Après tout, il avait vu Andy se faire tabasser à mort ! Il y avait de quoi être traumatisé. Et puis il a disparu.

– Andy et lui s'aimaient-ils vraiment?

– Oh oui ! Vraiment. Ils souhaitaient se marier un jour et ils étaient très complémentaires.

– Comment s'étaient-ils rencontrés ?

Clémence baissa les yeux dans un silence un peu trop long. Le regard de son invité était chargé d'intensité. Ce dernier en profita pour lever sa tasse sous son nez et humer le nectar avant de l'engloutir. La température était parfaite. Clémence redressa la tête.

– Andy avait un passé... comment dire... trouble. Il se droguait, dans sa jeunesse. Je crois même qu'il dealait. Mais l'amour de Gary l'avait aidé à décrocher et à revenir dans le droit chemin. Je ne sais pas trop comment ils se sont rencontrés, des connaissances communes sans doute...

Clémence reposa la tasse qu'elle tenait sur ses genoux depuis le début de la discussion. Hans avait perçu une ouverture ; il s'y engouffra :

– Vous croyez que tout pourrait venir de là ? Des anciennes connaissances d'Andy ? J'imagine qu'il fréquentait des gens louches durant sa période dealer...

– Je ne sais pas. Je suppose.

– Vous vous occupiez de la comptabilité, au bureau ?

– Oui. Je faisais tout.

– Gary a-t-il eu des problèmes d'argent, à un moment donné ?

Attention, là, on passe aux choses sérieuses, songea Hans.

– En effet... répondit Clémence. Il s'était endetté pour acheter un cabinet plus grand et mieux placé, ainsi que du nouveau matériel. Mais il a touché un héritage familial et tout s'est arrangé.

– De qui a-t-il hérité?

– Une tante, je crois...

C'était bien la version que Zaboly avait donnée à sa banque, Candice avait vérifié pour Hans. Sauf que le brave médecin n'avait pas de tante ni même d'oncle.

Hans jouait avec sa cuillère en la faisant tourner dans la tasse vide. Il demanda:

– Et c'était combien de temps avant la mort d'Andy, cette histoire d'héritage?

– Je dirais un an. Ils venaient juste de se mettre en couple.

Clémence se tut. Elle était gênée. Hans sentait que la vieille dame avait confiance en lui, mais aussi qu'elle retenait probablement encore une ou deux infos, tiraillée par un dilemme intérieur. Il tenta le tout pour le tout:

– Savez-vous, vous, où je peux trouver Gary Zaboly?

– Non. Je suis désolée.

– C'est une question de vie ou de mort pour mon petit-fils...

– Je sais, mais... je n'ai jamais eu de nouvelles de Gary depuis sa disparition, je vous assure.

Clémence avala une gorgée de café d'une traite et reposa sa tasse devant elle. Quelque chose avait vacillé dans les profondeurs de ses yeux. Hans la dévisageait sans ciller.

– Donc, vous vous êtes retrouvée au chômage du jour au lendemain, madame de Bree? risqua-t-il.

– Oui.

– Vous aviez déjà cette jolie maison, à l'époque?

– En fait, ce n'est pas chez moi ici. J'ai eu de la chance. Mon fils et sa femme sont partis en mission en Afrique pour plusieurs années, alors je garde les lieux.

La voix de la vieille dame était mal assurée.

Hans joua la carte de «celui qui n'a plus de temps à perdre» et se leva. Parfois cette attitude provoquait un dernier sursaut chez l'interlocuteur, et il comptait là-dessus. Clémence se leva tout aussi soudainement. On sentait qu'elle voulait dire quelque chose mais qu'elle tournait sept fois sa langue dans sa bouche pour être certaine de ne pas gaffer.

– Gary m'a dit un jour qu'il avait de la famille en Louisiane, lâcha-t-elle avec brusquerie. Il parlait de La Nouvelle-Orléans, les yeux brillants. «Dommage que ce soit trop au sud pour un gay», s'amusait-il à dire souvent.

– Peut-être qu'il est passé par là?

– Peut-être, en effet...

Intéressant, pensa Hans.

Il n'avait plus de carte à jouer. Il lui tendit la sienne avant de sortir, avec son numéro de portable dessus, des fois que...

– Au revoir, madame, dit-il. Merci pour le café et la conversation...

– J'espère que pour votre petit-fils... tout va s'arranger.

– Je l'espère, moi aussi.

Hans salua son hôtesse une dernière fois, puis il traversa le jardin en se dandinant, mains dans les poches de son pardessus, et rejoignit sa voiture de location. Une fois installé sur le siège du conducteur, il sortit son téléphone.

– Candice? Oui, Hans. Petit service à te demander... Oui, encore une fois. Je sais, je suis lourd... C'est au sujet de Clémence de Bree, l'ex-secrétaire; tu peux vérifier un truc?

Hans posa sa question. Tandis qu'il attendait, l'appareil collé à l'oreille, il vit Clémence sortir de chez elle pour aller dans l'abri de jardin. Mais au lieu d'en ressortir équipée d'une pelle, d'un râteau ou d'un sécateur, elle réapparut avec une boîte en carton qu'elle rapporta prestement dans la maison.

Un signal d'alerte s'était déclenché dans l'esprit de l'ex-flic. Clémence jetait des coups d'œil un peu trop furtifs autour d'elle, pareille à un animal traqué. Que contenait donc cette mystérieuse boîte ?

Candice arracha Hans à ses pensées.

– Oui, je suis toujours en ligne. OK, OK... Merci beaucoup, ma belle, je te revaudrai ça.

Il coupa la communication. La jeune flic venait de lui annoncer exactement ce à quoi il s'attendait : le fils de Clémence et sa femme vivaient au même endroit, Charleston, Caroline du Sud, depuis une dizaine d'années... et ils n'avaient jamais mis les pieds en Afrique !

Hans mit le contact et démarra.

CHAPITRE

17

À Austin, la salle d'interrogatoire située dans les locaux du FBI se résumait à quatre murs de parpaings jaunes, une table et trois chaises. Il n'y avait aucune fenêtre ; juste l'inévitable miroir sans tain. Pour l'heure, Tommy Bannister et l'agent Mark Snow étaient planqués derrière celui-ci. Ils observaient d'un œil dénué d'aménité le gros homme avachi sur l'une des trois chaises. Mel Hondo, le copain magouilleur de Virgil Connor, avait passé une nuit quasiment blanche à répondre aux questions des membres du bureau fédéral, mais il ne semblait pas sur le point de craquer. Il attendait, les bras croisés, son visage bouffi fermé à double tour. De temps en temps, il jouait avec le cendrier en alu sale posé devant lui. Ou alors il se perdait dans la contemplation des dalles d'insonorisation tapissant le plafond.

– Tu es sûr que tu veux lui parler ? demanda Snow à Bannister.

Ce dernier acquiesça :

– Ouais. Je vais essayer... On en est où, concernant les copains virtuels de Connor?

Snow sortit d'un volumineux dossier une liste de pseudos aux noms évocateurs: Anarchie37, Complot44, VéritéUltime, AubeRouge, GorgeProfonde...

– Tout un programme! siffla Bannister en parcourant la liste. Et la véritable identité de ces braves gens?

– C'est compliqué, comme je le redoutais. On a affaire à des maniaques du secret, et leurs vraies adresses sont bien planquées.

– À quoi ils servent, nos impôts? Tu ne vas pas me dire qu'avec tout le matos que vous avez à la NSA il est impossible de remonter vers la source de ces pseudos! (Il secoua la tête.) C'est comme pour les deux gamins en fuite! J'arrive pas à comprendre qu'ils soient encore libres alors qu'on a des dizaines de satellites prétendument capables de compter les médailles sur la poitrine des officiels du Kremlin un jour de défilé! Le président m'a dit que mon affaire est prioritaire, merde!

– Calme-toi, Tommy. On a plein de satellites, d'accord, mais le Texas, c'est grand. Deux fois la France, je te signale.

Bannister soupira et fit un petit geste qui voulait clairement dire «OK, laisse tomber».

– J'ai trois noms à te donner, reprit Snow. Mais il y en a deux qui habitent à l'étranger: Canada et Australie. Je crois qu'on peut laisser tomber ces pistes-là...

– Et celui qui réside aux USA?

– Il s'agit d'un couple, en fait: Jason et Melinda Ford. Leur pseudo: Bunker76. Ils vivent en Arizona, dans un trou paumé en plein désert. Ils ont construit un abri antiatomique pour s'y réfugier en cas de fin du monde, avec flingues, munitions, vivres, etc. Ils sont bien connus des services de police locaux. Des doux dingues. Enfin, «doux», je me comprends.

– Des «survivalistes», quoi.

– Tout à fait. Ils fréquentent les mêmes forums que Connor. Apparemment, ils ont échangé pas mal de mails en privé avec lui, ces derniers mois.

– Personne sur Austin?

– Peut-être, mais ça, on n'a pas encore trouvé...

Bannister hocha la tête pensivement. Le couple de l'Arizona, c'était mieux que rien. Il plia la liste et la rangea dans une poche intérieure de son blouson. Désignant Mel Hondo du menton, il demanda:

– Il connaît les Ford, lui?

– Il prétend que non. «J'ai rien vu, rien entendu», etc. Tu vois le genre? Mais comme il fréquente les sites préférés de Connor, il y a fort à parier qu'il nous raconte des salades.

– Ouais... On va voir s'il me chante la même chanson.

Bannister sortit de la pièce d'un pas décidé et, dix secondes plus tard, il entra dans la salle d'interrogatoire, paré pour le duel. Mel Hondo le toisa avec amusement.

– Ils engagent des nains, maintenant, dans les commandos de choc? dit-il.

Le petit homme encaissa l'affront sans ciller. C'était une réplique culte de *Star Wars*. On lui avait déjà fait le coup. Il avisa le gobelet vide, sur la table.

– Pas trop dégueulasse, le café? s'enquit-il.

– Ça va.

– Vous en voulez un autre?

– Non.

– Une cigarette?

Hondo s'énerva:

– C'est quoi, votre stratégie? Vous faire passer pour mon nouveau meilleur copain?

– Pas du tout. Je suis Tommy Bannister. Je travaille pour le Centre de contrôle des maladies. Votre ami Virgil Connor est selon toute vraisemblance atteint d'un virus mortel, monsieur Hondo.

– Bien sûr.

– Vous ne me croyez pas?

Hondo ne répondit rien. Bannister contre-attaqua:

– Nous sommes au courant de vos activités de pirate, de receleur et, très franchement, nous nous en moquons. Le problème qui nous occupe est autrement plus sérieux.

Toujours pas de réaction.

– Votre ami risque de mourir et d'entraîner beaucoup de gens dans la mort avec lui si on ne le retrouve pas très vite. Il faut nous aider.

– Allez vous faire foutre. Pourquoi je suis retenu ici? Vous n'avez pas le droit de me retenir contre mon gré si je ne suis pas inculpé de quelque chose. Et, si c'est le cas, je veux voir un avocat. Tout de suite! C'est quoi, ici, bordel? Une annexe de Guantánamo?

Bannister poussa un long soupir:

– On peut vous inculper pour trafic de matériel informatique et quelques autres petites choses si ça vous fait plaisir, mais, je vous le répète, ce n'est pas ce qui nous préoccupe dans le cas présent. Il s'agit d'un problème de santé publique. Un problème extrêmement grave.

– Pourquoi est-ce que je devrais vous croire?

C'est peine perdue, songea Bannister. *Cet abruti ne lâchera rien*.

– Laissez-moi sortir d'ici, reprit Hondo. Ou alors faites venir un avocat.

– OK, on va sortir, espèce de connard! répliqua Bannister, les poings serrés. Mais vous allez me suivre!

– Hein? Où ça?

– Je vous offre une balade en hélicoptère. Elle est pas belle, la vie?

La porte s'ouvrit, et deux hommes passèrent les menottes aux poignets du gros barbu.

CHAPITRE

18

– Moi, je dis qu'on perd not' temps.

Le policier qui venait de parler s'appelait John Anderson. C'était un Texan de pure souche doté d'une robuste constitution. Son coéquipier, un certain Tim Hunter, plus jeune et plus fluet, se tenait à côté de lui, debout sur la route 285 menant de Pecos à Carisbad. Le coin était on ne peut plus paumé. Désertique. La végétation se limitait à des cactus et à des buissons de sauge poussés avec paresse par des coups de vent capricieux.

Hunter exhibait un fusil à pompe, crosse calée sur la hanche, dans une posture à la fois cool et menaçante. Anderson portait son arme réglementaire à la ceinture. Leur voiture de patrouille était garée sur le bas-côté, non loin d'un panneau proclamant *Vous quittez le Texas pour entrer au Nouveau-Mexique*.

– On perd not' temps, répéta Anderson. On court après

du vent alors qu'il y a un paquet de dealers et de voleurs à coffrer par chez nous. Pas vrai, Tim?

– Ouais, approuva laconiquement Hunter.

Des postes de contrôle avaient été improvisés tout le long de la frontière. La consigne était d'intercepter deux mômes d'une quinzaine d'années, un garçon et une fille, dont le signalement avait été transmis à toutes les voitures de patrouille. Aux forces de l'ordre se joignaient des contingents de militaires réquisitionnés à divers points du pays, et ça grognait également dans leurs rangs. Les soldats n'appréciaient guère d'avoir été arrachés à leurs cantonnements pour s'entasser dans des camions et jouer aux flics de la route, lancés à la recherche d'une paire de gamins, fussent-ils la réincarnation de Bonnie et Clyde.

– Les deux gosses vont se terrer quelque part et attendre que ça se tasse, dit Anderson. En tout cas, moi, c'est ce que je ferais à leur place.

– Sûr, acquiesça son partenaire.

Anderson prit un chewing-gum dans son paquet, puis en proposa un à Hunter, qui refusa. Les deux policiers s'ennuyaient ferme. En trois heures, ils n'avaient pas contrôlé plus d'une dizaine de voitures.

– Regarde, dit Hunter. Un client.

Il avait aperçu un petit point noir au loin, noyé parmi les ondes de chaleur qui montaient du goudron en se tortillant dans l'air brûlant, et le point noir grossissait.

– Une Range Rover, commenta Anderson au bout de plusieurs secondes.

Il marcha jusqu'au milieu de la route et leva le bras. Le véhicule ralentit. À son bord se trouvait un vieil homme mal rasé à l'air revêche. Le 4×4 se rangea sur l'accotement.

– Bonjour, monsieur, fit Anderson sans cesser de mâcher son chewing-gum.

Son collègue n'avait pas bougé, et l'arme était toujours calée sur sa hanche. Il observait la scène placidement.

– Qu'est-ce qui se passe? questionna le vieux.

– On recherche deux adolescents en fuite. Vous avez dû voir leur visage, à la télé...

– Des fugueurs?

– Pas vraiment.

– Qu'est-ce qu'ils ont fait?

– On n'en sait trop rien. Sont malades, je crois...

Le conducteur tendit ses papiers à Anderson. Carte grise, permis de conduire, carte d'identité... Le grand flic les regarda rapidement avant de les restituer à leur propriétaire.

– Vous pouvez ouvrir votre coffre, monsieur? demanda-t-il.

Le visage du vieux s'empourpra.

– Pourquoi? lança-t-il. Vous croyez que je suis un terroriste?

– Non, mais...

– Vous croyez que je transporte une bombe?!

– Je n'ai pas dit ça.

– J'ai fait la guerre du Golfe, moi! J'ai donné mon sang pour mon pays! Et vous, qu'est-ce que vous avez fait pour votre pays?!

– Je ne vous accuse de rien, monsieur, je veux juste...

– On me traite comme un terroriste, dans mon propre pays?!

Le vieux ouvrit la portière. Anderson recula d'un pas et mit la main sur la crosse de son flingue pendant que Tim Hunter épaulait son fusil.

– Calmez-vous, m'sieur, grogna l'aîné des deux flics.

Le conducteur sortit du véhicule. Il paraissait furax.

– C'est un contrôle de routine, continua Anderson.

Mais le vieux ne l'écoutait pas. Il remonta d'un coup sec son pantalon, côté droit. Il avait une jambe artificielle.

– Voilà ce que j'ai fait pour mon pays ! postillonna-t-il. Je lui ai donné ma guibole ! Et maintenant on me traite comme si j'étais un poseur de bombes d'al-Qaida ?! Qu'est-ce que ça signifie ?! Il n'y a pas plus patriote que moi, vous entendez ?!

Anderson amorça un geste d'apaisement :

– Je ne remets pas en cause votre patriotisme, monsieur...

– Ah oui ?! Moi je dis que vous m'insultez, et à travers moi c'est tous mes potes qui sont morts là-bas que vous insultez ! Me faire traiter comme ça ! Dans mon propre pays ! C'est un comble. Je vais écrire au gouverneur, mon gars. Non, au président, direct, et...

– D'accord, d'accord, c'est bon, l'ami, je vous crois, soupira Anderson. Je ne voulais pas vous manquer de respect... Mon père a servi au Koweït, lui aussi.

Le vieux parut se radoucir.

– Ah ? Dans quel régiment ?

– La 108e unité aéroportée.

L'ancien combattant approuva d'un air de connaisseur, tel un œnologue qui a goûté à un grand cru.

– Une unité d'élite, dit-il, rêveur. Fort Bragg... Vous pouvez être fier de votre paternel. Il est à la retraite ?

– Oui, monsieur.

Le vieux secoua la tête :

– Excuse-moi, p'tit gars. Je me suis un peu laissé emporter... C'est juste que, parfois, j'ai l'impression que ce pays marche sur la tête, tu comprends ?

– Oh oui, m'sieur.

– Est-ce que je peux te serrer la main ?

– Bien sûr. C'est un honneur.

Les deux hommes échangèrent une poignée de main virile, puis le vieux remonta dans son véhicule en faisant claquer la portière.

– Bonne route, monsieur, dit Anderson.

– Merci, fiston.

Le conducteur adressa un salut militaire au flic et démarra.

Anderson et son collègue regardèrent la Range Rover s'éloigner vers l'ouest et les plaines arides du Nouveau-Mexique.

– Pas commode, le papi, commenta Hunter.

– Il me rappelle mon père, lâcha Anderson, la voix enrouée par l'émotion. Il en faudrait des centaines de milliers comme lui pour que le pays aille mieux.

Le 4 × 4 s'arrêta dix kilomètres plus loin, au milieu de nulle part. Il n'y avait pas âme qui vive à l'horizon et surtout, ici, la police brillait par son absence. Tom Grogan descendit du véhicule et ouvrit son coffre.

– Ça va, les copains ?

Virgil sortit le premier, suivi de Sia.

– Pfff, ça pue là-dedans, siffla celle-ci. Vous transportez quoi d'habitude ? Des rats crevés ?

– Des produits chimiques. Désolé, petite, mais c'était la seule solution.

– Des produits chimiques ? Pour quoi faire ?

Bien sûr, Grogan ne répondit pas.

– Bravo pour le speech, plaisanta Virgil. Une minute de plus et je me mettais à entonner l'hymne national.

– J'avoue que je ne suis pas mécontent de moi, rigola Grogan.

Il remit ses clés de voiture au garçon.

– Tu sais conduire ? lui demanda Sia.

– Ouais. J'espère juste qu'on ne se fera pas contrôler de nouveau.

Virgil donna une accolade chaleureuse à l'ancien combattant.

– Merci, Tom. C'est génial ce que tu fais pour nous... Tu es sûr que tu vas te débrouiller ?

– Ouais, t'inquiète. Je rentrerai chez moi en stop. C'est surtout pour vous que je me fais du mouron, les enfants.

Virgil sourit :

– Te bile pas. J'ai un plan.

– Puisqu'on en parle, intervint Sia, j'aimerais bien que quelqu'un me mette au parfum. Je me sens un peu pot de fleurs !

– Chaque chose en son temps, répliqua l'adolescent. Tu me fais confiance ?

Sia hésita une seconde avant de répondre :

– J'ai pas trop le choix, on dirait.

Grogan lui serra la main.

– C'est un gars bien, lança-t-il en penchant la tête vers Virgil. Avec lui, tu es en de bonnes mains, ma jolie.

– Je viens d'entendre vos prouesses d'acteur, Grogan, je vous signale.

Le vieux éclata franchement de rire et adressa un clin d'œil à Virgil.

– Tu t'es dégoté une sacrée nana, elle me plaît bien. Vous devriez filer maintenant.

Sia haussa les épaules et rendit son sourire à Grogan.

– Salut, Tom, dit Virgil.

– Salut, les enfants.

Les deux jeunes gens remontèrent dans le 4 × 4, qui démarra presque aussitôt.

Tom Grogan agita la main, planté sur la route, droit dans sa vieille salopette, puis il fit volte-face et se mit à marcher en sifflotant.

CHAPITRE

19

Hans avait mangé dans un *Steakhouse* du centre-ville puis il était revenu se mettre en planque au bout de la rue où vivait Clémence de Bree. Il attendait depuis des heures, enfoncé dans le dossier de son siège, en buvant de petites gorgées de café à intervalles réguliers. Comme tous les chasseurs nés, il avait de la patience à revendre. Le seul problème, c'était son dos. Son arthrose le faisait de plus en plus souffrir avec l'âge, et ça ne risquait pas de s'arranger.

Hans n'arrêtait pas de repenser à la mystérieuse boîte sortie de la cabane de jardin par Clémence. Il était déterminé à découvrir ce que cette boîte contenait, car son instinct lui soufflait que c'était sûrement lié à Gary Zaboly.

Hans n'avait pas réussi à cerner tout à fait la vieille dame. Était-elle vraiment une gentille mamie inoffensive? Il ne parvenait pas à trancher la question. Pourquoi iraitelle couvrir un fuyard endetté? La loyauté? Ou alors Zaboly lui avait promis quelque chose? Lui envoyait-il de l'argent?

Cette dernière hypothèse aurait expliqué comment une petite secrétaire au chômage technique depuis des années pouvait se payer une maison aussi cossue. D'après Candice, le défunt Mr de Bree était loin d'être Rockfeller, donc...

Quand allait-elle sortir de son nid douillet? Il fallait bien qu'elle aille faire des courses, quand même...

Le téléphone de Hans sonna. C'était Candice.

– Salut, ma belle!

– *J'ai peut-être du nouveau pour toi.*

– Raconte.

– *Je suis allée un peu fouiller dans le passé d'Andy Bress et de Gary. Il subsiste quelques photos dans les documents archivés. Gary et Andy passaient beaucoup de temps avec un autre couple homo. Apparemment, ils partaient régulièrement en vacances ensemble. Greg Spencer et Marshall Duncan. Il y a plusieurs photos de Gary et Marshall en tenue de spéléologie.*

– Spéléo? Elles sont prises où, ces photos? Tu sais?

– *Antilles, Louisiane, Californie... Le couple dont je te parle habite La Nouvelle-Orléans. Ils étaient en vacances chez Zaboly au moment du drame. Ils l'ont escorté au poste le fameux soir.*

En entendant «la Nouvelle-Orléans», Hans redressa un sourcil avant de demander:

– Ils ont fait une déposition lors de l'enquête?

– *Oui... Quelques lignes... Rien à retenir... Ils témoignent de la bonne entente du couple Andy-Gary.*

– OK... Je note tout ça. Merci pour...

Hans s'interrompit. Mamie avait ouvert puis refermé sa porte. Elle descendait à présent l'allée fleurie du jardin.

– Je dois te laisser, ma grande.

– *Une seconde. Tu viens toujours samedi prochain ?*

– Samedi prochain ? Comment tu veux que je sache où je serai ? Qu'est-ce qui se passe samedi prochain ?

– *Mes fiançailles ! T'as déjà oublié ?*

– Oh merde, pardon... Je vais faire mon possible, beauté... T'es VRAIMENT certaine de vouloir te fiancer avec cet olibrius ?

– *Hans !*

– C'est bon, j'ai rien dit.

– *Bye.*

Clémence monta dans une petite Fiat jaune. La rue était en sens unique. La vieille dame s'éloigna puis tourna cent mètres plus loin.

Hans attendit deux minutes.

Elle n'a rien oublié ? OK, c'est bon ?

Il sortit de sa voiture de location puis s'approcha de la maison. Passant les fenêtres en revue, il s'assura que personne n'était à l'intérieur... Le rez-de-chaussée avait l'air désert, en tout cas. Il décida de tenter la porte de la cuisine située à l'arrière. Fermée. Comme beaucoup de policiers, Hans savait crocheter des serrures aussi bien que la plupart des voyous. Il se mit à l'œuvre, le dos voûté, jetant des coups d'œil par-dessus son épaule. Au moins, de ce côté-ci de la maison, il était à l'abri d'éventuels regards émanant de la rue. Un imposant massif de rosiers faisait écran entre lui et l'habitation la plus proche, donc, *a priori*, aucun voisin ne pouvait l'apercevoir.

Quand il entra, une ou deux minutes plus tard, une tête de chat apparut au coin d'un couloir.

– Tiens? Tu étais planqué, toi, tout à l'heure?

Il préférait ça à un chien de garde. Il eut une pensée fugace pour Gaudi. Le chat disparut et Hans entendit un trottinement ascendant indiquant qu'il avait filé vers l'étage.

Le vieil homme calma sa respiration. Il avait beau être doué pour crocheter des serrures, il n'aimait pas rentrer chez les gens par effraction. L'air conditionné lui parut soudain glacé et il se rendit compte qu'il était en nage. La cuisine baignée de soleil brillait d'une lumière dorée. Tous les ustensiles étaient propres, rangés. Hans reconnut sa tasse à café et celle de Clémence qui luisaient dans l'égouttoir. Le bol et les croquettes du chat étaient posés sur le carrelage. Hans s'empara d'une paire de gants de vaisselle : c'était le minimum syndical pour un cambrioleur, même amateur.

Par où commencer? Il croyait se souvenir d'un petit bureau adjacent au salon. Il ouvrit un premier meuble de rangement – un secrétaire – avec précaution. Rien d'intéressant. Il fouilla le rez-de-chaussée de fond en comble : la boîte en carton n'était pas là.

OK, essayons l'étage, maintenant...

Il s'engagea dans l'escalier. Le sang battait à ses tempes. Il savait qu'en fouillant chez Clémence il prenait de gros risques : son acte était considéré par la loi comme rien de moins que criminel.

Bon, mamie a pris sa voiture, ça veut donc dire qu'elle en a pour un bout de temps. Enfin, j'espère...

Son statut d'ancien policier ne lui assurerait pas forcément la sympathie d'un jury si jamais on le prenait la main dans le sac...

Une fois l'escalier monté, il se dirigea vers la chambre. Celle-ci était propre et bien rangée, comme le reste de la maison. Il y avait des broderies partout, dont certaines (les plus jolies) étaient encadrées aux murs.

Sous le lit?

Hans se pencha en grognant. Son dos lui faisait de plus en plus mal. Il n'y avait rien sous le lit... à part le matou qui feula et cracha en direction de l'intrus, prêt à se défendre en cas d'agression.

– C'est bon, du calme, je ne te veux aucun mal, minou!

Hans se redressa, souffla et regarda la petite horloge murale. L'aiguille des minutes tournait bien trop vite à son goût.

Où a-t-elle planqué cette fichue boîte?

C'est en se relevant complètement qu'il vit le bout de carton dépasser du haut de l'armoire.

– Ah!

Il prit une chaise sur laquelle était posé un coussin (brodé, évidemment), enleva celui-ci et monta attraper la boîte à chaussures. Il avait l'impression de tenir le Saint-Graal entre ses mains. Respiration bloquée, il souleva le couvercle pour découvrir des liasses de courriers en provenance de plusieurs États et qui étaient tous signés *Edgard*... Le premier sentiment de Hans fut une cuisante déception mais, à y regarder de plus près, il connaissait cette écriture. Il l'avait déjà vue quelque part. Il consulta divers documents stockés dans son téléphone, en particulier la déposition de Gary Zaboly, faite au commissariat le soir de la mort de son compagnon. Le *g*, le *a* et le *r* de sa signature correspondaient parfaitement aux lettres tracées pour écrire le prénom *Edgard* au dos des cartes postales : inutile d'être graphologue de formation pour s'en persuader !

Le rush de l'adrénaline fouetta le sang du vieil homme. Une demi-douzaine de lettres ou de cartes postales provenaient de... La Nouvelle-Orléans !

Gary se serait-il réfugié chez ses amis après la mort de son compagnon ?

Clémence et surtout Candice avaient sans doute lancé l'enquêteur sur une bonne piste. La carte postale la plus récente datait de six semaines. Elle avait été postée en République dominicaine ! Hans photographia avec son téléphone les cinq derniers courriers ainsi que quelques-uns émis depuis La Nouvelle-Orléans. Puis il rangea la boîte et se dépêcha de ressortir de la maison.

J'aime jouer avec le feu, mais il y a des limites, songea-t-il.

Il rejoignit son véhicule au pas de course. Avant de démarrer, il appela sa compagnie aérienne préférée et réserva un billet pour le prochain vol à destination de La Nouvelle-Orléans. Il allait arriver là-bas en fin de soirée. Il réserva un hôtel dans la foulée.

En route pour le Grand Sud, se dit-il en mettant le contact.

CHAPITRE

20

L'hélicoptère se posa sur le toit du CDC dans un grand bruit de rotor et d'air brassé. Bannister en descendit, puis ce fut au tour de Mel Hondo de sortir de l'appareil. Il avait toujours des menottes aux poignets.

– On est où? brailla-t-il assez fort pour couvrir la plainte mugissante du moteur.

– Surprise-surprise, fit Bannister, un sourire grinçant au coin des lèvres.

Le nain et son prisonnier prirent un ascenseur qui les conduisit au premier sous-sol. La porte s'ouvrit sur deux hommes de la sécurité. Ils avisèrent les menottes d'un air circonspect.

– Ce monsieur est avec moi, dit Bannister.

Les gardes s'écartèrent sans chercher à discuter.

Le directeur adjoint fit entrer son «invité» dans un vestiaire où des combinaisons étaient suspendues. On ne pouvait pas manquer celle de Bannister, la plus petite du lot. Il commença à l'enfiler.

– Fais comme moi, dit-il au gros *geek*.

Ce dernier leva ses poignets entravés.

– Oh, pardon! s'excusa Bannister d'un air faussement désolé.

Il sortit une clé de sa poche et libéra Hondo. Les bracelets de métal tombèrent sur le sol en tintant.

– Prends celle-ci, dit Bannister en indiquant une combinaison jaune.

Hondo obéit. Il ne savait pas à quelle sauce il allait être mangé, mais sa curiosité l'emportait sur la peur.

Bannister tira un flexible rouge attaché au plafond et le relia à son vêtement, puis il ouvrit la valve et laissa l'air affluer avec un doux sifflement. C'était la procédure habituelle. Chaque scaphandre devait être soigneusement testé au cas où il y aurait la moindre déchirure, le moindre trou capable de compromettre la sécurité de son occupant. Hondo se plia au rituel sans chercher à discuter.

Une fois leur combinaison sécurisée, Bannister et l'ami de Virgil pénétrèrent dans un sas. Les tuyaux rouges qui les alimentaient en oxygène les suivaient, suspendus au plafond par des espèces de rails-guides. Une porte se referma, une autre s'ouvrit, et les deux hommes entrèrent dans une grande salle carrelée de blanc, riche en tiroirs muraux et au milieu de laquelle trônait une table d'examen qui semblait taillée dans un bloc d'acier inoxydable. Des rigoles longeaient ses côtés. Un plateau exposant tout un tas d'instruments en inox reposait sur une table à roulettes, non loin de là. Il n'y avait pas de fenêtre, bien sûr. La lumière crue des néons faisait briller des reflets froids sur les instruments de torture. Bannister vit que Mel Hondo transpirait. Il s'approcha d'un mur quadrillé de petites portes en métal gris et ouvrit l'une d'elles. Puis il tira d'un coup sec pour faire glisser le caisson caché dans le casier. Une forme humaine apparut, enveloppée d'un grand sac de tissu plastifié.

– C'est quoi, ici? demanda un Mel Hondo circonspect. Une morgue?

– Ouais, répondit son hôte. Et aussi une salle d'autopsie.

Il ouvrit la fermeture Éclair du sac avec un bruit de déchirement soyeux. Hondo s'approcha pour voir le visage du cadavre. Il s'agissait d'un garçon du même âge que Virgil, à peu de chose près. Ses traits étaient atrocement déformés et ses yeux révulsés, comme s'il avait vu la mort en face.

– Ça... ça ne prouve rien, bredouilla Hondo.

– Ah oui? riposta Bannister. Tu penses toujours que je baratine?

Il se déplaça jusqu'au plateau et empoigna un scalpel.

– Alors ça ne te dérangera pas si je fais une petite entaille à ta combinaison? poursuivit-il.

Hondo recula, terrorisé:

– Déconnez pas.

Le petit homme jeta le scalpel sur le carrelage et ouvrit un second casier, puis un second *body bag*. Celui-ci contenait le corps d'une adolescente, un corps marbré d'affreuses lésions brunâtres. Ce n'aurait pas été pire si quelqu'un l'avait battue à mort.

– Tu crois toujours au complot?! éructa Bannister.

– Je... je ne sais pas, balbutia Hondo. Je ne sais plus.

– Tu crois que c'est un maquilleur de Hollywood qui a fait ça?

– Non, je...

– Si tu ne te mets pas à table tout de suite, ton ami pourrait fort bien se retrouver dans un casier comme celui-là dans quelques heures. Et après lui, il y en aura d'autres. Beaucoup d'autres! Tu veux vraiment avoir ça sur la conscience pour le restant de tes jours?!

Mel Hondo avait la bouche ouverte, mais aucun son n'en sortait.

– D'accord, dit-il enfin. Je vais vous dire ce que je sais.

– Vas-y, accouche!

Hondo prit une profonde inspiration:

– On a un ami commun, Virgil et moi. Il vient souvent sur mon site. Tom Grogan... Un ancien combattant... Il habite Austin, lui aussi. C'est un type de confiance. Je pense que Virgil est allé se planquer chez lui... Enfin, ça ne m'étonnerait pas.

Vingt minutes plus tard, une équipe de *men in black* au cheveu ras investissait l'appartement de Grogan. Bannister se tenait informé de l'opération par téléphone.

– Alors? demanda-t-il à l'agent Snow.

– *On arrive trop tard*, répondit ce dernier. *L'appartement est vide.*

– Des signes d'un éventuel passage de Connor ou Mandelson?

– *On a trouvé trois assiettes sales et trois verres dans l'évier.*

– Et alors? Grogan n'a peut-être pas fait la vaisselle depuis trois repas...

– Dans ce cas, il aurait mangé des lasagnes trois fois de suite... Mes gars sont en train de relever les empreintes un peu partout. On va attendre les résultats mais mon petit doigt me dit qu'on est sur la bonne piste. Reste à savoir où ils ont pu filer ensuite.

– Sur ce point, j'ai mon idée. Il a un véhicule, ce Grogan?

– Oui, une Range Rover immatriculée Tex – 3/6/1836.

– Parfait. Tu transmets ça à toutes les voitures qui patrouillent entre Austin et l'Arizona, Nouveau-Mexique inclus. Sans oublier le signalement de Tom Grogan.

Un quart d'heure s'écoula avant que le téléphone de Bannister ne sonne de nouveau.

– Salut, c'est moi, dit Mark Snow. *La Range Rover de Grogan est passée au Nouveau-Mexique en milieu d'après-midi. Il a franchi le poste de contrôle, sur la 285, vers 16h15, heure locale.*

– Les gosses n'étaient pas avec lui?

– Figure-toi que les deux corniauds en faction n'ont pas jugé bon de fouiller le véhicule.

– Bon Dieu, y a des coups de pied au cul qui se perdent!

– Tout à fait d'accord. Mais au moins ça confirme ta théorie: ils vont vers l'ouest. J'ai demandé à la NSA de braquer ses meilleurs satellites sur la région. C'est encore un peu large à ratisser mais ça se précise...

– Bien. Envoie une équipe en planque dans le bled où réside le couple de «survivalistes». Il y a de bonnes chances que Connor ait pensé à leur bunker comme point de chute. C'est la cachette idéale.

– *OK, je m'en charge. Tu as fait quoi de Hondo?*

– Je te le renvoie par le premier vol pour Austin. Je crois qu'il nous a dit tout ce qu'il savait.

– *Parfait. À plus.*

Bannister coupa la communication. Il était assis à son poste de travail, dans la partie «labo» du centre de recherches. La lumière bleutée de l'écran d'ordinateur se reflétait sur son visage aux traits tirés. Sa main droite jouait avec un trombone pendant qu'il regardait l'image du virus mille fois grossie: une cellule infectée, noire comme une dent gâtée. Il attendait avec de bons espoirs les résultats des tests effectués sur la progéniture de Zaboly... Mais, pour le moment, le virus semblait le narguer.

– Je t'aurai, mon salaud, murmura-t-il entre ses dents serrées. Je t'aurai...

CHAPITRE

21

Sia et Virgil continuèrent sur la 285 jusqu'à Artesia, puis ils reprirent la route en direction du nord.

– On va où ? demanda la jeune fille pour la centième fois.

– Vers Roswell. Les petits hommes verts, ça te parle ?

– Évidemment. Toi qui connais tout, tu sais ce qu'il y avait vraiment, dans cette base secrète ?

– Un truc louche, c'est sûr. Sinon, les autorités ne se seraient pas donné la peine de maquiller la chose avec cette histoire de crash d'ovni ridicule.

– Tu ne crois pas aux extraterrestres ?

– J'ai l'air cinglé à ce point ?

– Tu me fais dire ce que je n'ai pas dit.

Ils s'arrêtèrent à une station-service.

Virgil fit le plein, puis ils se rendirent chacun son tour aux toilettes avec un flacon de teinture pour cheveux. Sia en ressortit version blonde platine, alors que Virgil arborait à présent une flamboyante tignasse de rouquin.

– Tu veux jouer Ron Weasley dans un nouveau *Harry Potter*? plaisanta Sia. Il ne te manque plus que les taches de rousseur!

– La ramène pas, ronchonna son compagnon, parce que dans le genre Marilyn au rabais t'es pas mal non plus.

Ils repartirent sans traîner après avoir fait deux ou trois courses à la supérette du coin.

La nuit tombait sur le désert du Nouveau-Mexique, et l'horizon se parait de traits de pinceau flamboyants, comme dans un vieux film en technicolor. Le soleil couchant éclairait par en dessous le ventre filandreux de quelques rares nuages.

Virgil choisit de quitter la route une vingtaine de kilomètres après la station-service. Le 4 × 4 de son ami Grogan escalada une colline avant de redescendre le versant opposé, à l'abri des regards.

– On ferait mieux de monter la tente avant qu'il fasse complètement noir, dit le garçon.

Ils sortirent le matériel et commencèrent à planter des piquets dans le sol. Sia était plus douée que Virgil. Elle avait un sens pratique évident et suivait les instructions du plan de montage à la lettre, sans s'énerver, alors que son compagnon jurait comme un Irlandais au moindre problème.

– Je te laisse finir, grogna-t-il. Ces trucs-là me rendent dingue!

Il sortit le réchaud et commença à faire cuire la nourriture qu'ils avaient achetée. Grogan leur avait également donné une lampe-tempête; Virgil l'alluma.

– C'est prêt, dit-il au bout de quelques minutes.

Sia avait terminé de monter la tente. Elle s'assit à côté du garçon et frissonna. L'air avait fraîchi d'un coup. Virgil lui prêta son blouson et ils se mirent à manger en silence. Au-dessus d'eux brillait un ciel étoilé d'une pureté infinie. Sia n'avait jamais vu un tel firmament. On avait l'impression de pouvoir toucher les étoiles du bout des doigts. Soudain, une fine strie de feu déchira l'étoffe des cieux noirs.

– Une étoile filante ! s'exclama Sia.

– J'ai fait un vœu, dit Virgil.

– Moi aussi.

– Peut-être qu'on a fait le même ?

– Ça m'étonnerait, rigola Sia.

Revoir ses deux mères en bonne santé était son souhait le plus cher. Elle ne pouvait s'empêcher de penser à Patty et Janis. Les deux femmes lui manquaient. Une gangue invisible se referma sur son cœur. Mais, curieusement, une part d'elle-même était excitée de se retrouver ici, dans le désert. Elle vivait une grande aventure. Pour de vrai !

Une longue plainte aboyée à pleine gorge monta dans la nuit ; d'autres lui répondirent en écho.

– Il y a des coyotes par ici ? s'inquiéta Sia.

– Oui, mais ils ne sont pas dangereux... contrairement aux couguars.

– Il y a des couguars ?!

Sia avait presque bondi sur place.

– Sûrement, répondit Virgil avec un petit sourire. Mais si on met la nourriture dans le coffre, ils ne nous embêteront pas.

Sia se rassit. Elle n'était qu'à moitié rassurée.

Le repas terminé, les adolescents se réfugièrent sous la toile de tente, blottis dans leurs sacs de couchage.

Sia avait du mal à s'endormir, en dépit de la fatigue. Elle demanda :

– Tu ne veux toujours pas me dire où nous allons?

– Chez des amis qui vivent en Arizona, pas loin de Flagstaff. Ils ont creusé dans leur jardin une espèce de bunker avec de quoi y tenir pendant des mois, des années peut-être. Ils sont persuadés que le jour du Jugement dernier est pour bientôt.

Sia eut un rire sans joie.

– Est-ce que tu as des gens normaux dans ton entourage? lança-t-elle.

– Ça te va bien de dire ça, riposta Virgil, piqué au vif.

Sia se dressa sur sa couche :

– Tu sous-entends quoi, là?

– Rien.

– C'est parce que j'ai deux femmes pour mères, c'est ça?

– Avoue que c'est pas très... normal.

– T'es qui, pour juger?

Virgil se renfrogna et vira sur le flanc.

– Je suis personne. Je suis... crevé, c'est tout. Excuse-moi, je voulais pas être irrespectueux. C'est juste que... quand on me cherche, on me trouve, voilà.

– Tu as quelque chose contre les homos?

– Non, je m'en fiche.

Il hésita :

– Mon père est homo.

– Hein?

– Mon vrai père... Il a donné son sperme dans une banque. Je l'ai appris par hasard; ça fait tout drôle, crois-moi, quand on ne s'y attend pas.

– Insémination artificielle?

– Ouais.

Sia resta muette un long moment.

– C'est pareil pour moi, soupira-t-elle. Je n'ai jamais vu mon père. Je ne sais pas qui c'est. Je crois... que je comprends ce que tu ressens.

Un coyote hurla à la lune un long cri étrangement modulé.

Sia se mit en boule et roula sur le côté.

Ils s'endormirent cinq minutes plus tard.

Ils se remirent en route peu après l'aube, après avoir plié la tente et partagé un frugal petit déjeuner. Ils parlaient peu. La musique diffusée par l'autoradio leur tenait compagnie.

Peu avant Roswell, ils croisèrent une voiture de patrouille qui remontait la 285 en sens inverse, vers le sud. Virgil leva le pied, s'appliquant à ne pas dépasser la vitesse réglementaire. Sia avait bloqué sa respiration, le cœur battant. Au bout de quelques secondes, une sirène se déclencha et ils virent dans le rétroviseur que les flics amorçaient un demi-tour spectaculaire en faisant crisser leurs pneus.

– Merde, dit simplement Virgil.

Il écrasa l'accélérateur.

Sia s'accrochait du mieux qu'elle pouvait, la trouille au ventre. Elle imaginait les policiers en train de s'égosiller dans leur radio: «Papa Charlie 3. À toutes les voitures: suspects à bord Range Rover verte se dirigent vers Roswell sur la US 285. Nous les prenons en chasse!»

Virgil savait qu'il ne pourrait pas distancer ses poursuivants sur la route. Il braqua et son véhicule avala le talus d'accotement. Les flics l'imitèrent.

Ils roulaient à tombeau ouvert sur un terrain défoncé, malmenant les amortisseurs. Heureusement, le 4×4 était conçu pour ce genre d'exercice. Virgil le fit décoller pardessus une crête. Le cœur de Sia lui remonta dans la gorge. Ils rebondirent trois fois en atterrissant, et Sia se cogna la tête au plafond. Son compagnon grommela des excuses, ce qui ne l'empêcha pas d'accélérer de nouveau l'instant d'après. Il s'agrippait au volant, les articulations blanchies, et Sia priait pour que les pneus et la suspension tiennent le coup. Aussi dingue que cela puisse paraître, les policiers étaient toujours à leurs trousses. Leurs roues faisaient voler des cailloux et des brindilles mortes. Le sol n'était que nids-de-poule et rigoles de terre durcies. Les deux voitures grimpèrent une pente, leurs occupants ballottés dans tous les sens, puis elles dévalèrent la suivante, plus raide, à une vitesse folle. C'est alors que les flics heurtèrent un rocher qui brisa leur essieu. Les roues arrière du véhicule de patrouille se soulevèrent dans une imitation maladroite de cheval en plein rodéo, et les deux airbags explosèrent à la figure des poursuivants.

– Yeah! cria Virgil, euphorique.

Il pila.

– Qu'est-ce que tu fous? hoqueta Sia.

Pour toute réponse, le jeune conducteur enclencha la marche arrière. Il reculait en zigzaguant pour éviter les rochers les plus gros qui dépassaient de terre.

– T'es malade? aboya sa compagne.

Virgil s'arrêta à la hauteur des flics encore groggy, descendit de voiture et ouvrit la portière, côté chauffeur.

– Héé, lâcha un policier à demi sonné.

La main de Virgil plongea vers sa ceinture et il s'empara d'un rutilant colt de service. L'autre flic fit mine de dégainer, mais le garçon le mit en joue en susurrant :

– Tsss, tsss, mauvaise idée. Mains en l'air, les copains.

Les deux flics obéirent.

– C'est grave, ce que tu es en train de faire, mon grand, tenta l'un d'eux.

Virgil fit la moue avec sa lèvre inférieure :

– Faut savoir vivre dangereusement. (Il se tourna vers Sia.) Va prendre l'autre flingue !

– Hein?

– Grouille, bordel !

Sia, tel un zombie, s'exécuta. Elle avait l'impression de vivre la scène de l'extérieur. C'était trop surréaliste pour être vrai.

Maintenant, ils avaient une arme chacun.

– Messieurs, vous gardez les mains en l'air et vous sortez du véhicule sans faire d'histoires, ordonna Virgil.

Trois minutes plus tard, le duo était menotté au pare-chocs de la voiture endommagée.

– Vous allez nous laisser là? se lamenta l'un des flics.

– On va fondre au soleil, gémit l'autre.

– Z'avez vos chapeaux, sourit Virgil.

– Laisse-nous au moins signaler notre position par radio, petit.

– On n'est pas très loin du point de départ de la poursuite. À mon avis, dans une heure ou deux, vos camarades vous auront retrouvés. (Il fit un signe à Sia.) Allez, viens, on se casse.

– Rendez-nous les flingues, vous allez vous blesser.

Mais les fugitifs n'écoutaient plus. Ils étaient déjà en train de remonter dans le 4 × 4.

– Vous êtes en train de commettre un délit fédéral majeur ! Il n'est pas trop tard pour vous rendre et...

La Range Rover démarra en faisant jaillir des chapelets de cailloux sous ses pneus.

Sia tremblait, incapable de détacher ses yeux du revolver qu'elle tenait encore en main. Virgil lui donna le sien et dit :

– Mets-les dans la boîte à gants.

Une fois les armes enfermées, la jeune fille se redressa. Elle avait les mâchoires serrées, les yeux noirs de colère. Elle se tourna vers Virgil, qui eut peur tout à coup.

– Qu'est-ce qu'il y a ? balbutia-t-il, plus effrayé par la réaction de sa compagne que par la confrontation avec les deux flics quelques secondes auparavant.

– Tu es dingue ! hurla-t-elle. On aurait pu mourir par ta faute !

Et, en disant ces mots, elle se jeta sur lui et commença à le frapper.

– Arrête, arrête, tu vas nous faire avoir un accident !

Virgil ne voyait plus grand-chose. Il pila.

Sia s'arrêta, elle aussi, puis regarda derrière elle pour voir s'il y avait suffisamment de distance entre la voiture de police et eux. C'était bien le cas. Elle éclata en sanglots.

Virgil était décontenancé. Sia venait de passer d'une furie prête à le tuer à une petite fille fragile et en larmes. Il s'approcha d'elle pour la prendre dans ses bras. L'arête de son nez frôlait la peau de son amie, au niveau du cou. Il déglutit, reprit ses esprits et se redressa.

– Il faut qu'on y aille, Sia. On a tous les flics du pays aux fesses.

Elle hocha la tête en guise d'acquiescement. Que pouvaient-ils faire d'autre si ce n'était fuir?

En face d'eux s'étendait un décor morne à bouffer de la poussière à des kilomètres à la ronde. Virgil avisa une ligne composée de crêtes douces.

– Je crois qu'il y a une autre route derrière ces collines, dit-il. Tu peux vérifier sur la carte?

– Pourquoi on ne se sert pas du GPS?

– La NSA piste les GPS...

– Évidemment, où avais-je la tête?

Le ton était acide, mais Virgil fit mine de ne pas relever. Sia déplia la carte avant de la consulter.

– Oui, il y a la Alabama Road, confirma-t-elle. Tu veux toujours aller vers Roswell?

– Non, c'est grillé. Maintenant, ils savent qu'on remontait vers le nord; donc on va descendre plein sud.

– Jusqu'où?

– J'en sais rien. Dans l'immédiat, la priorité, c'est de changer de véhicule.

– On ne va pas voler une voiture !

Virgil haussa les épaules.

– Au point où on en est.

Sia secoua la tête et émit un long soupir. Elle n'avait plus de forces.

– La région ne va pas tarder à grouiller de flics. Et puis tes fameux satellites espions, ils vont bien finir par se réveiller, non ? Je ne nous donne pas deux heures avant de nous faire choper.

Virgil lui répondit par un clin d'œil :

– N'oublie pas que j'ai fait un vœu hier soir.

CHAPITRE

22

— Alors ? demanda Bannister à son adjoint Greg Johnson. Quels sont les résultats des tests ?

Les deux hommes marchaient côte à côte dans les couloirs du CDC. Les assistants qui les croisaient s'écartaient spontanément à leur approche. Bannister ressemblait à Napoléon en route pour le champ de bataille : énergique, concentré... et d'une humeur de dogue !

– Sur les cinquante-cinq gamins examinés, quarante-neuf sont « Dillon positifs », autrement dit porteurs sains du virus, expliqua Johnson. Cela signifie que près de 90 % des descendants de Zaboly sont des bombes bactériologiques ambulantes. Les six autres ne présentent aucune anomalie génétique, aucun signe inquiétant. C'est quand même un bon point, non ?

– Vous avez eu le temps de tester tout le monde ? Même les trois qui étaient en vacances à l'étranger ?

– Oui, ils ont eu droit à leurs piqûres, eux aussi. Et les autorités locales les gardent au frais, ne vous inquiétez pas. Les deux seuls qui manquent à l'appel sont toujours Mandelson et Connor.

– Pfff, j'aimerais croire qu'ils font partie des 10% de petits veinards, mais c'est pas gagné... On a injecté de l'aciclovir aux porteurs sains?

– Bien sûr. Et on a également essayé la ribavirine. Dans les deux cas, ça ne marche pas. Le mal est là, en sommeil. La puberté débloque un premier «cran de sûreté», on dirait. Une fois en veille, le virus se tient prêt à se lancer à l'attaque des défenses immunitaires à la moindre hausse de température un peu trop spectaculaire. Et puis, on en revient toujours au même problème, à savoir le fameux Gary Zaboly. On a besoin de son sang et de ses tissus pour fabriquer l'antisérum... Pas de nouvelles sur ce front-là?

– Aucune. Nos enquêteurs et le FBI piétinent. C'est à se taper la tête contre les murs.

– Si ça se trouve, Zaboly a déjà été victime de cette saloperie de virus. Depuis le temps qu'il est positif, il est fort possible qu'il se soit trouvé lui-même un jour dans un endroit très chaud; et là...

Bannister réfléchit avant de rétorquer:

– Possible mais peu probable.

– Pourquoi?

– Si un virus aussi létal que celui-ci s'était déjà déclenché quelque part, on en aurait sûrement eu vent ici, au CDC. Tu as vu pour Dillon et la petite Curilla: on était au courant le jour même.

– En effet. Mais Zaboly est peut-être mort, tout seul, dans un coin paumé...

– Et on n'aurait jamais retrouvé son corps, fait d'autopsie, etc. ? C'est envisageable s'il a eu la mauvaise idée de faire une retraite chamanique dans une grotte en plein désert, mais sinon, je ne vois pas trop... Je crois plutôt que le virus a muté en passant d'une génération à l'autre, et que Zaboly, en tant que « cas index », n'a pas l'épée de Damoclès des températures suspendue au-dessus de sa tête. Il faut aussi qu'on pousse les recherches du côté de nos six Zaboly juniors qui ont l'air clean. La solution « antisérum » est peut-être là...

– Peut-être, mais si on pouvait comparer leur métabolisme avec celui de leur géniteur, ça nous ferait avancer à grands pas, c'est sûr.

Ils entrèrent dans la partie labo et s'installèrent à leur poste de travail. Bannister demanda si on avait du neuf concernant les fugitifs, et Marcia Lyu lui répondit que non. C'était terriblement rageant et frustrant à la fois. Si, comme le directeur adjoint du CDC le subodorait, Sia Mandelson et Virgil Connor se dirigeaient bien vers Flagstaff, on pouvait légitimement craindre le pire : à en croire la météo, une vague de canicule allait s'abattre sur l'Arizona dans les jours à venir.

Misère, songea le petit homme. *On n'est pas sortis de l'auberge...*

Il se rongeait les ongles de manière désormais pathologique et luttait contre les vagues de pessimisme qu'il sentait affluer en lui. Pas question, cependant, de montrer sa trouille aux autres membres de l'équipe. En tant que chef, il se devait de donner l'exemple.

– Courage, Marcia, dit-il sans entrain. On va continuer les tests sur les porteurs sains.

Marcia Lyu acquiesça avec une conviction de pure façade. Elle savait, tout comme Bannister et Johnson, que sans l'apport de prélèvements effectués sur Zaboly, leurs chances de découvrir le talon d'Achille du virus étaient très aléatoires.

Ils allaient tous se remettre au travail, quand leur jeune collègue joufflu comme un hamster accourut, tout excité :

– Des nouvelles fraîches ! annonça-t-il. Tom Grogan a été arrêté. Il faisait du stop, quelque part entre Fort Stockton et Kerville. Le FBI est en train de le cuisiner.

– Bien, commenta sobrement Bannister.

Il s'apprêtait à dégainer son cellulaire pour téléphoner à l'agent Snow quand le jeune homme ajouta :

– Il y a encore mieux ! Connor et Mandelson ont été repérés au Nouveau-Mexique, pas loin de Roswell !

– Hein ?

Une grande bouffée d'oxygène parut envahir la pièce. Le garçon continua :

– Ils ont échappé de justesse à une voiture de patrouille, mais on a mis tous les flics du secteur sur le coup ; ils sont cuits.

Vive les méthodes à l'ancienne, pensa Bannister. *Et un zéro pointé pour les satellites !*

– OK, dit-il. Le plein de l'hélico est fait ?

– Oui.

– Alors je pars tout de suite pour le Nouveau-Mexique. (Il se tourna vers son adjoint.) Greg, je te laisse gérer les prélèvements.

– Ça roule.

En moins de dix secondes, Bannister avait filé dans le couloir, puis dans un ascenseur. Il composa le numéro de Mark Snow pendant que la cabine montait.

– Ouais, salut, c'est moi... Vous en êtes où avec Tom Grogan?

– Il dit qu'il n'a jamais vu les gamins.

– Ah ouais?

– Il prétend qu'on lui a volé son 4×4 et son fric au Nouveau-Mexique.

– Démerdez-vous comme vous voulez mais faites-le parler.

La porte de la cabine s'ouvrit, laissant s'engouffrer un bruit furieux de rotor en même temps qu'une bourrasque. L'hélico était prêt à décoller.

– Qu'est-ce que tu dis? lança Bannister à l'agent Snow. Je ne t'entends plus.

– Envoyé... quelqu'un...

– Hein?

Bannister avait beau visser son oreille au téléphone, le vacarme était insupportable.

– Femme... seconder...

– Bon, laisse tomber, je te rappelle plus tard.

Bannister grimpa dans l'habitacle de l'appareil.

– On va où, cette fois? lui demanda le pilote.

– Nouveau-Mexique. Du côté de Roswell. J'attends des coordonnées plus précises...

– Une soucoupe s'est scratchée? Menace de virus extraterrestre?

– Très drôle.

Bannister boucla sa ceinture. Redevenu sérieux, le pilote déclara :

– Faudra qu'on s'arrête vers Dallas pour remplir les réservoirs.

– D'accord.

L'appareil allait s'élever dans les airs quand une silhouette féminine apparut sur le toit. Elle arrivait par l'escalier de service et faisait de grands gestes à l'attention des occupants de l'hélico.

– Qu'est-ce que c'est encore que ça? grommela Bannister.

La femme était vêtue d'un tailleur bleu nuit. Grande et mince, elle avait une certaine allure. Le brassage de l'air chahutait ses cheveux auburn.

– Attends une seconde, soupira Bannister à l'adresse du pilote.

La femme courut jusqu'à eux et fit coulisser la porte latérale. Bannister la stoppa au moment où elle allait grimper à son côté.

– Vous êtes qui? aboya-t-il.

– Jenny Agutter! (Elle criait presque pour couvrir le bruit des pales et du moteur.) C'est le FBI qui m'a mandatée. Mark Snow ne vous a rien dit?

– On a été, hum, coupés...

– Je suis psychologue, spécialisée dans les ados à problèmes. Je viens pour vous aider.

– Je n'ai pas besoin d'aide, merci.

– L'agent Snow pense que je peux être utile. J'ai lu le dossier de vos deux fugitifs. Le cas de Connor m'inquiète particulièrement. C'est une vraie grenade dégoupillée, ce garçon !

– Ça, je le savais déjà !

– Le mois dernier, j'ai ramené à la raison un jeune qui avait pris toute sa classe en otage avec le fusil de chasse de son père. Et deux mois avant, j'ai réussi à convaincre une fille de dix-sept ans de ne pas se jeter du toit de son lycée !

– Toutes mes félicitations.

– Vous avez l'habitude de dialoguer avec des ados? Vous avez des enfants?

– Non, mais je suis un très bon négociateur, la diplomatie incarnée !

– Ce n'est pas ce que j'ai entendu dire... Mettez-vous à la place de ces gamins. Ils doivent être épuisés, effrayés, déboussolés. Tout semble réuni pour qu'ils fassent une connerie à la première occasion !

La psychologue planta ses yeux vert émeraude dans ceux de Bannister. Elle avait un regard puissant, difficile à soutenir. Le petit homme capitula :

– C'est bon, montez... Mais n'oubliez pas une chose : c'est moi qui mène la danse.

– Compris.

Jenny Agutter s'installa à l'arrière, et l'appareil décolla vingt secondes plus tard.

CHAPITRE

23

Greg Spencer lisait le journal pendant que son compagnon Marshall Duncan dévorait des *pancakes* arrosés de sirop d'érable. Chaque matin, le couple venait prendre le brunch au Café Degas sur Esplanade Avenue, l'une des plus belles artères de La Nouvelle-Orléans. La terrasse de l'établissement disparaissait presque complètement sous le couvert d'une opulente végétation et on pouvait entendre les oiseaux siffloter. Greg aimait ce moment de calme avant la journée de travail. Il épluchait les infos culturelles locales, en particulier tout ce qui touchait à la musique et aux concerts, car il était fanatique de jazz depuis son plus jeune âge. C'était cette passion qui l'avait poussé à venir s'établir ici, bien plus que le climat ou la cuisine cajun. De son côté, Marshall, pour qui le petit déjeuner était sacro-saint, savourait chacun de ses coups de fourchette. Tous deux levèrent à peine la tête quand ils virent entrer un vieux moustachu qui se dirigea directement vers le patron des lieux, derrière le comptoir.

Ils n'avaient aucune raison de prêter attention à cet homme... jusqu'au moment où ils l'entendirent parler d'eux!

– Je cherche Gregory Spencer et Marshall Duncan, lança Hans. On m'a dit qu'ils sont des habitués...

Hans avait atterri la veille à La Nouvelle-Orléans, vers 22 heures. Trop fatigué pour poursuivre ses investigations, il s'était directement rendu à son hôtel, dans le centre-ville. Levé de bonne heure, il avait passé tout le début de matinée à cuisiner le voisinage du couple homo. Quelqu'un lui avait parlé du Café Degas. Il était venu aussi vite qu'il avait pu.

Le patron toisait le nouveau venu d'un air méfiant.

– En effet, oui, répondit-il. Greg et Marshall, je les connais... Vous leur voulez quoi?

– Juste leur poser quelques questions.

– Vous êtes de la police?

– J'étais.

Greg se leva et marcha jusqu'à l'enquêteur.

– Bonjour, je peux sans doute vous aider? Je suis l'une des personnes que vous cherchez. Nous sommes assis dans le coin, là-bas, avec mon ami. Moi, c'est Greg.

– Euh, enchanté. Je m'appelle Hans Perry.

Hans serra la main de cet homme blond, au sourire franc et aux yeux gris très expressifs. Il était surpris d'avoir fait mouche si vite. Marshall daigna poser sa fourchette pour se lever et donner à son tour une poignée de main à l'enquêteur. Il avait la quarantaine, comme son compagnon. Il était brun, grand, tout en muscles noueux, avec des lèvres bien dessinées. Il montra à Hans un fauteuil en cuir vieilli.

– Prenez place, je vous en prie.

– En quoi peut-on vous être utiles ? demanda Greg.

– Je suis à la recherche de l'un de vos amis : Gary Zaboly.

Les deux hommes plissèrent le front.

– Vous n'avez pas regardé la télé, ces derniers jours ? s'étonna Hans.

– On n'a plus de télé depuis une demi-douzaine d'années et on ne s'en porte pas plus mal, grinça Greg.

– Je vois...

Marshall questionna :

– C'est quoi le problème ? Il est arrivé quelque chose à Gary ?

Hans décida de ne pas y aller par quatre chemins. Il ne savait trop pourquoi, le couple gay lui inspirait confiance. Son instinct, encore une fois... Aussi résuma-t-il la situation en quelques phrases : l'avis de recherche lancé par le gouvernement, les enfants porteurs d'un virus mortel, et Gary, leur père, qui était peut-être leur seul espoir... Greg et Marshall écoutaient ces informations avec une attention et une inquiétude croissantes.

– Qui êtes-vous, monsieur, exactement ? s'enquit Greg. Il y a des gens louches qui en veulent à notre ami. Des gens dangereux. Qu'est-ce qui nous prouve que vous ne travaillez pas pour eux ?

Il faisait très certainement allusion à ceux qui avaient tué Andy Bress. Désireux de rassurer ses interlocuteurs, Hans sortit sa carte de flic à la retraite ainsi que des photos de lui en service, lui avec son chien, de vieilles photos. Puis il sortit également son téléphone qui contenait des données relatives à ses dernières missions, dont un *cold case* élucidé deux mois plus tôt. À la fin de ce petit exposé, Greg semblait convaincu. Et si Greg était convaincu, alors Marshall suivrait. Hans avait cru percevoir le fonctionnement du couple.

– Je vous propose qu'on poursuive notre petite discussion chez nous, dit Greg. Nous y serons plus à l'aise pour parler...

– Volontiers, acquiesça Hans.

Ils laissèrent quelques pièces et billets sur la table, se levèrent puis sortirent du Café Degas, prirent la première à droite sur l'avenue et, deux rues plus loin, tournèrent de nouveau à droite. Dotées de balcons à treillage, les maisons du Vieux Carré offraient un curieux mélange architectural d'inspiration française et espagnole. Les jardins ombragés y côtoyaient de nombreuses fontaines. Les trottoirs fissurés par la végétation étaient ponctués d'énormes troncs dont les racines s'étalaient de manière tentaculaire. Hans se dit que cette ville avait décidément quelque chose de particulier. Un côté à la fois suranné et hors du temps. Ici, on sentait le poids conjoint de l'Histoire et de la Nature incontrôlable. Une atmosphère poisseuse et mystique imprégnait hommes et choses.

Le couple fit entrer Hans dans une belle demeure rétro, à l'intérieur crème et lumineux. Il n'y avait aucune surcharge. Tout dans cette maison avait sa place et sa fonction. Greg révéla avec une fierté non dissimulée qu'il était décorateur d'intérieur et que chacun des meubles et des bibelots choisis par lui possédait sa propre histoire. Tous trois s'installèrent dans les fauteuils en osier de la véranda pour y déguster une citronnade, et Hans relança immédiatement ses hôtes sur le sujet qui lui tenait à cœur.

– Gary travaille dans une ONG en Haïti, annonça Marshall de but en blanc.

– Haïti?! hoqueta l'enquêteur.

– Oui. Il allait souvent là-bas faire de la spéléo, quand il était plus jeune. C'est comme ça qu'on s'est connus tous les deux. On est restés bon amis, même après notre séparation.

– Vous voulez dire que...

Ce fut Greg qui répondit pour son compagnon:

– Ils ont été amants... Pendant un an et demi, c'est ça, Marshall?

– Oui, à peu près... C'était il y a une bonne quinzaine d'années. Gary n'avait pas encore rencontré Andy. Et je n'avais pas encore rencontré Greg.

– Je comprends, fit Hans.

– Gary a vécu quelque temps chez nous quand il s'est enfui de Boston, continua Marshall. Puis il a fait son sac pour l'Afrique. Il a pas mal bourlingué à gauche, à droite. Il donnait des nouvelles de temps en temps... Depuis deux ans, il s'est fixé en Haïti et je crois qu'il y est encore.

– Il communique comment avec vous? Par mail?

– Non. Il se méfie du Web comme de la peste. Il préfère les lettres et les cartes postales... À l'ancienne, quoi.

– Quand est-ce que vous avez entendu parler de lui pour la dernière fois?

– C'était en... juin, il me semble. Je lui ai envoyé les photos de notre voyage à Paris et il m'a répondu.

Hans réfléchit:

– J'imagine que Gary a changé d'identité.

– En effet, acquiesça Greg. On vous l'a déjà dit : les gens qui en ont après lui ne plaisantent pas. Enfin, à l'époque du drame, il était en danger de mort en tout cas.

– Edgard... Edgard Lorna... C'est ainsi qu'il se fait appeler, confia Marshall sur un ton hésitant.

Edgard! songea Hans. *Le même prénom que celui inscrit au dos des cartes postales dans la boîte à chaussures.*

– Qui sont ces gens qui lui veulent du mal? demanda-t-il.

– On n'a jamais réussi à lui faire sortir des noms, soupira Marshall. On voulait qu'il en parle à la police, mais il a toujours refusé... L'un des agresseurs portait un tatouage assez particulier sur le dessus de la main : deux scorpions entrelacés. Gary nous a interdit de donner cette info aux flics!

Deux scorpions entrelacés, pensa Hans. *Intéressant. Dès que je sors d'ici, je lance Candice sur cet indice...*

Marshall reprit :

– Gary devait de l'argent à des trafiquants de drogue, des amis d'Andy qui dataient de sa mauvaise période... Et je vous parle là d'une très grosse somme... Gary l'avait empruntée pour son cabinet médical. J'imagine qu'il n'a pas remboursé assez vite, et la situation s'est envenimée. Le pauvre Andy en a fait les frais, au final. Le pire, c'est que c'est lui qui avait présenté ces sales mecs à Gary...

– Pourquoi Gary n'a rien dit à la police, d'après vous?

– Parce qu'il a utilisé le fric pour son cabinet et ensuite pour payer des indemnités à ses employés quand il a fermé. Il se sentait responsable de sa secrétaire, une vieille dame qui était presque comme une seconde maman pour lui. Je ne sais plus comment elle s'appelait...

– Clémence de Bree, grommela Hans.

Il comprenait à présent d'où venait l'argent de la belle maison.

– Oui, c'est ça ! approuva Marshall. Gary était bien sûr conscient qu'il avait fait joujou avec de l'argent sale, et la chose est punie par la loi ; ça s'apparente à du blanchiment. Il avait peur d'aller en taule et que tout ce qu'il possédait soit saisi. Il a préféré disparaître.

Hans demeura pensif durant un moment. Son vieux disque dur interne digérait et répertoriait les nouvelles données. Marshall profita de cette pause pour se lever. Il ouvrit son secrétaire, prit un morceau de papier, nota quelques mots en silence, l'air grave et résigné. Il plia le papier en quatre avant de le donner à Hans.

– Vous avez intérêt à en faire bon usage.

Hans ouvrit délicatement le papier. Une adresse était écrite dessus : *12, rue Polverel, Port-à-Piment*.

CHAPITRE 24

Sia et Virgil s'étaient arrêtés dans le premier bled venu ; pas vraiment une ville, plutôt une longue rue grise bardée d'habitations, de quelques magasins dont une supérette, sans oublier une petite gare à première vue désaffectée. Les fugitifs avaient fait halte sur le parking du bâtiment en parpaings surmonté de l'écriteau *Magasin d'alimentation générale*. Il n'y avait pour l'instant aucun flic en vue.

Les deux ados sortirent de leur véhicule. Virgil avait repéré une Chrysler bleu métallisé qui lui plaisait bien. Il était sur le point d'essayer de forcer la portière quand le mélancolique sifflet d'un train de marchandises s'éleva dans le silence du désert.

– Ho ho, fit le garçon.

Sia fronça les sourcils. Elle sentait qu'une idée était en train de germer dans le cerveau de son compagnon.

– Plutôt que de changer de véhicule, on va carrément changer de moyen de locomotion, dit celui-ci.

– Hein?

– Le train file dans la bonne direction, le nord! Il n'y a pas à hésiter. Les *hobos*, tu connais?

Oui, Sia savait ce qu'était un *hobo*: une sorte de vagabond qui passe de ville en ville et de campagne en campagne grâce aux interminables convois ferroviaires.

– Viens, suis-moi, dit Virgil.

Ils se mirent à cavaler à petites foulées vers la gare, sacs sur le dos, pendant que la bête sifflante et vibrante ralentissait en abordant la bourgade. Le convoi devait avoir au moins deux cents wagons. Le duo courait le long du train en priant le ciel pour un miracle... qui arriva sous la forme d'un panneau rouillé entrouvert. Virgil balança son sac à l'intérieur du wagon grinçant et tendit la main vers l'échelle qui le flanquait. Ses doigts se refermèrent sur un barreau. Il sauta, gigotant comme un singe pour se hisser. Ses genoux atterrirent durement sur le plancher. Il n'en revenait pas. Lui, si peu sportif, venait de réussir une vraie cascade de film d'action. Une petite fossette de victoire creusa sa joue, puis il pivota vers l'extérieur, bras tendu.

– Attrape ma main!

Sia avait du mal à maintenir la cadence. Elle était toute rouge et haletait. Le pistolet qu'elle avait dérobé à un flic glissa d'une poche mal fermée de son sac. Elle hésita une seconde: fallait-il le ramasser?

– Laisse tomber! aboya Virgil. Pas le temps!

Poussant un rugissement que Tarzan lui aurait envié, Sia jeta ses dernières réserves d'énergie dans la course, agrippa la main de son ami et bondit sur l'échelle. Virgil la tira à lui, puis tous deux roulèrent à l'intérieur du wagon, hilares et soulagés.

– On a réussi, souffla Sia. J'en reviens pas.

– On est les meilleurs, acquiesça Virgil.

Peu à peu, leurs yeux s'accoutumaient à l'obscurité ambiante.

Soudain, Sia lâcha un cri : il y avait cinq silhouettes tapies à l'autre bout du wagon. Les inconnus étaient assis sur des containers ou sur le plancher, et ils toisaient les deux nouveaux venus dans un silence ponctué par les trépidations du train.

– Heu, salut, lança Virgil.

Lui n'avait pas perdu son flingue. Histoire de se rassurer, il caressa la crosse en métal qui déformait légèrement l'une des poches de son blouson. D'un autre côté, le petit groupe qui lui faisait face n'avait pas l'air bien redoutable. Un garçon était pelotonné en boule sur un carton, à côté de bouteilles de Mad Dog vides. Un autre fumait une cigarette, luciole orange noyée dans la pénombre. Une fille regarda Sia de travers tout en expédiant un « Salut la compagnie ! » un peu narquois. Le quatrième vagabond tenait le manche d'une guitare posée sur ses genoux. Le cinquième, a priori le plus jeune et surtout le plus gros, était un ado noir et souriant.

– Salut, moi c'est Fat Moe ! dit-il en rigolant.

– Virgil et Sia, répondit instinctivement la jeune fille.

Son compagnon faillit la pincer.

Autant pour la discrétion, pensa-t-il.

Sia dut réaliser sa bévue avec un temps de retard car elle grimaça.

Fat Moe présenta ses quatre camarades, eux aussi affublés d'un pseudo. Il y avait donc Princesse, Volute, Muz pour «musicien», Rêveur...

– Enchantée, bredouilla Sia.

– De même, fit Virgil.

Fat Moe leur proposa un morceau de pain sous les yeux réprobateurs de Princesse et de Volute. Virgil refusa :

– Merci, on a ce qu'il faut, dit-il en montrant leurs sacs.

– Vous paraissez bien jeunes pour être des vagabonds, fit remarquer Volute en écrasant sa clope sur le plancher.

– Pourquoi? Y a un âge minimum pour être dans la mouise? contre-attaqua Virgil.

– Non, en effet. Notre pote Moe en est la preuve vivante... Mais vos fringues sont trop propres pour appartenir à des gens «dans la mouise», comme tu dis...

Virgil rétorqua :

– Tu étais flic avant de devenir un *hobo*?

Fat Moe donna un coup de coude à son copain :

– Laisse-les tranquilles, Volute. Tu aimes qu'on t'en pose des questions, toi?

– Non, en effet... mais j'aime bien savoir à qui j'ai affaire.

– On a fugué, intervint Sia. Nos parents ne voulaient pas qu'on soit ensemble, alors... on a décidé de prendre la route, façon Kerouac.

– Waouh, trop romantique, fit Fat Moe. Ça y est, j'ai trouvé vos surnoms : Roméo et Juliette.

Virgil se laissa aller à sourire. Sa compagne avait bien rattrapé le coup.

Muz se mit à jouer de la guitare. Sia s'approcha, s'assit et commença à taper du pied en rythme. Virgil sauta sur un container. Il ne lâchait pas son amie des yeux. Cette dernière paraissait envoûtée par le musicien, dont les accords remplissaient le wagon de notes mélodieuses. Il jouait drôlement bien. Le visage de Sia exprimait une joie sans mélange, et Virgil se sentit inquiet tout à coup, sans trop savoir pourquoi. Peur que Sia ne se dévoile trop? Ou qu'elle ne s'éloigne de lui? Cette pensée le perturba. Non, c'était absurde. Il ne pouvait pas être jaloux. Il connaissait à peine cette fille. C'étaient les circonstances qui les avaient réunis. Elle était si différente de lui...

Apparemment, il n'était pas le seul à se poser des questions, car la dénommée Princesse prit la parole, marquant ainsi son territoire:

– Muz est mon mec, dit-elle.

Sia acquiesça distraitement, toujours absorbée par la musique. Virgil ressentit une sorte de soulagement étrange, ce qui l'agaça encore davantage. Muz changea de morceau.

– Tu composes? lui demanda Sia.

Le guitariste se tourna pour la première fois vers elle et répondit d'un laconique hochement de tête.

– Moi aussi, fit-elle en souriant.

Muz tendit sa guitare à Sia. Princesse leva les yeux au plafond. Fat Moe lança un «oh yeah» d'approbation. Quant à Virgil, il commençait à se sentir très mal à l'aise. Volute ricana.

Sia ne se fit pas prier. Elle épousa le bois et, posant ses doigts sur les cordes, elle entama un air de son répertoire. Il ne s'agissait pas d'une chanson militante. C'était une jolie ballade aux accents folks. Muz tapa à son tour du pied pendant que Fat Moe frappait dans ses mains. Princesse s'approcha de son mec et se colla à lui, pour une fois que la guitare ne faisait pas écran entre eux. Sia semblait transformée. Elle n'était plus en cavale. Elle vivait entièrement l'instant présent. En la regardant chanter et jouer, Virgil ressentit des petits picotements le long de son échine. Il avait beau tourner les choses dans tous les sens, il fallait bien se rendre à l'évidence : Sia avait un charme fou ! Ces sentiments étaient nouveaux pour le jeune *geek*. Les filles, c'était vraiment pas son truc. Ses potes ne pensaient qu'à ça, mais lui était plutôt obnubilé par la meilleure façon de rendre ses « bécanes » performantes. Jusqu'ici, il n'avait jamais compris l'utilité d'avoir une copine : *Pour quoi faire ? Pas le temps !* Il avait des choses plus sérieuses à régler : démasquer les sombres agissements du gouvernement, par exemple.

Sia et Muz se mirent à chanter ensemble. Ce dernier avait mémorisé les paroles du refrain. Ils furent bientôt rejoints par les autres. Même la farouche Princesse semblait s'être « décongelée ». Virgil rigola tout seul en tapant des mains. En quelques minutes, lui et Sia avaient oublié qu'ils étaient des fugitifs traqués par toute la police du pays. Ils étaient redevenus deux jeunes gens pleins de vie et de promesses.

Et Virgil fut bien forcé d'admettre en son for intérieur... qu'il aimait ça !

CHAPITRE

25

— Voilà le véhicule !

C'était le shérif du coin qui avait parlé : un gros homme à la bedaine débordant de son ceinturon, la lèvre supérieure coiffée d'une moustache grise modèle « balai-brosse ».

Bannister s'approcha du 4 × 4, enleva ses lunettes de soleil et se pencha pour examiner la plaque d'immatriculation. Il s'agissait bien de la voiture de Tom Grogan.

– Mon adjoint m'a tout de suite prévenu quand il l'a repéré, poursuivit le flic.

– C'était il y a combien de temps ?

– Une bonne heure. J'ai aussitôt appelé le FBI.

Le parking du magasin d'alimentation générale grouillait d'hommes en complet-veston et de flics en uniforme, le *shotgun* au creux du bras. Il y avait aussi pas mal de curieux qui n'en revenaient pas. Logique. Cet endroit était, en temps normal, le plus tranquille du monde : le genre de coin où, en théorie, il ne se passe jamais rien !

– Aucun vol de voiture déclaré ? questionna Bannister en remettant ses lunettes.

– Aucun. Les deux mômes ont dû partir en stop.

Le directeur adjoint du CDC regarda la route qui traversait ce patelin sans âme.

– Bien, dit-il. Soit ils sont partis vers le nord, dans l'espoir de rejoindre la A40, et s'ils vont comme je le pense à Flagstaff, c'est le chemin le plus logique. Soit ils sont partis vers le sud, histoire de brouiller les pistes...

Il se tourna vers Jenny Agutter :

– Votre avis ? C'est vous la psychologue, après tout.

La jeune femme fit la moue :

– Il y a une autre option.

– Laquelle ?

– Celle-là.

Elle montra la petite gare bordant la voie ferrée.

– Pas bête, admit Bannister. Shérif, apportez-moi la liste de tous les trains qui sont passés par ici depuis ce matin.

– C'est comme si c'était fait, acquiesça le moustachu.

Il partit en courant aussi vite que son embonpoint le lui permettait.

Bannister distribua des ordres concis, puis les hommes en gris et les flics en bleu se déployèrent autour de la gare, mais aussi le long de la route. Ils cherchaient un éventuel indice, le regard braqué au sol, pareils à une meute de chiens renifleurs.

Bannister déplia une carte du Nouveau-Mexique qu'il étala sur le capot brûlant du 4 × 4 pendant que des spécialistes de la police scientifique passaient le véhicule au peigne fin, équipés de gants, pinces à épiler et autres sachets en plastique. Le petit homme sentait le regard de Jenny Agutter par-dessus son épaule. Pour l'instant, il n'avait pas à se plaindre de cette dernière. Elle savait se faire discrète et il appréciait ça.

– La voie ferrée remonte jusqu'à Albuquerque ? demanda-t-elle.

– Non. Elle va à Santa Fe...

– Elle croise la route A40 ?

– Oui, ici.

Le doigt de Bannister indiquait un point un peu à l'est d'Edgewood. Il leva le menton et avisa l'équipe affairée dans le véhicule :

– Vous trouvez quelque chose ?

– On a ça, répondit un homme entre deux âges.

Il montra un sachet transparent dans lequel il avait mis un cheveu blond.

– Les deux gamins sont bruns, dit Bannister.

– C'est de la teinture bon marché, répliqua le scientifique. Au moins l'un des deux est blond, à présent.

Le cheveu était plutôt long. La fille avait des grandes mèches qui lui retombaient en bataille sur le front, si l'on en croyait ses photos les plus récentes.

– Je parie que ça vient de Sia, lâcha Bannister.

– Va falloir modifier vos avis de recherche, intervint Jenny.

Bannister opina. Le gros shérif revint vers eux à cet instant, essoufflé et en sueur, comme les auréoles s'élargissant au niveau de ses aisselles en témoignaient. Bannister appréciait cette célérité à sa juste valeur, bien que le pauvre homme lui semblât un candidat très crédible pour le prochain infarctus local.

– Un train de marchandises est passé à 10 h 05, annonça celui-ci.

– Il allait vers le nord ou le sud ? questionna Bannister.

– Le nord.

Jenny et le petit homme échangèrent un regard entendu.

Le bruit strident d'un sifflet les fit sursauter ; ça provenait des environs de la gare. Tout le monde se regroupa au pas de course autour du policier qui avait lancé le signal, un jeune flic à l'air un peu ahuri.

– J'ai trouvé ça, dit-il en indiquant un objet brillant abandonné sur le ballast.

Un revolver !

– Il appartient sûrement à l'un de vos collègues qui se sont fait ridiculiser peu avant Roswell, déclara Bannister. Que personne n'y touche. On va relever les empreintes.

– L'option « train » se confirme, lâcha Jenny.

– Ouais, sauf si ces petits malins ont laissé le flingue exprès pour nous induire en erreur. (Il s'adressa au shérif et aux autres :) Continuez à fouiller au bord de la route, on ne sait jamais...

Mais son regard était maintenant irrésistiblement attiré vers le nord, là où la voie ferrée allait se perdre, tel un ruban de cartouches déployé à l'infini.

CHAPITRE

26

Les locaux de la police de Boston ressemblaient à un mélange entre la rédaction d'un grand journal et la Bourse à l'heure des cotations. Les flics s'interpellaient entre deux coups de fil, échangeaient des informations, consultaient un vaste tableau mural indiquant en rouge les affaires non résolues et en bleu celles qui étaient classées. Ici comme partout ailleurs, il fallait faire du chiffre.

L'inspecteur Vic McCallum traînait sa carcasse d'ours engoncé dans un costume fripé depuis son bureau jusqu'à la machine à café, et vice versa. Il avait un rapport à taper : homicide dans une ruelle mal famée. Un petit dealer retrouvé mort, une balle dans le dos, face contre terre entre deux poubelles. Pas de témoins. Pas d'arme du crime. La routine, quoi.

– Vic, j'ai quelqu'un au téléphone qui voudrait te parler, annonça un flic maigre aux traits émaciés.

– Qui ça ? soupira McCallum.

– Une nana du département de Philadelphie... Pour une histoire de tatouage.

– Pourquoi moi?

– C'est bien toi le spécialiste des gangs, chez nous?

– Ouais... OK, tu transfères l'appel sur mon poste.

McCallum posa son gobelet, s'assit à son bureau et décrocha à la première sonnerie.

– McCallum à l'appareil.

– Bonjour, inspecteur, je m'appelle Candice Amadillo. Je suis de la police de Philadelphie.

La voix était jeune, agréable.

– En quoi puis-je vous aider, mademoiselle?

– Un tatouage représentant deux scorpions entrelacés, est-ce que ça vous dit quelque chose?

McCallum faillit recracher sa gorgée de café. Il toussa et lança:

– Pourquoi vous me demandez ça?

– Je... j'aide un ami qui bosse sur de vieilles affaires à ses heures perdues. Considérez cela comme une requête informelle.

– Mademoiselle, va falloir m'en dire un peu plus si vous voulez que je fasse des recherches pour vous. J'aime bien savoir où je mets les pieds. Surtout si votre demande n'a rien d'officiel.

– Bien sûr, je comprends.

Candice résuma rapidement l'affaire Zaboly pendant que McCallum prenait des notes, l'air très préoccupé.

– Je pense que ce tatouage pourrait être le sigle de

reconnaissance d'un gang de dealers, conclut la jeune femme. *Vous n'avez pas ça dans vos fichiers?*

– Je vais vérifier, marmonna McCallum. Votre ami, le policier à la retraite, comment s'appelle-t-il, déjà?

– *Hans Perry.*

McCallum nota le nom et le souligna deux fois.

– Où en est-il dans son enquête? Ils vont s'en sortir, les gamins malades, d'après vous?

– *Je crois que ce vieux Hans est sur une piste sérieuse. C'est le meilleur enquêteur que je connaisse, une vraie légende vivante à Philadelphie. Zaboly vivrait en Haïti depuis plusieurs années, d'après lui.*

– Hon hon... Bon, d'accord... Je vais voir ce que je peux faire pour vous.

– *Merci. Merci beaucoup, inspecteur.*

– Je vous tiens au courant.

McCallum raccrocha, et son regard inquiet balaya la grande salle du commissariat. Personne ne prêtait attention à lui. Il fit quelques recherches et tomba sur le dossier professionnel de Candice, dans les archives du Philadelphia Police Department, puis sur celui du vieux Perry. Tout cela était très intéressant. McCallum se leva, prit sa veste et se dirigea vers les ascenseurs.

– Tu vas où? lui demanda le flic qui lui avait passé Candice.

– Pause-clope, répondit McCallum.

Il ne mentait qu'à moitié.

Une fois à l'extérieur, il contourna le bâtiment en grosses briques rouges et s'adossa près d'une sortie de garage. Il était tout seul. Il dégaina son cellulaire puis s'alluma une cigarette.

Vu de dehors, le bâtiment ressemblait à un banal entrepôt désaffecté. Vu de dedans, la chanson était tout autre, car une bonne partie de l'espace disponible avait été réquisitionnée pour l'installation de chaînes de fabrication et de conditionnement, de tapis roulants... Bref il y avait là tout l'attirail de laboratoire nécessaire au bon fonctionnement de ce qui était sans doute la plus importante raffinerie de drogue de Boston et de ses environs.

Posté sur une passerelle en surplomb, un homme blond aux cheveux taillés en brosse surveillait le travail des chimistes qui, le visage protégé par un masque, s'activaient sous la lumière des néons, broyant, tamisant et mettant dans des flacons une poudre blanche dont la nature illicite ne faisait aucun doute. Cet homme s'appelait Dimitri Kurylenko. Il était dans le business depuis son plus jeune âge et avait gravi un à un les échelons menant jusqu'au plus haut niveau de la «Fraternité Potemkine», la mafia russe qui alimentait en dope toute la côte Est des USA. Kurylenko se voyait comme un chef d'entreprise. Il était calculateur, pragmatique, pas commode en affaires... et rancunier.

Un garde du corps d'allure simiesque lui tendit un téléphone portable.

– Pour vous, patron.

Le gorille avait un tatouage sur le poignet : deux scorpions imprimés de manière indélébile à l'encre bleue.

Kurylenko saisit l'appareil de sa main droite, qui était gantée. Détail singulier : il lui manquait un doigt, l'auriculaire.

– Oui ?

– *Ici McCallum.*

– Oh, inspecteur. Que me vaut le plaisir ?

McCallum bossait en sous-main pour la Fraternité Potemkine depuis dix ans. Trouver des taupes dans la police n'avait rien de compliqué. Les flics étaient mal payés, insultés dans la rue, et ils touchaient des retraites de misère. Étonnez-vous après cela qu'il y ait autant de ripoux ! Pour les mafieux, le plus difficile était de faire un choix parmi les candidats désireux d'arrondir leurs fins de mois tout en s'arrangeant avec leur conscience.

– *Quelqu'un de la police de Philadelphie pose des questions sur l'affaire Zaboly*, révéla McCallum, allant droit au but.

– Philadelphie ? C'est bien loin de chez nous. Qui est cette personne ?

– *Une femme flic. Une jeunette. Elle a l'air en cheville avec un inspecteur à la retraite qui est sur la piste de Zaboly.*

– Vous avez toute mon attention, Vic.

Bien sûr, Kurylenko avait vu les portraits de Zaboly diffusés à la télé. Cette histoire de greffe de moelle osseuse lui paraissait bidon, mais il n'en savait pas davantage. Le toubib avait disparu (avec le fric de la mafia !) depuis tellement longtemps...

– *La fille m'a demandé si je connaissais l'origine des tatouages de la Fraternité*, continua McCallum. *Elle et le vieux, un certain Hans Perry, remuent ciel et terre pour remonter jusqu'à Zaboly. J'ai cru comprendre que Perry l'avait retrouvé. Elle m'a parlé d'Haïti...*

– Vous m'intéressez de plus en plus...

Kurylenko s'accorda quelques secondes de réflexion.

– Vous pouvez tracer l'ex-inspecteur Perry? s'enquit-il une fois tous les paramètres du problème bien ordonnés dans son cerveau.

– *Oui, je dois pouvoir faire ça.*

– Très bien. Comment s'appelle la fille?

– *Candice Amadillo. J'ai jeté un œil à son dossier. C'est une* rookie[1]. *Mais elle a de l'avenir. Bosseuse, maligne, bien notée par ses supérieurs, elle en a sous le capot...*

– M'ouais. Enfin, pas si maligne que ça. Elle s'est confiée à vous bien vite.

– *Elle avait un service à me demander. Et pourquoi elle se méfierait de moi? Elle a peut-être consulté mon dossier perso et constaté qu'il était blanc comme neige...*

– Dites à mademoiselle Amadillo que vous avez effectué les recherches demandées et qu'il n'y a aucune mention de scorpions tatoués dans vos banques de données.

– *D'accord.*

– Et trouvez-moi l'adresse de cette jeune personne.

– *Vous avez l'intention de...*

– Cela ne vous regarde pas.

Le ton du Russe était glacial et cassant. MacCallum soupira:

– *Je vous envoie son dossier dès que je remonte au bureau.*

– C'est un plaisir de travailler avec vous, inspecteur. Vous aurez un bonus dans votre enveloppe, à la fin du mois.

---

1. *Rookie*: débutant, novice.

CHAPITRE 27

Le train ralentit en arrivant à proximité d'un patelin baptisé Vaughn.

– Tu es prête? demanda Virgil en entrouvrant la porte coulissante du wagon.

Sia acquiesça, puis Fat Moe leur donna de grandes accolades, manquant presque les étouffer à chaque fois. Princesse embrassa délicatement Virgil sur la joue. Elle serra ensuite la main de Sia, qui lui rendit sa poignée de façon musclée. Rêveur et Volute saluèrent le duo d'un signe de tête pendant que Muz glissait quelques mots à l'oreille de Sia. Cet aparté sembla durer une éternité et déplut autant à Princesse qu'à Virgil... surtout au moment où le guitariste donna une feuille de papier à la jeune chanteuse. Virgil croisa les bras et détourna le regard, mais il bouillait intérieurement.

– Allez-y avant que le train ne reprenne de la vitesse, conseilla Princesse.

Elle avait visiblement hâte de voir disparaître sa rivale.

Sia et Virgil jetèrent leur sac puis ils sautèrent dans la poussière, non loin d'un passage à niveau que le convoi venait de dépasser.

– Bonne chance! leur cria Fat Moe.

La porte du wagon se referma et le long serpent mécanique s'éloigna dans un concert de crissements de métal entrechoqué.

Sia et Virgil ramassèrent leurs sacs et marchèrent jusqu'à la route. Ils regardaient tous les deux vers l'ouest. Le plan consistait désormais à faire du stop... tout en échappant aux autorités. Virgil avait rabattu sa capuche, «au cas où les satellites», etc. Sia connaissait la chanson par cœur, à présent.

Pendant quelques minutes, les deux ados ne s'adressèrent pas la parole. Ils guettaient l'arrivée d'un éventuel véhicule, mais rien ne venait. Sia sortit de sa poche le papier confié par Muz et se mit à le lire, ou plutôt à le déchiffrer.

– Un mot doux? risqua Virgil.

Il avait employé le ton de la plaisanterie, mais son malaise était palpable. Sia se tourna vers lui, un peu surprise.

– C'est une compo. Il a du talent. Il m'en a fait cadeau pour que je la joue sur scène. Il faudra que j'écrive des paroles.

– Ah bon... J'ai cru...

– Quoi?

– Rien.

– Qu'il me plaisait, c'est ça? hasarda Sia avec un sourire de malice.

Quand elle souriait, une fossette se dessinait sur le milieu de sa joue droite. Le cœur de Virgil se souleva à la vue de ce détail. Il baissa la tête, redoutant de rougir, et shoota dans une pierre. Elle tombait bien, celle-là.

Sia poursuivit :

– C'est vrai qu'il est pas mal, Muz, et plutôt talentueux. Si sa sangsue de copine n'avait pas été là... D'ailleurs, elle, c'est ton genre de nana, hein ?

Virgil haussa les épaules. À quel petit jeu sa compagne de galère avait-elle décidé de jouer ? Cette fois, il se savait rouge comme la cape de Superman. Heureusement que le jour commençait à décliner.

– Tu te trompes, répondit-il.

– Alors, c'est quoi ton genre ?

– J'sais pas... T'as pas faim ?

– Ça te gêne de parler de ça ? T'as déjà eu une copine quand même ?

Sia s'amusait délibérément. Il est vrai qu'à côté de Virgil elle semblait avoir une bonne longueur d'avance sur le sujet. Le garçon évita le piège en lui retournant la question :

– Et toi ? Des copains ?

– Évidemment !

– Combien ?

– Des tas ! s'exclama Sia en rigolant.

Virgil serra les dents. Il ne savait plus si c'était du lard ou du cochon, et cette discussion commençait à lui taper sur les nerfs. Qu'est-ce qu'il en avait à faire de la vie sentimentale de cette fille, après tout ? Elle n'avait pas de comptes à lui rendre. D'habitude, au collège, il laissait ce genre de discussion aux abrutis.

N'empêche que tu as envie de savoir, hein? lui susurra une petite voix.

– Alors, comme ça, tu aimes les garçons? essaya-t-il, mi-sérieux, mi-plaisantin.

Cette question lui grignotait le cerveau depuis un bout de temps déjà.

Sia s'arrêta de marcher pour le foudroyer du regard. En guise de bouclier, Virgil esquissa un rictus du genre «Désolé si j'ai dit un truc qu'il ne fallait pas». Sia resta de marbre durant un instant, perdue dans une expression difficile à déchiffrer, puis elle partit d'un grand éclat de rire.

Alors là, Virgil ne suivait plus du tout.

Cette nana est un vrai casse-tête chinois.

Puis l'horripilante petite voix ajouta:

C'est sans doute pour ça qu'elle te plaît. Décoder, trouver des clés, c'est ton passe-temps favori, non?

Sia trancha le silence pesant:

– Oui, j'aime les garçons. C'est pas parce que mes parents sont deux femmes que je dois forcément avoir la même orientation sexuelle qu'elles. Un peu primaire, ton raisonnement, si tu veux mon avis. Pour quelqu'un qui voit toujours des complots partout, tu restes un peu beaucoup en surface sur ce coup-là, champion!

Virgil ne sut pas quoi répondre et se sentit très con. «Primaire», ça voulait tout dire, elle le prenait pour un neuneu...

Sia continua sur un ton moins sarcastique:

– Tu sais, en même temps, beaucoup de gens se la posent, cette question. À cause des paroles de mes chansons, notamment. Comme si militer pour la cause homo faisait de moi une lesbienne automatiquement.

– Ben, en plus, il y a que des filles dans ton groupe, si j'ai bonne mémoire... Elles aussi, elles sont hétéros?

– Désolée, mais je ne parle pas de la vie privée des autres.

Un silence s'installa. Leurs chaussures foulaient l'accotement en soulevant des petits nuages de poussière. De loin en loin, un buisson d'amarante surgissait dans le paysage.

Une voiture arrivait dans le dos de Virgil et de Sia. Ils levèrent le pouce, mais le conducteur ne daigna pas ralentir et encore moins s'arrêter.

– Tu veux que je te prouve que j'aime les garçons? fit soudain Sia.

Virgil se garda bien de répondre spontanément. Il y avait anguille sous roche, il le sentait. Elle allait à tous les coups lui sortir la photo d'un beau gosse, artiste de surcroît, le genre de type contre lequel il n'avait aucune chance.

Pas sûr d'avoir très envie de voir ça...

Il parvint tout de même à formuler un début de réponse en forme de :

– Euh?

Sia s'approcha de lui, passa la main derrière sa nuque et appuya longuement ses lèvres contre les siennes. Puis elle se recula tout en le fixant pour analyser sa réaction. Elle avait son petit rictus de satisfaction habituel.

– T'as encore un doute? lança-t-elle.

Virgil était sidéré. Il ressemblait à ces personnages de vieux *cartoons* qui reçoivent des pianos à queue sur la tête.

Un bruit de moteur grandissant le tira d'embarras. Un nouveau véhicule approchait.

Sia leva le pouce tout en reculant, parallèle à la route, pendant que son compagnon restait sur place, les bras ballants, les jambes molles et le cœur en fusion.

Cette fois, le véhicule freina à leur hauteur. C'était un vingt tonnes. Le mastodonte se rangea sur le bas-côté, et Virgil sauta sur le marchepied pour tirer à lui la poignée de la portière. Celle-ci résistait. Une grosse tête apparut alors dans l'encadrement. Le routier s'était penché de côté pour aider l'ado.

– Salut les enfants ! dit-il dans un grand sourire à base de dents couvertes de bagues. Carl Dowe !

Un peu surprenant, un appareil dentaire sur un type d'une quarantaine d'années. Virgil eut un mouvement de recul, puis se ressaisit et répondit :

– Bonjour, m'sieur !

– Vous allez où ?

– On rentre chez nous. Flagstaff, Arizona. On a campé pendant une semaine dans la forêt de Santa Fe. C'était super.

– Vous avez quel âge ?

– Je suis majeur, répondit le garçon.

C'était crédible. Sia, en revanche, avait l'air plus jeune d'un ou deux ans.

Pourvu que ça passe, songea Virgil.

– Vos parents n'ont pas peur de vous laisser partir camper comme ça ? questionna le routier.

– On était toute une bande, ça risquait rien, assura Sia en grimpant à son tour sur le marchepied.

L'homme hocha pensivement la tête.

– Bon, allez, montez... Je bifurque vers le nord, avant Flagstaff. Je vais dans l'Utah, à Salt Lake City, mais je peux vous avancer jusqu'à, disons, Gallup.

Le duo s'engouffra dans la cabine sans se faire prier. Celle-ci sentait le vieux cuir et le tabac, mais elle était propre comme un sou neuf, à l'image de son propriétaire.

– Comment vous appelez-vous? demanda le chauffeur.

Virgil et Sia se regardèrent pour savoir lequel d'entre eux devait parler. Il était important de ne pas commettre d'impair.

– Anthony et Clara, répondit Virgil.

– Moi, c'est Carl. Vous tombez bien, je suis épuisé et je dois rester éveillé. Un peu de compagnie ne me fera pas de mal.

– C'est parfait! On va vous faire la causette. Qu'est-ce que vous transportez?

– Des châssis de fenêtre... Passionnant, je sais.

Carl démarra.

– Vous reprenez les cours bientôt, c'est ça? s'enquit-il.

– Oui, dans une semaine, fit Sia. Toutes les bonnes choses ont une fin.

– Donc, vos vacances, c'était bien?

Sia paraissait d'humeur à improviser. Elle se lança dans le récit de leur séjour imaginaire en pleine forêt, s'attardant sur une histoire d'ours qui avait soi-disant mangé la moitié des victuailles de leur groupe. Virgil l'observait, un brin admiratif. Elle s'en sortait bien. Lui-même n'aurait pas fait mieux. Et il y avait toujours cette fossette, quand elle souriait. Carl Dowe souriait, lui aussi, mais sans quitter la route des yeux. Sia et Virgil eurent un regard l'un pour l'autre. Ils pouvaient se détendre un peu, maintenant.

Opération déglaçage réussie, pensa Virgil. *Ouf.*

Le chauffeur et ses passagers discutèrent de tout et de rien pendant une demi-heure. Sia était la plus bavarde du duo. Bercé par la voix de son amie et le ronron du moteur, Virgil luttait pour ne pas s'endormir. Il sursauta tout à coup quand une sirène retentit derrière eux.

– Merde, siffla Carl, après un coup d'œil dans le rétro. J'ai la cavalerie aux fesses.

Oh non, manquait plus que ca ! Pas de panique, pas de panique.

Il y avait bien une voiture de patrouille qui leur collait au train. Le chauffeur rangea son engin contre le talus d'accotement. Les deux ados étaient devenus livides.

– Je vais devoir leur montrer mes papiers et le livret du véhicule, soupira Carl. Sans compter qu'ils vont m'obliger à prendre une pause à la prochaine station. J'ai pas vraiment respecté les arrêts réglementaires.

Les soi-disant Anthony et Clara se regardaient comme deux petits animaux pris dans les phares d'une bagnole fonçant à tombeau ouvert. Carl fronça les sourcils. Il était soudain évident que ces deux mômes ne tenaient pas à être découverts par les forces de l'ordre.

– Qu'est-ce que vous avez fait, les enfants? grogna-t-il.

Virgil se pencha pour voir dans le rétroviseur extérieur : un homme en uniforme inspectait l'arrière du camion tout en remontant droit vers eux.

– On n'a rien fait de mal, je vous le jure, glapit Sia d'une voix suppliante.

Le visage de Carl passa par toute une gamme d'émotions variées et parfois contradictoires. Il cherchait à sonder ses passagers du regard, tel un joueur de poker confronté à des adversaires retors.

– Planquez-vous derrière les sièges et mettez cette couverture sur vous, soupira-t-il enfin en leur tendant une sorte de plaid écossais. Je ne veux pas entendre un souffle ! J'ai suffisamment d'ennuis comme ça...

– On vous expliquera tout après, promit le garçon.

– J'y compte bien !

Les deux jeunes gens se glissèrent dans la partie arrière de la cabine. Ils se mirent à plat sous la couverture, pendant que Carl sortait de son véhicule. Le cœur de Virgil pulsait en envoyant le sang par saccades dans ses oreilles.

– Bonjour, monsieur, dit le flic. Papiers du véhicule, s'il vous plaît.

Cela avait beau être demandé poliment, le ton n'incitait pas à la franche rigolade.

Virgil avait atrocement chaud ; la laine du plaid le grattait. Sia lui prit la main, et ce contact électrisa tout son corps. Il repensait à leur rapide baiser, sur le bord de la route. L'expérience avait été aussi soudaine qu'agréable. Pour l'heure, les respirations syncopées des deux fugitifs étaient synchrones. Virgil sentait la main de Sia dans la sienne, moite de transpiration.

– Ce phare à l'arrière n'est pas en règle, dit le flic. Il doit être changé dans la semaine. Et votre plaque doit être fixée mieux que ça !

Les minutes qui suivirent s'écoulèrent avec une évidente mauvaise volonté. Comme il s'y attendait, Carl eut droit à une prune pour ne pas avoir respecté les arrêts imposés par la charte en vigueur.

Les deux ados se relaxèrent quand le policier lâcha :

– Bonne route et soyez prudent, monsieur Dowe.

Carl grommela une réponse puis, une fois de retour au volant, il froissa le PV et le glissa dans sa boîte à gants.

– Pas mon jour, fulmina-t-il.

Il redémarra sans proférer un mot de plus et, au bout de quelques centaines de mètres, il piqua une colère monumentale :

– Vous pouvez sortir de votre cachette, mais maintenant vous allez me dire pourquoi vous avez peur de la police ! Et me racontez pas des histoires d'ours à la noix, cette fois !

Les deux ados reprirent leur place initiale sur les sièges. Ils étaient tout penauds.

– Alors ? s'impatienta Carl.

– En fait, c'est très délicat, bredouilla Virgil.

Carl grinça des dents. Visiblement, la moutarde commençait à lui monter au nez.

Le garçon continua :

– Clara est enceinte.

Sia eut un infime sursaut, mais ce fut tout. Carl se tourna vers ses passagers, le front plissé :

– Pardon ?

– Vous savez, au Texas, c'est super mal vu, reprit Virgil.

– Donc vous habitez au Texas, et pas à Flagstaff ?

– Oui. San Antonio, la ville où il y a le fort Alamo...

– Je connais San Antonio, merci !

Carl secoua la tête.

– Vous avez fugué, c'est ça ?

– Oui. On avait besoin de prendre un peu le large et d'aller voir ailleurs pour réfléchir.

– Vos parents doivent être fous d'inquiétude !

– On leur a écrit un mot en leur expliquant la situation.

– Quand même !

Il laissa échapper un long soupir énervé.

– Et pourquoi Flagstaff ? grommela-t-il.

– Ma grande sœur vit là-bas, répondit Sia. Elle saura nous conseiller...

Virgil nota avec soulagement que le moment de surprise de sa compagne était surmonté et qu'elle semblait à présent en état de broder sur son histoire.

Carl déglutit, mal à l'aise.

– Vous êtes toujours d'accord pour nous emmener jusqu'à Gallup ? risqua le garçon.

– Ouais... Mais promettez-moi de téléphoner régulièrement à vos parents pour les rassurer. J'ai une fille, moi aussi. Elle est à peine plus âgée que toi, petite... et j'aimerais pas la savoir comme ça, dans la nature...

– Promis, fit Sia. On téléphonera au prochain arrêt.

– Nan, tout de suite.

– C'est que... j'ai plus de forfait, improvisa Sia.

– Et ma batterie est déchargée, enchaîna Virgil, une boule dans la gorge.

– Pas de souci, rétorqua Carl.

Il tendit son portable, et son expression annonçait clairement qu'il ne transigerait pas.

Sia prit l'objet comme s'il s'agissait d'une bombe à retardement. Elle décocha un regard apeuré à son compagnon, l'air de lui demander «je fais quoi?»... Ce dernier hocha sombrement la tête.

– Vas-y, dit-il, vaincu.

On est foutus, songea-t-il. *Si elle appelle ses parents, les autorités vont remonter jusqu'à nous, direct...*

En même temps, il savait que la jeune fille en mourait d'envie.

Sia composa un numéro. Virgil se rongeait les ongles. Carl observait fixement la route, mais on sentait bien qu'il prêtait une oreille attentive à ce qui allait suivre.

– Salut, fit Sia. Oui, c'est moi... Tout va bien, je vous assure... Je suis avec Anthony...

Virgil tiqua.

– Mais non, qu'est-ce que vous allez vous imaginer? poursuivit Sia. Puisque je vous dis que tout va bien... Ah, ils sont là, eux aussi? (Elle se tourna vers son compagnon.) Tes parents sont avec les miens...

– Hein?

– Oui, il est à côté de moi... D'accord, je le leur passe...

Virgil avait l'impression que son cœur ruait dans sa poitrine à la manière d'un cheval sauvage. Il prit l'appareil et articula:

– Allô?

Une voix froide et mécanique lui répondit:

– Au prochain top, il sera 16h30...

CHAPITRE 28

Hans piquait du nez, bercé par les cahots de la route – qui n'avait de route que le nom – autant que par le babil incessant de son chauffeur. Ce Haïtien de pure souche était sympathique mais intarissable. Il parlait sans cesse, de tout et de rien, comme s'il redoutait le moindre blanc dans la conversation. Hans, au contraire, avait toujours détesté devoir faire la causette, que ce fût dans un taxi ou chez le coiffeur. Pas son truc. Raconter sa vie, aucun intérêt. Pareil dans le train : il s'arrangeait toujours pour ne pas tomber sur un voisin bavard et, si tel était le cas, il mettait très vite le holà en faisant semblant d'être absorbé par un bouquin ou des dossiers. Mais, cette fois, il ne pouvait pas lire car les lacets de la route lui donnaient mal au cœur, sans parler de la fatigue qui pesait durement sur ses épaules. Il se contentait d'acquiescer mollement en se perdant dans la contemplation de feuilles de bananier ou de guirlandes de volubilis.

C'est plus de mon âge, ces traques, pensa-t-il. *Trop de déplacements en trop peu de temps...*

Il avait sauté dans le premier vol pour Port-au-Prince, puis dans le premier taxi, non sans avoir réservé au préalable une chambre dans le seul hôtel de Port-à-Piment, *Le Boucanier*. Heureusement, il n'y avait qu'une heure de décalage horaire entre La Nouvelle-Orléans et Haïti.

– Voilà, nous y sommes, dit le chauffeur en arrivant devant un grand bâtiment blanc d'inspiration coloniale.

– OK, attendez-moi là, j'en ai pour cinq minutes.

Hans déposa ses bagages à la réception et remonta dans le taxi illico. Marshall lui avait donné l'adresse du siège social de l'ONG au sein de laquelle Gary Zaboly, ou plutôt «Edgard Lorna», travaillait: «Enfants de demain». L'enquêteur ne savait pas à quelle heure fermaient les locaux, mais il ne voulait pas perdre de temps. Il était déjà 17 h 45. À en croire les sources officielles, cette organisation s'occupait de faire vacciner un maximum de gamins dans tout le pays. Si Zaboly était impliqué là-dedans, il ne serait sûrement pas insensible au sort de sa propre progéniture.

Restait à savoir comment il allait lui présenter la situation... *Bonjour, monsieur, vos descendants sont porteurs d'un virus mortel et vous devez me suivre d'urgence... Hum...*

Bah, il verrait bien, le moment venu... Encore fallait-il qu'il mette la main sur l'insaisissable toubib.

Le taxi s'arrêta devant les locaux de l'ONG un quart d'heure plus tard. Les bâtiments beiges, sales, construits de plain-pied et bas de plafond, ne payaient pas de mine, et le reste du quartier était à l'avenant: stuc fissuré, volets délabrés, toits en tôle, vieilles automobiles rouillées... Difficile de trouver cette précarité pittoresque. Il n'y avait pas beaucoup de monde dans les rues, mis à part des grappes de gosses dépenaillés qui faisaient rouler des pneus ou jouaient avec des boîtes de conserve.

– Je vous attends ? questionna le chauffeur.

Dans le doute, Hans répondit par l'affirmative. Il extirpa sa vieille carcasse du véhicule avant de prendre une profonde inspiration. Il avait l'impression d'être un acteur sur le point d'entrer en scène et transpirait abondamment dans sa chemise. Avec un peu de chance (jusqu'ici, il n'en avait pas manqué), le moment de vérité approchait.

– Allons-y !

Il s'assit dans la salle d'attente, comme le lui avait demandé la jolie métisse de l'accueil après qu'il lui eut signifié qu'il désirait s'entretenir avec le docteur Edgard Lorna. Il avait le cœur battant et tapait nerveusement le sol du plat de sa semelle. Quelques secondes passèrent, puis il se dévissa le cou pour jeter un œil dans le couloir où la jeune femme venait de s'engouffrer. Il la vit entrouvrir une porte et annoncer à l'occupant du bureau :

– Un monsieur Perry est là pour vous. Cela semble important.

Hans entendit des bruits confus et précipités : une chaise dont les pieds raclent le sol, une fenêtre qui s'ouvre. Il courut jusqu'à la porte, bouscula la jeune femme et entra sans y être invité. Trop tard ! Zaboly avait sauté dans l'arrière-cour. Hans se précipita à la fenêtre. Une vieille Ford démarrait déjà en laissant flotter dans son sillage un nuage ocre de terre battue.

– Merde !

Hans jeta un regard noir à l'assistante, l'air de lui dire « bravo », puis il ressortit par le hall d'accueil. Heureusement qu'il avait demandé à son taxi de l'attendre, au cas où !

Juste avant de refermer la portière, il lança au chauffeur :

– Il y a une Ford qui vient de filer, de l'autre côté du bâtiment. Cent dollars pour vous si on la rattrape !

– Cent dollars US ?! C'est qui ce gars ? Un criminel ?

– Discutez pas et foncez !

– À vos ordres, mon prince !

Le taxi contourna les locaux de l'ONG. Le chauffeur conduisait dans un hurlement de pneus, pied au plancher. Les obstacles étaient nombreux (gamins, porcs, volaille...) et Hans priait le ciel pour que ce gymkhana ne finisse pas par un accident sanglant. De son côté, le chauffeur avait endossé une nouvelle casquette, ou plutôt deux : pilote de rallye ET guide touristique. Il n'arrêtait pas de parler, comme à son habitude, ponctuant ses coups de volant et ses coups de frein de commentaires d'un intérêt variable :

– Là, c'est la maison de mon grand-père, Baptiste. C'est lui qui l'a construite de ses mains... Et là, c'est mon ancienne école.

– Super. Essayez de rester concentré sur la Ford, s'il vous plaît.

Tout d'un coup, le taxi freina devant un coq.

– Qu'est-ce que vous faites ? s'époumona Hans.

– On ne peut pas l'écraser, ça porte malheur.

L'animal daigna passer son chemin, et la poursuite reprit.

De son côté, Zaboly avait perdu beaucoup de temps,

bloqué par une charrette stationnée en travers de la chaussée, mais il regagna du terrain en sortant de la ville.

– Là, c'est le champ de mon cousin, expliqua le chauffeur de taxi une fois qu'ils furent à leur tour dans la campagne.

– Très joli, grommela Hans.

Il ne quittait pas la Ford des yeux. Celle-ci avait attaqué une pente boisée. La route montait en zigzag.

– Vous savez où ça mène? questionna Hans.

– Ouais. La grotte de la Marie-Jeanne.

Grotte... Spéléo...

L'enquêteur déglutit. Tout cela ne lui disait rien qui vaille.

Le chemin de terre aboutissait à une sorte de plateau bordé de grands hibiscus rouges et de gracieux cocotiers. La Ford était là, à l'arrêt, le coffre arrière encore ouvert. Hans aperçut la silhouette de Zaboly qui gravissait en courant une colline herbue. Le médecin portait sur lui son attirail d'explorateur des profondeurs!

– Je vous attends, comme d'habitude? lança le chauffeur.

– Ouais, répondit Hans.

Il glissa quelques billets dans la paume du Haïtien, gage de sa bonne volonté, et piqua un sprint.

Vraiment plus de mon âge, ces conneries!

Zaboly avait disparu dans le vert moutonneux de la colline. Un petit chemin la sillonnait. C'était sans doute par là que tout visiteur devait passer pour se rendre à la grotte. Hans aperçut de nouveau la silhouette du fugitif une fois qu'il fut sorti du sous-bois. Le médecin cavalait en terrain découvert, éclairé par la lumière magique du soleil couchant. Hans se décida à crier son nom (son vrai nom!) pour voir si cela provoquait une réaction. Gagné : Zaboly se mit à courir deux fois plus vite !

Chier !

Le sport n'avait jamais été la tasse de thé de Hans et il fut vite essoufflé. En revanche, Gary semblait en parfaite condition physique. Il arriva à l'entrée de la grotte, une bouche de ténèbres ornée de stalactites et qui descendait vers l'intérieur de la montagne.

Hans jeta ses dernières forces dans la course. Il était au bout du rouleau, lessivé, rincé.

Pas le moment d'avoir une crise cardiaque, songea-t-il.

Parvenu aux abords de la cavité, il émit un juron. Ses chaussures de ville n'étaient pas du tout adaptées au terrain, et il glissait au moindre pas. Devant lui s'étendait une nuit d'encre. Une luciole dansait pourtant dans ce noir profond. Sûrement la frontale de Zaboly... Hans savait qu'il ne pourrait pas aller beaucoup plus loin, *a fortiori* sans équipement.

Il mit ses mains en porte-voix et hurla :

– GARY !!!

La petite lumière s'éteignit.

Hans était seul face à la nuit éternelle. Quel philosophe avait dit un jour : « Si tu regardes dans les ténèbres, les ténèbres regardent en toi » ? Nietzsche ? Peu importait.

Hans laissa passer quelques secondes, le temps de dompter sa respiration saccadée, puis il reprit :

– Gary, je ne vous veux aucun mal !

Silence.

– Je ne suis pas là pour vos histoires d'argent sale... Je m'en fiche !

Toujours pas de réponse.

– Il faut me croire. C'est Clémence et Marshall qui m'ont mené à vous. C'est très important... Une question de vie ou de mort! Mais ça n'a rien à voir avec la mafia...

L'enquêteur cherchait ses mots, les soupesant avec soin.

– Vous croyez vraiment que la mafia engagerait un vieux crabe comme moi pour exécuter ses basses besognes?

Soudain, une voix lointaine surgit de l'obscurité, portée par les échos de la grotte:

– Qu'est-ce que vous me voulez?

Le cœur du vieil homme sauta un battement: miracle, le poisson avait mordu à l'hameçon! Il fallait la jouer fine, à présent.

– C'est une histoire un peu longue... et compliquée, poursuivit-il.

– Il va falloir être plus précis que ça, monsieur...?

– Perry! Hans Perry. Je suis policier à la retraite mais, je vous le répète, vos histoires de dettes ne m'intéressent pas. C'est une affaire de santé publique qui m'amène. J'ai fait tout ce chemin pour vous trouver parce que c'est très grave... Cela a un rapport avec vos dons de sperme!

– Quoi?!

– Écoutez, laissez-moi vous expliquer tout ça face à face... Je n'ai plus de voix à force de m'égosiller, et ça risque de prendre un peu de temps.

Nouveau silence, encore plus long que les précédents. Puis Hans entendit des bruits de pas réverbérés par les parois de la grotte de manière irréelle.

Une forme humaine se matérialisa, d'abord grise et indistincte. Puis elle émergea des ténèbres, pareille à un spectre... un spectre qui aurait porté un casque de spéléo sur la tête et une corde en travers de l'épaule.

Gary Zaboly !

Le médecin avait vieilli, certes, et il arborait à présent une barbe touffue, mais on reconnaissait ses traits sans problème.

– Vous ne pouvez pas savoir à quel point je suis heureux de vous voir, lâcha Hans.

– Ce n'est pas réciproque, rétorqua Zaboly.

Il brandissait son piolet de manière agressive, prêt à en faire usage.

– Vous avez intérêt à être convaincant, dit-il, les traits crispés.

CHAPITRE 29

L'hélicoptère avait déposé Jenny et Bannister dans les faubourgs d'Albuquerque. Le directeur adjoint du CDC avait décidé de louer une voiture chez Avis et de tracer la route jusqu'à Flagstaff. Pour le moment, il leur fallait trouver un hôtel. Ils se rabattirent sur un établissement de standing moyen, car Bannister n'aimait pas dépenser plus que de raison les deniers du contribuable. Ils prirent chacun une chambre puis montèrent dans l'ascenseur.

– On dîne ensemble? proposa le petit homme.

Jenny le regarda, étonnée.

– C'est un rencard?

Cette soudaine proposition avait de quoi surprendre. Bannister s'était montré distant et d'une humeur exécrable durant toute la journée. Le train de marchandises à destination de San Diego avait été stoppé et fouillé sans succès. On avait juste trouvé une poignée de jeunes *hobos* planqués dans un wagon. Les vagabonds en question prétendaient ne jamais avoir vu Virgil et Sia. Constamment pendu à son téléphone, Bannister continuait de coordonner les recherches. Il avait l'air aussi stressé qu'un directeur de campagne un jour d'élections. Il n'arrivait pas à comprendre par quel miracle les deux fugitifs parvenaient à passer à travers les mailles du filet qu'il essayait de tendre autour d'eux heure après heure. Les patrouilles sur la route A40 étaient doublées, et tous les satellites disponibles en mode «quadrillage», mais, malgré tout cela, aucune trace des mômes. Du côté de Zaboly, ce n'était pas plus réjouissant : aucun élément nouveau à se mettre sous la dent. Et les tests pratiqués sur ses descendants mis en quarantaine piétinaient. Bannister avait l'impression de faire du surplace à tous les niveaux !

– Non, il ne s'agit pas d'un rencard, grogna-t-il.

Une pareille chose ne lui serait d'ailleurs jamais venue à l'esprit. Jenny Agutter était une jolie femme, très attirante. Même si elle ne portait pas d'alliance, elle avait sûrement un ou plusieurs copains, et Bannister ne se sentait pas de taille, au propre comme au figuré, à concurrencer d'éventuels rivaux. Il avait fait une croix sur les relations amoureuses depuis longtemps, de toute façon.

– C'est juste qu'Albuquerque est l'une des villes les moins sexy du Nouveau-Mexique, voire des États-Unis, voire du monde, et qu'il n'y a pas grand-chose à faire ici, à part regarder la télé ou aller au ciné, et je n'ai envie ni de l'un ni de l'autre.

– Ah bon, j'ai cru que vous vouliez être agréable, j'ai eu peur tout à coup, dit Jenny avec un petit sourire narquois. Mais c'est d'accord. Si vous voulez d'une psy à table plutôt que d'une télé, eh bien soit. On se retrouve en bas dans une heure, ça vous va?

Bannister fronça les sourcils, titillé par le second degré perceptible dans les propos de sa collègue. Il aimait bien qu'une femme ait du répondant. Il garda cependant son petit ton laconique de service :

– Parfait.

Ils se séparèrent dans le couloir du deuxième étage. Bannister prit une douche puis regarda les infos des chaînes câblées, allongé sur son lit, une serviette autour de la taille. Une demi-heure plus tard, il sortit faire des emplettes. Il était parti sans rien et avait besoin d'une brosse à dents, de dentifrice, de déodorant, d'un rasoir et de sous-vêtements de rechange. Il trouva son bonheur dans la supérette du coin. L'avis de recherche des deux gamins (sur lequel ils avaient toujours leur couleur de cheveux d'origine) passait à la télévision suspendue au-dessus des caisses.

C'est incroyable que personne ne les ait encore repérés, songea Bannister.

Il regagna sa chambre, se rasa, se parfuma et descendit dans le hall. Jenny l'attendait, ravissante, un sourire rouge aux lèvres, et il sentit qu'une bouffée de chaleur lui montait jusqu'à la racine des cheveux.

N'y pense même pas...

Ce n'était pas le moment de jouer à l'ado romantique et rougissant. Il avait une mission à remplir. Il devait rester concentré.

Et puis tu n'as aucune chance, mon pote. Fin de la discussion.

– Je propose qu'on fasse simple, dit-il, se dispensant du rituel «bonsoir». J'ai repéré un petit italien, de l'autre côté de la rue. Il a l'air très correct.

– Allons-y, acquiesça la jeune femme.

Il faisait sombre à l'intérieur du restaurant, tant la lumière d'ambiance était tamisée. Il n'y avait qu'une seule salle. Une dizaine de tables étaient alignées et des photos de l'Italie (Venise, Rome, Pise...) décoraient les murs de bois brun foncé. Un couple était déjà installé au fond de la salle. L'homme et la femme prenaient l'apéritif. Le serveur (un jeune type élancé aux cheveux noirs et gominés) s'avança à la rencontre de Jenny et Bannister.

– Une table, pour dîner, dit ce dernier.

Le serveur les plaça un peu à droite, près d'une fenêtre, puis il revint avec la carte. Bannister choisit une assiette de pâtes alors que Jenny optait pour un osso buco à la milanaise. Ils commandèrent également une demi-bouteille de chianti.

– Vous croyez qu'on va retrouver les gosses? demanda Jenny en piochant dans un assortiment de bretzels et de cacahuètes.

– Oui.

– Je veux dire... est-ce qu'on va les retrouver à temps?

– Hum, ça, c'est un autre problème. J'ai regardé la météo, tout à l'heure. La canicule arrive sur nous. Les températures vont encore grimper.

– La maladie se déclenche à quel seuil?

– Aux alentours de 45 °C; ça varie selon les individus.

– Et ensuite, c'est vraiment fulgurant?

– Oh oui...

– Fulgurant comment?

Bannister grimaça :

– Si je vous le disais, ça vous couperait l'appétit à coup sûr. C'est pas beau à voir, faites-moi confiance.

Le serveur revint avec le chianti. Bannister but un verre, avide de goûter à cette chaleur et à cette impression de détachement que procure l'alcool. Il avait besoin de se relaxer. Jenny l'imita, non sans se justifier, une fois son verre reposé :

– D'habitude, je ne bois pas à table, dit-elle. Au bout de trois verres, j'ai les idées et la langue embrouillées.

– Une psychologue à la langue embrouillée, fit Bannister. Je serais curieux de voir ça.

– Pourtant, c'est... pas beau à voir. Je m'en voudrais d'avoir un comportement irresponsable.

Elle souriait et, pour une fois, il lui rendit son sourire. Est-ce qu'elle le draguait? Non... Impossible... Mais elle était vraiment charmante et Bannister se sentait fondre graduellement, pareil aux bougies disposées çà et là sur les tables.

– J'ai du mal à vous imaginer en train de partir en vrille, dit-il. Vous semblez si... sérieuse.

– Ben ça vous va bien de dire ça, rétorqua-t-elle. Vous n'avez pas desserré les mâchoires de la journée.

– Je suis un peu sous pression, au cas où vous ne l'auriez pas remarqué.

– Un point pour vous.

Les plats arrivèrent. Les pâtes de Bannister étaient bonnes. La nourriture et le vin lui procuraient un bien-être simple, immédiat, primaire. Et puis il appréciait de plus en plus la compagnie de la jeune femme assise en face de lui. Celle-ci engloutit deux bouchées d'osso buco avant de lancer :

– Il y a une chose qui m'intrigue à votre sujet.

– Une seule ?

– Non, en fait, plusieurs, mais...

Elle jouait avec un morceau de viande, dans son assiette, hésitante. Enfin, elle leva le nez et risqua :

– Qu'est-ce qui vous fascine tant dans ce job ? On dirait que vous êtes... je ne sais pas... possédé.

Il rigola pour masquer sa gêne :

– Oui, possédé, c'est tout à fait moi.

– Vous n'avez rien d'autre, dans votre vie ?

– Vous n'êtes pas psy pour rien vous !

– Excusez-moi, je ne voulais pas être indiscrète.

– Vous voulez vraiment une réponse ?

– J'aimerais assez, oui.

– Est-ce que je dois m'allonger ? C'est payant ?

– C'est gratuit. Simple curiosité. Appelez ça de la déformation professionnelle si vous voulez...

Le petit homme réfléchit, un masque empreint de sérieux, pour ne pas dire de gravité, sur le visage.

– Eh bien, pour être honnête, je crois que je fais ce boulot parce que, à mon humble avis, la prochaine grande catastrophe ne viendra pas d'un immense astéroïde mais plutôt d'un germe impossible à voir à l'œil nu. Vous pouvez également oublier le trou dans la couche d'ozone, le réchauffement planétaire, la fonte des glaciers et tout le tintouin. Le vrai danger est... en nous ! On traque les virus, on essaye de les détecter le plus tôt possible, seulement il y en a toujours de nouveaux qui apparaissent. C'est comme d'essayer de stopper la marée montante avec des barrages en sable. Un de ces quatre, il y aura une épidémie contre laquelle on sera impuissants, et cette grande vague nous balayera tous. La nature aime bien remettre les compteurs à zéro, de temps en temps.

– Intéressant. Donc, on peut relier votre passion à un désir morbide d'assister à la fin du monde?

– Oui, c'est ça: voir le désastre... mais aux premières loges.

Elle sourit de nouveau.

– Vous êtes un drôle de phénomène, Tommy Bannister.

– Ouais, grinça-t-il. Un phénomène de foire.

– Je n'ai rien dit de tel! répliqua-t-elle avec une soudaine violence.

Bannister secoua la tête:

– Pardon, c'est moi qui déraille au bout de quelques verres. Oubliez ça.

C'était elle qui paraissait blessée.

Je suis vraiment le roi des connards, pensa Bannister.

CHAPITRE 30

Candice rentra chez elle vers 21 heures, les bras chargés de courses et la tête pleine de soucis. Elle se faisait du mouron pour Hans. Où était-il? Avait-il réussi à mettre la main sur Gary Zaboly? Et puis il y avait tous ces coups de fil qu'elle avait encore à donner en vue de la fiesta du samedi... Son amoureux était bien gentil, mais la jeune femme avait l'impression que toute l'organisation des fiançailles reposait sur ses seules épaules.

Et si Hans avait raison, dans le fond? Et si j'étais sur le point de me faire mettre la bague au doigt par un type pas fiable?

Elle se gourmanda:

Arrête ça. Paul est très bien. C'est juste que tu as la trouille de t'engager, c'est normal.

Elle remonta le couloir moquetté blanc cassé jusqu'à la porte de son appartement. L'une des veilleuses ne fonctionnait pas. Il faudrait qu'elle en parle au proprio. Absorbée par ses pensées, elle n'avait pas vu la silhouette tapie dans un coin d'ombre, juste derrière elle, au niveau du coude formé avec un autre couloir. Elle posa un sac de commissions et fouilla dans ses poches. Une fois ses clés trouvées, elle ouvrit sa porte.

C'est alors que l'homme la poussa dans l'appartement sans crier gare.

– Hééé ! brailla Candice.

Les clés tombèrent sur le tapis du palier. L'inconnu les ramassa, poussa le sac dans le vestibule et claqua la porte.

Candice était sonnée. Son visage avait heurté un meuble du vestibule et l'une de ses dents s'était cassée au ras de la gencive. Elle sentit un goût cuivré, désagréable et piquant dans sa bouche, ce qui la réveilla un peu. Du sang coulait sur son menton. Elle se retourna pour voir son agresseur. Blond. Cheveux ras, bien dégagés derrière les oreilles. Costaud, et la contre-plongée le rendait encore plus impressionnant. Les yeux très bleus. Le visage taillé à la faucille.

– Je, j'ai de... de l'argent dans mon sac, balbutia Candice. Prenez-le et partez.

Elle réalisa que quelque chose de tiède et humide imbibait son jean. La trouille aidant, elle venait de vidanger sa vessie, et la flaque d'urine s'agrandissait entre ses jambes. Elle recula sur les fesses en s'aidant des mains et en pédalant comme une folle. Le tapis du salon, magnifique cadeau offert par son amoureux et décoré de motifs navajos, faisait des vagues sous elle. Son dos toucha un mur du salon. L'inconnu avançait ou plutôt fondait dans sa direction, façon rapace qui a repéré une proie. Il la dominait de toute sa taille. Il n'avait pas lâché les clés.

– Il n'y a rien de valeur dans l'appartement, improvisa Candice. Prenez le sac. J'ai une centaine de dollars dedans. Je vous jure que si vous partez tout de suite, je n'appellerai pas la police. Pas pour cent dollars...

Le grand blond saisit Candice par les cheveux et la tira violemment. Elle vit le tatouage, deux scorpions entrelacés, et sa terreur déjà immense augmenta encore d'un cran. Son agresseur n'était pas là pour l'argent.

– Qui êtes-vous? grimaça-t-elle alors que des larmes de peur et de douleur brouillaient sa vision.

– Pas crier, ordonna l'homme.

Son accent ne laissait guère de doutes quant à ses origines.

Mafia russe, pensa Candice.

Sa main gauche se referma sur les testicules de l'inconnu. Il brailla et relâcha mécaniquement son emprise. Il expédia un crochet à la jeune femme, avec sa main qui tenait toujours les clés. Le métal entailla la joue de celle-ci et sa tête fit un quart de tour. Le costaud se prit l'entrejambe en couinant. Candice filait déjà vers la kitchenette à quatre pattes, pareille à un petit chien terrifié. Elle n'avait pas d'arme à feu chez elle. Comme elle travaillait au poste de police, son pistolet de service ne quittait pratiquement jamais le tiroir de son bureau fermé à clé.

C'est bien ma veine!

Elle tendit la main vers le présentoir à couteaux posé près d'une planche à découper.

Une poigne d'acier la tira en arrière avant qu'elle ne puisse mettre son dessein à exécution.

L'homme avait plongé tel un rugbyman et tenait sa proie par la cheville. Candice se retourna puis, de son pied libre, lui décocha un coup de talon en pleine face. Le nez du costaud craqua comme une branche morte tordue jusqu'à son point de rupture. Il émit un « oumpf » étouffé et un flot de sang lui jaillit des narines. Un deuxième coup le toucha au niveau de l'arcade sourcilière. Une fois encore, le sang coula sur le carrelage, mouchetant de rouge ses dessins géométriques. L'homme lâcha Candice, qui se releva comme si elle était montée sur ressorts. Sa bouche et sa joue la brûlaient. Elles commençaient à enfler. Les pensées de la jeune femme tournaient dans sa tête, semblables à un manège fou. Elle chercha les couteaux à tâtons, les trouva puis en attrapa un par le manche. C'était le couteau à pain. Pas le plus dangereux, mais tout de même suffisant pour faire mal si on se jetait dessus avec la délicatesse d'une locomotive. L'inconnu dut arriver à la même conclusion, car la vision de l'arme blanche stoppa net son élan.

– Tsss tsss, dit-il en secouant la tête, la bouche tordue dans un sourire d'indulgence fatiguée.

Son visage barbouillé de sang le rendait encore plus effrayant.

– N'approchez pas, dit Candice.

Puis elle ajouta :

– Je sais me défendre.

Ou plutôt « ve fais me défendre », car sa lèvre gonflée et sa dent cassée gênaient son élocution.

– On va voir, répondit l'homme.

Candice cria, mais elle savait que c'était parfaitement inutile : elle tannait son propriétaire depuis des années pour qu'il insonorise l'appartement, et celui-ci s'était enfin laissé fléchir le mois dernier.

Bien ma veine, encore une fois !

– Reposer ça, dit l'inconnu. Sinon, pffiut, par la fenêtre.

Le pire, c'était qu'il avait l'air assez costaud pour le faire.

Candice chercha à tâtons un autre couteau. Elle avait conscience que si elle quittait son agresseur du regard, ne fût-ce qu'une demi-seconde, il profiterait de l'ouverture pour foncer sur elle.

Un couteau à steak, bien pointu, voilà ce qu'il me faudrait...

Malheureusement, elle renversa le présentoir. Les couteaux rebondirent sur le carrelage en tintant.

Merde !

L'homme fit mine de bondir, mais il ne s'agissait que d'une feinte. Candice se raidit et resserra son emprise sur le manche tout en levant la lame à la hauteur de son visage. Un sourire de squale déforma les traits de son adversaire.

Si je peux le blesser, peut-être que ça me donnera le temps de courir jusqu'à la porte. Une fois dans le couloir, je pourrai crier. Et là on m'entendra...

Candice se jeta en avant, appuyant l'assaut d'un balayage de son bras armé. La lame siffla dans l'air, mais l'homme avait d'excellents réflexes et il s'écarta à temps. Sa main s'abattit comme un couperet. Candice cria. La manchette l'avait désarmée. Elle vit le poing foncer sur elle en accéléré, puis ce fut le choc, comme si un marteau-pilon lui heurtait la tempe avec un bruit sourd. Décharge aveuglante. Impression de nuit étoilée.

Elle perdit connaissance avant même de toucher le sol.

CHAPITRE

31

Hans et Gary Zaboly s'étaient installés à la terrasse du *Boucanier*. L'hôtel faisait également restaurant et ils avaient tous les deux commandé une fricassée d'écrevisses au beurre d'ail, la spécialité locale. Une piscine bordait la terrasse. Malgré l'heure tardive, des touristes continuaient de profiter des transats et du plongeoir. La conversation de l'enquêteur et du toubib était émaillée de «plouf» intermittents. Si l'on songeait à la misère ambiante, quelque chose d'assez obscène se dégageait de tous ces maillots de bain colorés et de ces rires insouciants... D'un autre côté, le tourisme faisait travailler l'économie de ce pays qui avait eu tant de mal à se relever des décombres du tremblement de terre de 2010.

– Vous avez déguerpi bien vite, tout à l'heure, remarqua Hans. Comme si vous aviez deviné que je n'étais pas un visiteur lambda.

– Ma secrétaire et moi étions convenus d'un code, révéla Gary.

– Comment cela?

– Elle a dit: «Cela semble important.» Dans notre code, cela signifie «Yankee inconnu». Si vous aviez été un visiteur local, elle aurait employé l'adjectif «urgent».

Hans hocha la tête en dégustant une gorgée de vin blanc. Les écrevisses étaient très relevées mais délicieuses. Gary s'essuya la bouche avec sa serviette et lança:

– Qu'est-ce que c'est que cette histoire de virus mortel, exactement?

Hans prit une profonde inspiration puis soupira:

– Exactement, je n'en sais rien. Je ne suis pas dans le secret des dieux. Mais ça a l'air vraiment très sérieux.

– Vous m'avez dit tout à l'heure que cela avait un rapport avec mes dons de sperme.

– Oui. Apparemment, vous avez transmis un virus dormant à vos descendants. Et on dirait que la maladie se déclenche à l'adolescence et dans certaines conditions... Cinquante-cinq gamins ont été mis en quarantaine avec succès, mais il y en a encore deux en cavale.

– Comment ça, «en cavale»?

– Ils ont échappé aux autorités qui les avaient arrêtés. Ils ont dû prendre peur, j'imagine... Un garçon et une fille...

Pensif, Gary jouait avec ses restes de nourriture du bout de sa fourchette. Il secoua la tête et se carra plus profondément dans son siège. Un pli amer crispait sa bouche.

– Un virus dormant... J'ai un peu de mal à vous croire. J'ai subi toute une batterie de tests avant de donner mon sperme, vous pensez bien! Comment ai-je pu contaminer des embryons? Et pourquoi je ne suis pas tombé malade, moi, durant toutes ces années?

– Je n'en sais rien. C'est vous le toubib.

– Elle ressemble à quoi, cette maladie?

– Je n'ai pas les détails, désolé. Mais apparemment, c'est moche.

– Et vous, quel est votre intérêt, dans cette histoire? Je n'ai pas bien compris pour qui vous travaillez.

– Pour moi... Il y a une récompense sur votre tête. Une belle somme. Je ne suis pas un philanthrope mais si, en plus de décrocher le pactole, je peux être utile à mon pays, sauver deux gosses et accessoirement empêcher qu'une pandémie ne ravage l'Amérique du Nord, c'est encore mieux.

Gary examinait le vieil homme. Des insectes de nuit tournaient autour d'eux. Les plus téméraires allaient se coller à une lampe électrique : elle les tuait dans un grésillement instantané. La mer n'était pas très loin, et on entendait également, en fond sonore, le bercement monotone du ressac qui montait de la plage en même temps qu'une brise embaumée.

– Si je retourne aux *States*, je vais avoir des problèmes, et c'est un euphémisme... J'ai du lourd à mes trousses. Le genre de types qu'on ne veut pas croiser deux fois dans sa vie. Si vous avez un peu étudié mon dossier et si vous êtes aussi futé que vous en avez l'air, vous êtes au courant.

– Greg et Marshall m'ont raconté certaines choses, en effet... Vous avez emprunté de l'argent à des gens peu recommandables, si j'ai bien compris?

Hans ignorait toujours l'identité des gens en question. Les recherches de Candice concernant le fameux tatouage emblématique étaient au point mort : le flic de Boston qu'elle avait contacté quelques heures plus tôt l'avait rappelée en lui disant que les deux scorpions entrelacés ne leur évoquaient rien du tout, à lui et à ses collègues.

– C'est la mafia russe qui est derrière tout ça, soupira Zaboly. Une organisation qui s'appelle la Fraternité Potemkine. Andy avait fricoté avec eux, dans le temps. Il s'agit de la lie de la diaspora, vous pouvez me croire.

– Une fois que je vous aurai remis aux autorités, vous serez en sécurité.

– En sécurité, mais rattrapé par la justice. J'ai blanchi de l'argent sale, ne l'oubliez pas.

– Si vous aidez à empêcher une catastrophe majeure, vous obtiendrez sûrement l'immunité.

– « Sûrement » ? Hum, j'aimerais des garanties un peu plus solides.

– Je ne peux pas vous en donner.

Hans soupira. Les atermoiements du toubib lui paraissaient hors de propos quand on songeait à l'enjeu sanitaire.

– Pensez un peu à tous ces gosses, bon sang ! s'écria-t-il. Ils sont la chair de votre chair. Vous pouvez les sauver. Cela ne dépend que de vous ! Quand on donne la vie, on prend une responsabilité. Il vous faut l'assumer, à présent...

Tout en prononçant ces mots, Hans songea à sa propre fille, et une vague de culpabilité enfla en lui :

Qu'est-ce que tu as fait pour elle, dans le fond ? D'accord, tu as semé ta petite graine et veillé sur ses premières années, mais après la séparation ? Quand as-tu pris de ses nouvelles pour la dernière fois ?

Le vieil homme baissa les yeux. Peut-être qu'il était mal placé pour faire la morale à son interlocuteur, dans le fond...

Gary déglutit et dit :

– C'est bon, je vais vous suivre... même si j'ai l'impression de faire une grosse connerie.

CHAPITRE 32

Virgil était sur le point de sombrer dans les bras de Morphée lorsqu'il sentit le sac de couchage de Sia bouger. Le zip des rabats de la tente s'ouvrit avec un bruit caractéristique, indiquant que la jeune fille sortait. Virgil bascula sur le flanc. Il était crevé. Comme convenu, Carl Dowe les avait largués peu après Gallup, juste de l'autre côté de la frontière entre le Nouveau-Mexique et l'Arizona. Apparemment, le routier sympa avait gobé leur histoire de grossesse non désirée. Il leur avait même donné un peu d'argent. Les deux ados auraient bien dormi dans un motel, mais c'était prendre le risque d'être reconnus. En définitive, ils s'étaient résignés à planter une fois encore leur tente dans la nature, non loin de la grande route. Tant pis pour le confort. Ils pourraient retrouver le plaisir de vrais draps dès qu'ils auraient atteint Flagstaff.

Quelques minutes passèrent. Ce n'était pas normal que Sia reste aussi longtemps dehors. Virgil rebascula sur le dos et regarda le toit de la tente sans trop savoir quoi faire. Fallait-il qu'il rejoigne son amie ? Si elle était simplement partie soulager un besoin pressant, elle n'avait pas forcément envie d'être dérangée. Mais ce besoin pressant s'éternisait plus que de raison... Après tout, c'était dangereux de traîner dans le désert, la nuit.

N'y tenant plus, Virgil se leva à son tour et sortit de l'abri en tissu. La lune était presque pleine et sa lumière opaline se répandait en un doux linceul argenté sur le paysage.

Aucune jeune fille en vue.

– Sia ? risqua le garçon. Tu es où ?

Son cœur se mit à battre plus vite que la normale. Beaucoup plus vite. Avec son côté parano, il s'était spontanément mis à penser au pire. Il se retourna et aperçut une silhouette familière assise sur un rocher enchâssé dans le sol. Sia ne l'avait pas entendu, car il avait parlé d'une voix feutrée, et, quand il arriva dans son dos, elle sursauta.

– Oh, c'est toi ! Tu m'as fait peur...

– Désolé. Je t'ai appelée, mais tu ne m'as pas répondu. Tu fais quoi, là, toute seule ?

– J'avais besoin de... réfléchir.

Virgil posa une main sur l'épaule de la jeune fille.

– Tu aurais dû me réveiller, dit-il, je t'aurais accompagnée. On sait jamais... S'il y a un couguar qui rôde, ou une autre bébête dans le même genre...

– J'avais besoin d'être seule, le coupa-t-elle.

– Oh...

Virgil esquissa une amorce de grimace. Bizarrement, lui, le grand solitaire, n'aimait pas se sentir évincé, tout d'un coup.

Pourquoi? Il avait du mal à analyser ses sentiments. Tout était confus, brouillé... Est-ce que la jeune fille en avait marre de sa compagnie?

– La nuit, c'est le seul moment où je ne me sens plus en cavale, expliqua Sia. La nuit, tout est suspendu... Tout s'arrête... Enfin, c'est la sensation que j'éprouve... D'habitude, j'écris des chansons la nuit... Là, j'ai même pas de quoi écrire... De toute façon, j'ai une telle boule dans l'estomac que je ne sais pas si j'en serais encore capable... Et puis, je pense à mes parents et à mes amis, à cette vie que j'ai laissée derrière moi... Ça me paraît lointain, comme une vie antérieure. Quelque chose de révolu.

Une larme s'était mise à glisser tout doucement le long de sa joue. Virgil s'assit à côté d'elle, sur le rocher. La lune leur faisait face. Pâle et sereine, elle poursuivait sa lente course dans le ciel nocturne. Les étoiles brillaient, minuscules, amicales. On aurait dit des têtes d'épingle lumineuses piquetant un immense drap noir déployé au-dessus de leur tête. Le firmament était magnifique, mais Virgil n'avait d'yeux que pour le visage de Sia. Il regardait la larme qui, effectuant son petit voyage solitaire, était sur le point de rejoindre la commissure des lèvres de la jeune fille. Elle renifla. Virgil tira sa manche jusque dans sa paume et glissa un doigt sous le tissu, puis il leva le bras très doucement pour essuyer cette larme maintenant stabilisée au niveau du menton. Sia se retourna vers son chevalier servant avec un sourire:

– Tu crois qu'on sera en cavale jusqu'à quand? questionna-t-elle.

– Je ne sais pas.

– Même si on arrive à Flagstaff, on ne pourra pas rester planqués dans le bunker de tes copains jusqu'à la fin des temps. Moi, j'ai d'autres plans pour ma vie, en tout cas.

– Jouer les taupes en attendant l'Apocalypse n'est pas non plus mon intention, je te rassure.

– Alors, c'est quoi, ton intention?

– Décrypter ce foutu dossier que j'ai piraté et, si c'est juteux, l'envoyer à un grand journal ou à une chaîne télé qui ne soit pas trop dépendante du pouvoir. Il faut faire éclater la vérité, quelle qu'elle soit.

– La vérité fait mal, parfois.

– Ouais, ça, je sais... Mais c'est mieux que de vivre dans le mensonge.

C'était le tour de Virgil d'avoir les larmes aux yeux.

– T'as pas envie de remettre le film en retour rapide, toi? demanda Sia. Je l'aimais bien, ma vie d'avant! Je veux la retrouver.

Cette fois, Sia éclata vraiment en sanglots. Virgil regarda au loin, le cœur serré de sentir sa compagne si désemparée. C'était sa faute si elle avait laissé derrière elle tout ce à quoi elle tenait. Il aurait voulu la prendre dans ses bras et lui dire que tout allait s'arranger, mais il savait au fond de son cœur que sa quête avait quelque chose de désespéré. Il se sentait marqué par le destin, comme les héros des antiques tragédies grecques... et ces histoires ne se terminaient jamais bien. Une onde de désarroi lui parcourut le corps, remontant le long de son échine. Il serra les dents pour ne pas craquer à son tour. Il n'avait pas le droit de craquer. Pas maintenant. Pas devant elle. Il se mordit la lèvre inférieure puis referma sa main sur celle de Sia en la serrant fort.

Sans dire un mot, ils se relevèrent ensemble et retournèrent se coucher. Sia se laissa prendre dans les bras du garçon et elle s'endormit en quelques minutes à peine, la tête calée au creux de son épaule. Il lui posa un baiser sur le haut du front, le prolongeant jusqu'à la racine de ses cheveux dont il respira l'odeur à plein nez.

Puis il fixa le toit de la tente et sombra à son tour dans un sommeil réparateur.

CHAPITRE 33

Sa tête lui faisait un mal terrible. Elle souffrait de partout. Hématomes et bleus marbraient ses jambes, bras et dos. Elle ouvrit un œil. L'autre, sûrement trop gonflé, était collé. Autour d'elle : l'obscurité la plus totale. Poisseuse. Impénétrable. Elle se demanda l'espace d'un instant si elle était devenue aveugle... Mais non : elle pouvait sentir les mouvements d'un véhicule.

Cet enfoiré m'a mise dans un coffre !

Un flot de panique monta en elle comme une vomissure.

Depuis combien d'heures roulaient-ils ? Avait-elle perdu connaissance longtemps ?

Elle eut envie de tousser mais le scotch qui lui recouvrait la bouche l'en empêcha. Une larme de colère mêlée de terreur viscérale perla au coin de son œil encore valide. Elle se sentait fiévreuse, la tête en feu.

L'homme qui l'avait attaquée appartenait à la mafia russe, elle en était quasiment certaine. Comment ces salauds étaient-ils remontés jusqu'à elle? Pourquoi lui avait-on laissé la vie sauve? Ce n'était pas le genre de la maison... Tout s'embrouillait dans la tête de la jeune femme. Les hypothèses turbinaient à plein régime mais de manière confuse, comme si la liaison entre ses synapses était défaillante. Elle n'avait pas grand-chose d'autre à faire pour l'instant qu'attendre, avec la certitude qu'à un moment ou à un autre ses ravisseurs la tueraient.

Il faisait de plus en plus chaud dans le coffre, et Candice transpirait. Les heures passant, ses liens serrés aux poignets se détendaient très légèrement et, avec la sueur, ils glissaient un peu sur sa peau. Un espoir? Candice tenta tant bien que mal de se détacher, mais c'était peine perdue.

La voiture s'arrêta. Une fois le moteur coupé, Candice entendit deux portières claquer. Des pas se rapprochèrent de l'arrière du véhicule, mêlés aux battements de son propre cœur. La pauvre était tétanisée. Cela voulait-il dire que c'était la fin du voyage? la fin tout court? Elle respira un grand coup, du moins autant que le lui permettait le bandeau scotché sur sa bouche. Quand le capot s'ouvrit, elle vit deux hommes penchés sur elle. Ils parlaient entre eux. En russe, bien sûr! Candice reconnut sans peine son agresseur. C'était le plus massif du duo, une vraie brute... mais elle l'avait bien amoché. L'arête de son nez formait un angle bizarre, et une croûte de sang séché était encore visible au niveau de son arcade sourcilière. Le deuxième Russe avait l'air moins costaud, quoique non moins redoutable. Son regard avait quelque chose de glaçant. Il était sec, mais on devinait des muscles noueux sous son pull-over. Sa coupe en brosse lui donnait des allures de G.I. Joe version Armée rouge. Les malfrats sortirent leur prisonnière du coffre. Le véhicule – une Mercedes d'une blancheur trompeusement virginale – avait fait halte sur une aire de repos bordée par un petit bois. Pas d'autres voitures sur le parking. Une odeur ozonée flottait dans l'air. Candice remarqua la présence de sanitaires, un peu plus loin. L'homme au pull lui arracha son bâillon et lui demanda :

– Pas trop ankylosée, mademoiselle Amadillo ?

Elle ne répondit pas. Elle était morte de trouille. Allait-on l'exécuter ici même, sur cette aire d'autoroute déserte ? Son interlocuteur lut la peur dans son regard et dit :

– Nous avons entamé un long voyage. Peut-être désirez-vous satisfaire un besoin bien naturel ?

Elle secoua la tête en signe de dénégation, puis lança :

– Où est-on ?

– Quelque part entre chez vous et la Floride, ma chère.

– La Floride ?! Mais... ça fait au moins quinze heures de route depuis Philadelphie !

– Mon collègue et moi-même allons nous relayer. Les grandes distances ne nous effraient pas.

– Vous allez me tuer ?

– Non, rassurez-vous. Nous avons besoin de vous.

– Et quand vous n'aurez plus besoin de moi ?

– Chaque chose en son temps.

L'homme au pull sortit un paquet de cigarettes de sa poche. Candice remarqua que sa main droite n'avait pas d'auriculaire.

– Vous en voulez une ?

– Non.

Le molosse qui, jusqu'ici, était resté les bras croisés fit claquer un Zippo et alluma servilement la cigarette de son chef.

– Vous avez donné du fil à retordre à Alexi, dit le fumeur, un petit sourire en coin. Je suis impressionné. À vous voir, comme ça, toute frêle, on a du mal à vous imaginer en train de rosser un gaillard de la corpulence de mon camarade.

– Je sais me défendre... Et vous, vous savez ce qu'il en coûte de s'attaquer à un flic?

L'homme haussa les épaules en tirant sur sa cigarette. Le bout rougeoya, illuminant ses pommettes saillantes. Il avait l'air d'un démon.

– Les risques du métier, que voulez-vous? fit-il, placide.

– Si je ne me pointe pas au travail, mes collègues lanceront des recherches...

– Sauf si vous vous faites porter pâle... via SMS par exemple. Quant à votre fiancé, il est en voyage d'affaires à l'autre bout du pays, nous nous sommes renseignés. Il ne reviendra à Philadelphie que samedi prochain, pour vos fiançailles. Toutes mes félicitations, soit dit en passant... Reste votre meilleur ami, monsieur Perry. Mais nous savons vous et moi où il se trouve, n'est-ce pas?

Candice garda le silence. On n'entendait que le bruissement des branches agitées par la brise nocturne et, de loin en loin, une voiture qui passait sur l'autoroute.

– Une chose m'intrigue, reprit le Russe. Qui vous a parlé des tatouages?

– Personne. C'était dans la déposition de Gary Zaboly.

Le grand costaud décocha une gifle magistrale à Candice.

– Alexi a vraiment une dent contre vous, on dirait, rigola son chef. Du calme, Alexi... Mademoiselle Amadillo cherche à protéger ses sources, c'est bien légitime.

– Je vous dis la vérité, bredouilla Candice, le souffle court, avec un regard en biais pour la brute.

– Faux. Monsieur Zaboly s'est bien gardé de parler de nous à la police. C'est d'ailleurs l'une des rares fois où il a fait preuve de bon sens. J'ai eu sa déposition sous les yeux. Je la connais bien... Hé oui, nous sommes partout, mademoiselle.

L'évidence fulgura dans l'esprit de Candice :

Une taupe ? Il y aurait des ripoux chez les flics de Boston ?

Candice avala sa salive avec difficulté, davantage choquée par ce qu'elle venait d'apprendre qu'à cause du coup reçu en pleine mâchoire.

– Vous êtes sûre que vous ne voulez pas aller aux toilettes ? s'enquit de nouveau l'homme au pull.

Candice fit « non » de la tête. Le fumeur écrasa sa cigarette.

– Très bien, dit-il. Dans ce cas...

Il claqua des doigts. Candice sentit qu'on la soulevait. La brute la jeta dans le coffre plus qu'il ne la déposa.

– Nous avons encore de la route à faire, soupira le chef.

Le capot claqua en se refermant d'un coup.

CHAPITRE 34

Hans sortit sa carte Visa et régla la note au comptoir d'accueil du *Boucanier*, à savoir une nuitée, un petit déjeuner et deux repas (il avait invité Gary Zaboly, la veille). Il s'impatientait et regardait sa montre toutes les minutes dans l'espoir de voir apparaître le toubib à l'entrée de l'hôtel.

7h 05… Bon, ne panique pas. Il a cinq minutes de retard, ça ne veut pas dire qu'il va te planter…

Zaboly avait donné sa parole d'honneur à Hans, et celui-ci l'avait cru. Le fugitif ne semblait pas être un mauvais bougre, dans le fond. Certes, il n'aurait jamais dû se mettre en cheville avec la mafia, mais le fric pousse les gens à faire des choses stupides, c'est malheureusement bien connu. En tout état de cause, Zaboly avait payé son erreur au prix fort, et la mort de son compagnon devait peser encore très lourd sur sa conscience, même dix ans après les événements.

Au moment où Hans allait se saisir de son cellulaire, il entendit les portes vitrées s'ouvrir et eut le plaisir de voir

Zaboly apparaître en treillis beige et baskets, des lunettes de soleil sur le nez, un petit sac sur le dos et une valisette à la main.

– Merci d'être venu, dit simplement Hans.

– Je suis un homme de parole, répliqua Zaboly.

Et après une pause, il ajouta :

– Malheureusement...

Ils montèrent dans la voiture de Zaboly. L'aéroport était à deux bonnes heures de route.

– Vous avez regardé les horaires ? demanda le médecin en démarrant.

– Bien sûr.

– Alors ?

– Il y a un vol pour Miami à 11 heures.

– Et ensuite ?

– On prendra la correspondance pour Atlanta. Je vous déposerai au Centre de contrôle des maladies personnellement.

– Et vous empocherez votre fric, c'est ça ?

– J'espère bien. Après tout le mal que je me suis donné pour vous trouver... Des clients difficiles à débusquer, j'en ai connu, mais je crois que vous battez les records, monsieur Zaboly !

Le toubib eut un rire sans joie :

– Vous allez être un homme riche, grâce à moi. Vous pouvez bien m'appeler Gary.

Hans lui sourit en retour et se dit qu'en d'autres circonstances ils auraient sans doute pu devenir amis.

Port-au-Prince avait beau être une capitale, son aéroport avait peu de chose à voir avec ceux des grandes villes américaines. Dès qu'ils eurent garé la voiture dans un parking « longue durée », les deux hommes furent aspirés dans un enfer de bruit et de confusion, un véritable tourbillon d'Haïtiens chargés de volailles, de bébés qui braillaient, sans même parler des bus bondés aux toits encombrés de ballots et autres bagages improvisés.

– C'est lequel, le hall des départs ? questionna Hans.

– Le numéro 2, répondit Gary.

Passé la bousculade inhérente à la zone de transit, ils pénétrèrent dans un lieu plus calme où de gros ventilateurs accrochés au plafond brassaient l'air tiède du milieu de la matinée.

– Là-bas, dit Gary.

Il avait repéré un guichet d'enregistrement. Les deux hommes se glissèrent dans la queue. Une fois qu'ils auraient franchi ce cap, l'enquêteur pourrait souffler un peu et se dire que sa mission approchait vraiment de sa conclusion.

– Faites un bon voyage, messieurs, sourit l'hôtesse en leur redonnant leurs billets.

Ils passèrent devant un kiosque et Gary voulut s'arrêter pour s'acheter un peu de lecture. Il opta pour un magazine et un roman d'espionnage.

Une fois dans la salle d'attente, Hans fit les cent pas le long de la principale baie vitrée, celle qui donnait sur les pistes. Il regardait les avions atterrir et décoller. Il restait encore aux deux hommes une bonne demi-heure à tuer. Gary s'était assis et lisait, des écouteurs vissés sur ses oreilles. Hans avait envie d'une cigarette. Il chassa cette pensée et se dirigea vers les toilettes. Il fut surpris de les trouver impeccables.

Toi et tes préjugés d'Américain moyen, se sermonna-t-il.

Il sortit des W-C et s'avança vers le lavabo pour se laver les mains. Soudain, son téléphone sonna. Le numéro de Candice était affiché ; Hans décrocha.

– Salut ma belle, fit-il, enjoué.

Une voix rauque et masculine le doucha instantanément :

– *Surprise*, dit l'inconnu.

Il roulait légèrement les « r ». La peur s'insinua comme un venin glacé dans les veines de l'enquêteur.

– Qui êtes-vous ? questionna-t-il.

– *Un ami de Gary Zaboly. J'aimerais beaucoup le revoir. Je sais que vous l'avez retrouvé, ne me racontez pas d'histoires. J'ai écouté le répondeur téléphonique de mademoiselle Amadillo.*

– Où est-elle ?

– *Avec nous. Joli brin de fille.*

Hans n'aimait pas le ton ironique de cet homme. Après le froid, une bouffée de chaleur haineuse l'envahit :

– Si jamais vous lui avez...

– *Dispensons-nous du petit jeu des menaces, contre-menaces, etc., voulez-vous ? Je sais que vous êtes un homme raisonnable, monsieur Perry. Et je sais que vous tenez également beaucoup à votre jeune amie. Si vous coopérez, aucun mal ne lui sera fait. Je vous en donne ma parole.*

Hans eut un rire méprisant :

– Ha, bien sûr.

– Vous n'êtes pas obligé de me croire mais, de toute façon, vous n'avez pas le choix. Nous avons quelque chose que vous voulez et vous avez quelque chose que nous voulons, donc je vous propose un marché très simple : votre amie contre Gary Zaboly. L'échange aura lieu à Miami. Je vous recontacterai dès que votre avion aura atterri.

Hans luttait contre la panique.

Gagner du temps, pensa-t-il.

– Qu'est-ce qui me prouve que… ?

– J'ai le téléphone de mademoiselle Amadillo, cela devrait vous suffire comme preuve, non ? Elle est toujours vivante et en bonne santé, je vous l'assure, même si elle a envoyé un SMS à son travail ce matin pour dire qu'elle ne se sentait pas très bien. Un virus, sans doute… Mais rien de grave… Par contre, si vous prévenez les autorités, il risque de lui arriver un gros pépin. Idem si vous essayez de nous filer entre les doigts à Miami. Je vous rappellerai pour vous indiquer le lieu exact du rendez-vous.

L'homme coupa la communication, laissant Hans pantelant et le cœur affolé. Ce dernier attendit une minute ou deux, le temps de se calmer un peu, puis il sortit des toilettes. Il vit Gary à l'autre bout de la salle. Le toubib lisait toujours, inconscient du drame qui venait de se nouer. Hans marcha jusqu'à lui et prit place à son côté.

– Vous en faites une tête ! remarqua Gary. Vous avez croisé un fantôme aux W-C ?

– Non, c'est… c'est le petit déj' de l'hôtel qui a du mal à passer, mentit Hans.

Ce n'était qu'à moitié faux. Il se sentait barbouillé et transpirait plus que de raison.

– Vous avez peut-être chopé la «tourista»... hasarda Gary.

– Peut-être...

Le médecin fouilla dans son petit sac de voyage avant d'en sortir une boîte de comprimés.

– Prenez ça. C'est bon pour la diarrhée et les nausées.

– Merci, articula péniblement Hans.

Il se sentait de plus en plus mal. Il avait l'impression d'emmener un animal à l'abattoir.

Il doit bien y avoir une solution, bon Dieu !

Le problème était qu'il n'en voyait pas l'ombre d'une.

– Vol United à destination de Miami, l'embarquement va commencer porte 8, annonça une voix flûtée d'hôtesse de l'air.

CHAPITRE

35

Ce matin-là, comme tous les matins, Wendell Pierce débuta son service à 5 heures. Wendell était un grand Noir de trente-huit ans. Il travaillait comme cuistot au *Rendez-vous des routiers*, un snack installé quelque part entre Gallup et Winslow, sur une banale aire de repos de la A40.

Wendell mit son tablier, fit un tour dans la chambre froide pour contrôler l'état des stocks, puis il avala son premier café de la journée en regardant le soleil se lever derrière la vitre qui courait sur toute la longueur de la salle. Il allait sortir se griller une cigarette quand un klaxon lui annonça que le camion de livraison était arrivé, de l'autre côté du bâtiment. Il remonta le couloir de la réserve bordé de murs nus en parpaings et aida le camionneur à décharger trois cents hamburgers surgelés, des fruits et des légumes en boîte, des céréales, des œufs, sans oublier les cartons de briques de lait.

Ce matin-là, Thelma Shumacher gara sa voiture sur l'aire de stationnement du *Rendez-vous des routiers* à 5h30. Elle salua Wendell et le remercia pour le café qu'il avait mis à chauffer, puis elle plaisanta avec lui – les blagues habituelles sur la pluie et le beau temps – et partit se changer dans la réserve. Les premiers clients arrivaient. Elle réapparut moins de cinq minutes plus tard, vêtue de son tablier de serveuse, un badge mentionnant son prénom épinglé au niveau de sa généreuse poitrine. Thelma avait plus de cinquante ans et elle arborait l'air fatigué de ces femmes à qui la vie n'a pas fait de cadeaux. Elle se força néanmoins à sourire. Elle savait qu'une bonne partie de ses pourboires en dépendaient.

Ce matin-là, Roy Abernathy quitta vers 8 heures le motel dans lequel il avait passé la nuit. Il était représentant de commerce et portait un costume gris assorti à ses cheveux poivre et sel. La mallette qui ne le quittait jamais contenait des brochures, des échantillons de produits pharmaceutiques et son ordinateur portable. Roy avait mal dormi, aussi était-il de mauvais poil. Les cloisons du motel semblaient fabriquées en papier mâché et il n'avait rien perdu des ébats du couple qui faisait la java dans la chambre d'à côté.

J'aurai sans doute besoin d'une pause en milieu de matinée, se dit-il. *Sinon, je vais m'envoyer dans le décor.*

Il avait un important déjeuner prévu à Albuquerque avec ses employeurs. Son patron voulait lui parler, mais il n'en savait pas davantage. Secrètement, il redoutait qu'on ne lui annonce une mauvaise nouvelle du type «réduction de personnel». C'était la mode, ces temps-ci.

Non, j'ai trop d'ancienneté. Ils vireront des petits jeunes, d'abord, si jamais ils doivent lâcher du lest.

Mais il avait beau se raisonner, une bile acide lui rongeait l'estomac.

Il se gara à 10 h 12 sur le parking du *Rendez-vous des routiers.*

Ce matin-là, Joe Spinel dut s'arrêter deux fois sur le bord de la A40 pour aller vomir et déféquer dans des buissons. Il avait dû manger une saloperie, la veille. Ou alors c'était une gastro. Quoi qu'il en soit, il dégustait... mais pas question de prendre un jour de congé, bien sûr. Il avait une cargaison de gas-oil à livrer du côté de Phoenix, et le client trépignait d'impatience. Foutu métier !

Joe ressentit une pointe de soulagement quand il aperçut l'aire de repos, avec sa station-service et son petit snack-bar. Il avait besoin de faire un plein, et la perspective de se soulager dans des toilettes dignes de ce nom n'était pas pour lui déplaire.

Il était 10 h 19 quand il engagea son Mack dans la voie de décélération.

Ce matin-là, Virgil et Sia replièrent leur tente et la mirent dans un sac, puis ils mangèrent des biscuits et burent toute l'eau de leurs gourdes. Ils avaient une drôle d'allure avec leurs cheveux coiffés à la diable – ou plutôt pas coiffés du tout – et leurs fringues qui commençaient à sentir mauvais.

– Je donnerais mon royaume pour un café, dit Virgil.

– Et moi pour un brin de toilette, compléta Sia.

– OK, on s'arrête à la première station-service.

Ils firent du stop durant une demi-heure avant d'être embarqués par une mère de famille joviale et très bavarde qui allait vers l'ouest, à Winslow.

– Là, une aire de repos ! fit Sia en montrant le parking et les quelques bâtiments érigés en bordure de la route. Vous pouvez nous déposer, m'dame ?

– Pas de problème, les enfants.

Il était 10 h 25 quand les deux fugitifs pénétrèrent dans le *Rendez-vous des routiers*. Virgil s'installa à une table en formica, sur le côté. Les sièges étaient matelassés de cuir rouge. Il y avait un juke-box au fond de la salle, près du comptoir. Virgil avait vue sur l'entrée et pouvait, de cette manière, contrôler les allées et venues des gens. Le grand parano qu'il était redoutait de voir débouler un flic d'un moment à l'autre. Pour l'heure, il n'y avait pas grand monde dans le snack, à part un homme sans âge au costume gris qui consultait son Mac en sirotant un café et en mangeant un beignet. Le ventre de Virgil émit une plainte glougloutante. Une odeur de graillon sortait des cuisines. Le garçon consulta le menu plastifié posé sur la table. Œufs, saucisses, bacon, pommes de terre, gaufres... il ne savait que choisir et son ventre gargouilla de plus belle.

– Je vais prendre la totale, dit-il. J'ai trop faim.

– Pareil pour moi, dit Sia. Je vais me rafraîchir ; tu te charges de la commande ?

– D'ac.

La jeune fille se dirigea vers les sanitaires. Elle croisa au passage un gros homme au physique de routier qui, lui, en revenait. L'homme avait le teint brouillé. Il s'assit au bar, sur un tabouret. Il transpirait en grimaçant. Virgil nota qu'il y avait une télé accrochée au-dessus du bar. Le poste diffusait un flash info, justement...

Merde...

Il vit sa photo et celle de Sia apparaître plein cadre. Les vannes de l'adrénaline s'ouvrirent dans ses veines, et son cœur changea de braquet. On pouvait aisément les reconnaître, son amie et lui, même s'ils avaient encore leur ancienne couleur de cheveux sur les clichés diffusés. Il tapotait du pied nerveusement.

Merde, merde, merde...

La serveuse venait vers lui. Elle avait le dos tourné à l'écran. Le routier semblait perdu dans la contemplation de sa tasse de café. Quant à l'homme en gris, toute son attention était focalisée sur son ordinateur.

Heureusement, le son de la télé était coupé.

– Bonjour, dit la serveuse, une rousse à la beauté fanée, coiffée façon choucroute. Qu'est-ce qui vous ferait plaisir?

Elle s'appelait Thelma, d'après son badge.

– Deux formules complètes, répondit Virgil, la gorge serrée.

– Avec le supplément bacon?

– Oui, s'il vous plaît.

Il essayait de sourire, de prendre un air dégagé, mais il n'y arrivait pas.

Elle va me reconnaître, c'est sûr...

– Je vous apporte ça tout de suite.

La serveuse fit volte-face pile à l'instant où l'image de Virgil et de Sia disparaissait de l'écran.

Le garçon sentit tous ses membres se ramollir. Il osait à peine respirer.

Sia ressortit des toilettes.

– Qu'est-ce que tu as? demanda-t-elle. Tu n'as pas l'air bien.

– Je te raconterai, marmonna son compagnon.

Ce matin-là, Bannister et Jenny quittèrent leur hôtel à 8h30 pour se rendre à l'agence Avis la plus proche et y récupérer une Ford Focus dernier modèle.

– On sera à Flagstaff vers quelle heure? demanda la psychologue.

– En fin de matinée. Début d'après-midi au plus tard.

Épaulées par le FBI, les autorités locales avaient discrètement déployé leurs effectifs autour du domicile des «survivalistes» chez qui le jeune Connor espérait sans doute trouver refuge. Le piège était en place. Il n'y avait plus qu'à prier le Ciel pour que les deux fugitifs fassent exactement ce que l'on attendait d'eux.

Bannister conduisait nerveusement, les mains crispées sur le volant. Il avait fait un point avec son adjoint du CDC par téléphone, juste avant de partir de l'hôtel. Les tests se poursuivaient, mais...

– On a besoin de ce maudit Zaboly, avait déclaré Greg Johnson. Pour voir comment le virus a muté d'une génération à l'autre, il nous faut remonter à sa source. On n'arrive pas à comprendre pourquoi la majorité des gamins sont devenus «Dillon positifs». Pourquoi 90% et pas 100%? Zaboly est l'inconnue qui nous manque pour résoudre cette équation.

– Il n'y a plus qu'à espérer que quelqu'un qui n'a pas encore vu les spots télévisés se réveille et nous mette sur la bonne voie, avait soupiré Bannister.

La fatigue se lisait sur son visage. Il parlait peu et semblait mal à l'aise. Il regrettait encore sa réaction de la veille car, à la suite de ce «dérapage», le dîner s'était terminé dans une ambiance maussade. Il s'en voulait d'être aussi irascible et mal dans sa peau.

Ils perdirent un peu de temps dans les embouteillages du matin mais, dès qu'ils furent sortis d'Albuquerque, la circulation devint plus fluide. Jenny mit la radio. Ils écoutèrent de la musique classique pendant une heure puis passèrent à une station spécialisée dans le jazz. Le paysage défilait. De temps en temps, ils croisaient des gros *trucks* à la calandre rutilante qui roulaient en sens inverse. Le tableau de bord indiquait que la température extérieure montait à 39 °C.

Et ce n'est pas fini, pensa Bannister.

Il aperçut l'aire de repos vers 10 h 30.

– Je prendrais bien un café, dit-il.

– Je peux vous relayer, proposa Jenny.

– Non, un café, et ça ira.

– Comme vous voulez.

Bannister se gara sur le parking situé entre les pompes de la station-service et le *Rendez-vous des routiers*. Il sortit de la voiture, s'étira, fit craquer ses cervicales et, Jenny sur ses talons, poussa la porte d'entrée.

Il se figea sur le seuil, avec l'impression qu'une décharge de cent mille volts venait de l'électrocuter.

Connor était attablé dix mètres plus loin. Il avait les cheveux roux mais c'était bien lui, aucun doute possible. Il avalait de généreuses bouchées d'œufs au bacon agrémentés de pommes de terre sautées !

– Nom de Dieu, articula Bannister.

Sia était de dos. Elle mangeait, elle aussi. Deux gros sacs reposaient aux pieds des jeunes gens.

Bannister se mit à trembler. Il ne savait pas comment réagir. Il devait se montrer très prudent.

– Qu'est-ce que vous avez? s'enquit Jenny.

Le garçon leva le nez de son assiette. Il vit que Bannister le dévisageait avec insistance et le sang quitta aussitôt ses joues. Il ressemblait à une statue de cire à la bouche légèrement entrouverte.

Oh, temps, suspends ton vol!

La suite fut très confuse.

CHAPITRE

36

Virgil sentit une boule se gonfler dans sa gorge, façon grenouille sur le point de coasser.

Il regardait Bannister qui le regardait en retour. Aucun des deux n'osait bouger. La jeune femme debout à côté du nain porta la main à sa bouche et écarquilla les yeux.

Ça y est, elle m'a reconnu, elle aussi !

Foutus. Ils étaient foutus. Sia ne se doutait de rien et continuait à manger le contenu de son assiette avec un bel appétit.

Les œufs au bacon remontèrent dans l'œsophage de Virgil et, durant une poignée de secondes, il fut persuadé qu'il allait dégobiller son petit déjeuner sur la table.

Il n'en fut rien, mais le nain fonça sur lui tel un footballeur qui vient d'entendre le coup d'envoi du match. La main de Virgil plongea vers la poche externe de son sac et il empoigna le pistolet dérobé aux flics. Le petit homme le percuta de plein fouet. Tous deux atterrirent sur le lino. Sia poussa un cri de surprise ; la serveuse la relaya par un « Hééé !? » tonitruant.

Virgil n'avait pas lâché le flingue. Son adversaire lui tenait le poignet. Il avait beau mesurer la taille d'un préado, il était costaud. Ils luttaient ensemble en se roulant dessus, l'un et l'autre prenant l'avantage alternativement. Sia se leva en renversant sa chaise. Le routier et l'homme en gris s'étaient retournés en entendant l'altercation. Le plus gros des deux fit mine d'avancer mais il s'arrêta en apercevant le pistolet. Un coup de feu claqua, suivi d'un deuxième qui étoila la baie vitrée. La serveuse lâcha la cafetière et celle-ci se fracassa dans une explosion de liquide noir et épais. Les autres occupants du snack s'étaient recroquevillés par réflexe. L'homme en gris se planqua sous sa table, les mains sur la tête, pareil à un gamin qui respecte consciencieusement les consignes données en cas de tremblement de terre.

Virgil repoussa Bannister d'une ruade et braqua le calibre 38 sur lui.

– Ne bougez pas ! expulsa-t-il en même temps qu'un nuage de postillons.

Bannister leva les mains.

– Fais pas ça, petit...

– Je n'ai aucune envie de vous tirer dessus, mais je n'hésiterai pas si vous bougez, riposta Virgil.

Le nain hocha la tête :

– C'est bon, j'ai compris, calme-toi.

– Et c'est valable pour tout le monde ! cria Virgil en se relevant.

Il ressemblait à un fou échappé d'un asile.

Un grand Noir au tablier graisseux sortit de la cuisine à cet instant.

– Qu'est-ce qui se passe, ici? lança-t-il.

Virgil fit pivoter le Smith & Wesson dans sa direction.

– Pas bouger, dit-il.

Le cuistot leva les mains, exactement comme Bannister quelques secondes plus tôt.

– OK, OK... marmonna-t-il.

– On fait quoi, maintenant? demanda Sia, les yeux écarquillés d'effroi.

– Je... Laisse-moi réfléchir, répondit Virgil.

Il jeta un coup d'œil par-delà la vitre étoilée. Il y avait un automobiliste arrêté au niveau des pompes à essence, un peu plus loin. L'homme était sorti de son véhicule et parlait, l'air très excité, le cellulaire vissé à l'oreille, sans quitter le snack des yeux.

Je parie qu'il appelle la police... Dans moins de dix minutes, on aura toute la flicaille des environs sur le dos!

Virgil déglutit. Ils pouvaient essayer de fuir avec la voiture du nain ou celle d'un autre client... mais ils se feraient cueillir sur la route. Virgil imaginait déjà des dizaines de véhicules de patrouille en train de converger vers eux.

Puis il se rappela brusquement qu'il avait tiré deux coups de feu.

– Personne n'est touché? lança-t-il à la cantonade.

Il y eut un long silence, et la serveuse répondit:

– Personne, à part la clim!

Elle montrait une espèce de placard métallique gris situé derrière le bar.

Bannister grimaça. Il paraissait avoir pris un coup de vieux monstrueux. On aurait dit l'un de ces gamins au visage ridé et mélancolique qui sont atteints de progéria.

– Tu n'as pas regardé les infos, depuis deux jours? demanda-t-il au jeune forcené.

Virgil resta muet.

– Il y a de fortes chances que tu sois atteint d'un virus, continua Bannister. Ta copine aussi!

– Arrêtez de vous foutre de moi, rétorqua le garçon en grimaçant.

– Il dit la vérité, intervint Jenny.

– C'est qui, elle? demanda Virgil en baladant son flingue d'un interlocuteur à l'autre.

– Fais attention avec ton truc, là, intervint Bannister. C'est pas un jouet, tu sais?

– Ce que je sais, c'est que vous en avez tous après moi!

– Je suis directeur adjoint du Centre de contrôle des maladies, reprit Bannister après une longue inspiration.

Il fit mine de sortir quelque chose de la poche intérieure de son blouson, mais Virgil agrippa la crosse de son flingue à deux mains et pointa le canon vers le nain.

– À votre place, je ne ferais pas ça.

– Je veux juste te montrer ma carte de...

– Pas maintenant.

– Et moi, je suis psychologue, dit Jenny. Vous n'avez rien fait de trop grave... pour l'instant. Il faut en rester là. Je suis là pour vous aider, toi et ton amie.

– Vous vous baladez toujours avec une Mère Teresa dans

vos bagages, histoire d'avoir un gentil et un méchant? ricana Virgil.

– Espèce de petit con! répondit Bannister, excédé par le ton de l'adolescent.

– C'est bon, l'interrompit Jenny en posant son regard sur Virgil. Il est sur la défensive; c'est normal qu'il se moque de moi. C'est la peur.

Virgil haussa les épaules. Sia écoutait le dialogue en ayant l'impression d'être extérieure à la scène. Une partie d'elle-même aurait tout donné pour se rendre immédiatement et en finir avec cette histoire. L'autre partie devait avoir pété un plomb car elle ne voulait pas laisser Virgil seul dans la panade.

Virgil surveillait toujours du coin de l'œil les pompes à essence et l'aire de repos. L'automobiliste qui discutait au téléphone était reparti. Il avait été remplacé par le caissier de la station-service, un type ventripotent et mal rasé qui était sorti de sa cahute en contreplaqué. Le caissier restait à distance mais il avait le visage penché vers l'avant, c'est-à-dire vers le *Rendez-vous des routiers*, et, même à cette distance, on pouvait remarquer que ses sourcils se fronçaient.

Virgil reporta son attention vers l'intérieur du snack; ça puait, tout d'un coup... Il remarqua alors la tache marron qui maculait le pantalon du routier.

– C'est pas que j'aie eu la trouille, essaya de se justifier ce dernier. Je suis malade!

Le cuistot se déplaçait en crabe derrière le bar, très lentement, les mains toujours en l'air.

– Stop! dit Virgil.

Il rejoignit le Noir de l'autre côté du comptoir, au niveau de la caisse. Une idée avait germé dans son esprit.

– C'est bien ce que je pensais, marmonna-t-il en découvrant le fusil à pompe accroché sous le bar.

Le cuisinier ne répliqua pas.

– Il est chargé ? demanda Virgil.

Le cuisinier fit « oui » de la tête.

Virgil prit l'arme.

– Magnifique pays que le nôtre, où chaque citoyen a le droit de se promener avec un véritable petit arsenal, dit-il, ironique.

Une boîte de cartouches était également cachée sous la caisse. Le garçon fourra une poignée de munitions dans ses poches, puis il tendit le Smith & Wesson à Sia, crosse en avant.

– Le premier qui essaie de nous sauter dessus, tu lui tires dans les guiboles, OK?

Sia blêmit.

– Je ne sais pas si je pourrai...

– On n'a pas le choix.

Elle accepta le cadeau empoisonné, mais il était évident que ce geste lui demandait un gros effort.

Ce que ne manqua pas de noter Jenny.

– Virgil, si vous avez un tant soit peu de respect pour Sia, ne la faites pas plonger plus profond.

– C'est ridicule, lança Bannister. Vous n'avez aucune chance. Rendez-vous tant que personne n'est blessé.

– Je ne vous ai pas demandé votre avis, siffla Virgil. Ni à l'un ni à l'autre !

Sia le regarda, l'œil noir. Elle n'appréciait pas trop sa façon de prendre les décisions pour deux. Elle ravala sa salive.

Virgil jeta un nouveau coup d'œil vers le parking : les flics n'étaient pas encore là. Il fallait profiter au maximum de ce répit pour s'organiser. Il se tourna vers le Noir et la serveuse.

– Il y a d'autres entrées, à part celle de la devanture ?

– Une entrée de service, derrière, pour les livraisons, dit la rouquine.

– D'autres fenêtres ?

– Non... Enfin, si. Une petite, dans les toilettes. Mais on a mis des barreaux. Il y avait des clients qui passaient par là pour filer en douce, sans payer...

– Très bien.

Virgil fit signe au cuistot :

– Vous, vous allez venir avec moi.

– Pour quoi faire ?

– Vous verrez bien. Passez devant. (Puis, avec un regard destiné à Sia :) Rappelle-toi ce que je t'ai dit : le premier qui bouge, tu le plombes.

La jeune fille hocha la tête avec un manque d'entrain flagrant.

Le cuisinier entra dans le couloir de la réserve, suivi de Virgil qui braquait le fusil à pompe dans son dos.

– Comment vous vous appelez ? demanda le garçon.

– Wendell Pierce.

– Wendell, je ne vous veux aucun mal, alors tenez-vous à carreau, faites ce que je vous dis, et tout se passera bien, d'accord ?

– D'accord.

Virgil essayait de paraître calme et froid, mais les tremblements dans sa voix prouvaient qu'il ne s'agissait que d'une assurance de façade.

Le couloir était éclairé par deux veilleuses. Le sol gris et bétonné était encombré de cartons d'eau de Javel, de caisses de boissons pétillantes et de bien d'autres choses encore. Il y avait deux portes de chaque côté et une autre tout au bout. Un ronronnement filtrait de la première porte à droite.

– Là, c'est quoi? s'enquit Virgil.

– Le groupe électrogène.

Virgil montra la porte suivante, toujours à droite, du bout de son canon.

– Et là?

– La chambre froide.

Le garçon ouvrit la première porte située à sa gauche. C'était la cuisine de Wendell, avec ses batteries de casseroles, la queue en l'air, et ses présentoirs en inox brillant de mille petits reflets. La porte d'à côté donnait sur les toilettes. Virgil vérifia que la fenêtre découpée à côté du lavabo était bien munie de barreaux. C'était le cas. De retour dans le couloir, il pointa du doigt les caisses et les cartons empilés au sol.

– Wendell, tu vas me coller tout ça contre l'entrée de service.

Le cuistot s'exécuta. Quand il eut fini, plusieurs rangées de caisses montant à hauteur d'homme bloquaient la porte.

– Ça me paraît bien, commenta Virgil.

Pendant ce temps, en salle, Bannister avait entrepris de rallier Sia à sa cause.

– Vous avez l'air d'être une fille intelligente, dit-il. Ne vous laissez pas entraîner par ce garçon. Il n'a pas toute sa tête, c'est évident.

– Virgil n'est pas fou, rétorqua Sia. Un peu allumé, dans son genre, c'est sûr... Mais pas fou.

Jenny soupira :

– Peut-être, mais il est assurément paranoïaque. Personne ne vous veut du mal, ici. Au contraire, nous sommes là pour vous éviter le pire. Je crois que la seule qui puisse le raisonner, c'est vous, et vous le savez.

– Et quelles seraient mes garanties ? Aucune ?

– Mes papiers, ça ne vous suffit pas ? siffla Bannister.

– Virgil dira qu'ils sont faux.

Jenny s'approcha de Sia.

– Je comprends que vous vous soyez attachés l'un à l'autre. En cavale, c'est naturel, mais ce garçon vous emmène vers un endroit qui ne vous plaît pas trop, je me trompe ?

– Virgil a découvert quelque chose, contre-attaqua Sia. Des secrets du gouvernement.

– C'est ce qu'il croit, mais il se goure, affirma le nain. Je vous en prie, mademoiselle, soyez raisonnable...

Jenny reprit :

– Je suis certaine que vous ne croyez pas à ce scénario farfelu mais que vous vous y raccrochez comme à une excuse pour ne pas quitter votre ami. Vous êtes loyale, et c'est tout à votre honneur, mais vous ne devez pas laisser cette loyauté vous aveugler. Vous jouez gros ici. Très gros.

Bannister leva les yeux au ciel. Pour sa part, il aurait bien réglé les choses à coups de paires de baffes... Mais il fallait reconnaître que Jenny avait un certain talent. La petite était en train de flancher.

Les clients et la serveuse suivaient la joute oratoire comme on regarde un match de tennis, leurs têtes pivotant légèrement à chaque réplique. Sia se mordit la lèvre inférieure. Elle avait les larmes aux yeux.

– Vous allez gâcher votre vie si vous accompagnez ce garçon dans son délire, continua Bannister.

– Ne l'écoute pas, fit Virgil qui venait de réapparaître avec Wendell derrière le bar.

Tous les regards se tournèrent vers l'ado et le cuistot.

– Ils essaient de t'embobiner, cracha Virgil.

– Et si jamais ils disaient la vérité? bredouilla Sia.

Le garçon allait répondre quand il entendit les sirènes de la police.

Le siège commençait.

CHAPITRE 37

Cette fois, c'est parti, songea Virgil.

Il fit de grands gestes aux clients et au personnel.

– Planquez-vous derrière le bar ! Tout le monde à plat ventre ! Sia, tu vas avec eux et tu les surveilles !

– Et toi ? s'enquit la jeune fille.

– Je vais essayer de tenir les flics à distance...

– Comment ?

Le garçon montra son fusil :

– Avec ça !

– Non, Virgil, c'est trop dangereux...

– Ne discute pas, s'il te plaît. Je sais ce que je fais... Allez, emmène-les à l'abri !

Sia obéit, indiquant la direction du canon de son arme :

– Allez, venez...

Virgil se déplaça jusqu'à la baie vitrée. Il dénombra trois voitures de patrouille blanc et noir coiffées de leur gyrophare. Elles étaient garées sur le parking entre la station-service et le restaurant. Les policiers progressaient par petits sauts en s'abritant dès que possible derrière des véhicules à l'arrêt.

Virgil fracassa un pan de vitre avec sa crosse.

– N'avancez plus! cria-t-il à l'adresse des assaillants. Restez où vous êtes!

Mais les flics continuaient de se déployer. Ils avaient dégainé leur pistolet de service. Un grand costaud avec des lunettes de soleil était sorti de son véhicule et s'égosillait dans un petit boîtier noir.

Le cœur de Virgil jouait du bongo dans sa poitrine, et la paume de ses mains était moite, rendant l'arme glissante. Il épaula néanmoins le fusil à pompe. Comme plus de la moitié des habitants du Texas, son père (son père «adoptif»? Il ne savait plus très bien comment le qualifier...) possédait une arme à la maison. Virgil avait chassé plusieurs fois avec lui. Il s'agissait de bons souvenirs, des images heureuses liées à une époque révolue. En ce temps-là, il ignorait que ses parents lui mentaient sur ses origines. Il ignorait à quel point le monde était faux, bidon, pourri...

Arrête de penser à ça et concentre-toi, mon pote!

Il ne se considérait pas comme un tireur d'élite, mais il savait viser et recharger un flingue sans craindre de se loger une balle dans le pied.

Par contre, j'ai peur de blesser mortellement quelqu'un si je tire au-dessus des chapeaux...

Il préféra viser le sol. Si jamais il se plantait, une balle dans la jambe serait moins grave qu'une balle dans la tête. Il ne savait pas combien de coups son Remington pourrait tirer avant d'être rechargé. Apparemment, le fusil était semi-automatique, ce qui voulait dire qu'il n'aurait pas besoin de faire coulisser la garde avant de l'arme après chaque coup de feu.

Le policier aux lunettes noires se pencha sur son siège pour réapparaître l'instant d'après avec un porte-voix.

– Rendez-vous ! C'est le shérif John T. Chance qui vous parle ! Vous avez trente secondes pour sortir de ce bâtiment sans armes et les mains en l'air !

Les flics se rapprochaient toujours par sauts de puce, alternant courses et pauses. Ils étaient à quinze mètres... Dix...

– Je répète : Rendez-vous !

Virgil inspira et bloqua l'air dans ses poumons. Il attendit qu'un homme soit à découvert, entre deux voitures, pour ouvrir le bal.

BAM !

Le recul lui donna un coup de marteau à l'épaule. Le goudron du parking vola en éclats, à moins de deux mètres du policier imprudent, qui termina sa course en plongeant derrière une vieille Chevrolet. Les autres s'immobilisèrent, regardant avec incrédulité en direction du restaurant.

– Reculez ! hurla Virgil. Reculez !!

Son épaule l'élançait. Un autre flic jaillit de sa cachette pour bondir en avant, plié en deux, le buste quasiment parallèle au sol. Il tenait son chapeau d'une main et son flingue de l'autre. Ses jambes tricotaient rapidement. Virgil tira sur la voiture vers laquelle il courait. L'un des pneus avant tressauta et l'enjoliveur vola dans les airs, pareil à un frisbee de métal gris argenté. Guidé par l'instinct de survie, le policier battit en retraite.

– J'ai dit de ne pas approcher ! brailla Virgil. Vous êtes sourds ou quoi ?!

L'aboiement d'un Smith & Wesson lui répondit. Il rentra la tête dans les épaules au moment où les pointes acérées encore accrochées aux montants de la vitre se mirent à cascader en une pluie de morceaux de verre. Le projectile termina sa course dans une bouteille de Southern Comfort, derrière le bar, et une femme hurla. C'était peut-être celle qui accompagnait le nain, ou alors la serveuse. Virgil n'avait pas reconnu la voix de Sia.

Un deuxième policier tira, puis un troisième. Virgil entendait les balles vrombir comme des insectes fous. Ce qui restait de la baie vitrée se constella d'un formidable réseau de craquelures.

Bannister était accroupi sous la caisse enregistreuse, en compagnie des autres otages. Jenny avait l'air calme, contrairement à la serveuse rousse qui pleurait et tremblait de manière convulsive. Un éclat de verre provenant de la bouteille d'alcool pulvérisée lui avait entaillé la joue, et elle paraissait incapable de recouvrer son sang-froid. Bannister ne pouvait guère l'en blâmer, car la situation se dégradait à vitesse grand V !

Ce gamin va tous nous faire tuer, pensa-t-il.

L'homme en gris était à quatre pattes. Le gros routier, assis dos au bar, avait ramené ses genoux contre sa poitrine et récitait des prières à voix basse. Le cuistot essayait de rassurer sa collègue terrorisée. Sia risqua un œil par-dessus le comptoir pour lancer à son compagnon :

– Virgil, ça va ? Tu n'es pas touché ?

– Je vais bien, répondit le garçon.

Bannister avisa un grand couteau de cuisine dont le manche dépassait, à quelques centimètres de lui. L'attention de Sia était tournée vers la salle. Il s'empara du couteau et le glissa à sa ceinture, au niveau de la hanche, puis il en recouvrit le manche avec un pan de sa chemise. Les yeux de Jenny s'écarquillèrent. Elle était la seule à avoir vu son petit manège. Sa bouche s'entrouvrit, mais elle se ravisa quand Bannister posa l'index sur ses lèvres pour lui intimer le silence.

La moitié des flics avaient repris leur progression pendant que l'autre moitié assuraient un tir de couverture en canardant le *Rendez-vous des routiers*.

Virgil avait peur, mais la peur était en quelque sorte diluée dans le flot furieux de l'adrénaline. Il avait l'impression de réfléchir à toute vitesse, comme si ses neurotransmetteurs étaient des sportifs de haut niveau dopés à mort.

Il tira trois fois de suite. Il commençait à s'habituer au recul et visait de mieux en mieux. Un trou rond, bordé de dentelures déchiquetées, apparut sur le capot d'une voiture. Un rétroviseur vola en éclats. Un homme se plaqua au sol ; son binôme le percuta en pleine course, trébucha et roula sur le bitume.

Virgil entendit qu'on donnait des coups de boutoir de l'autre côté du bâtiment : l'entrée de service.

Je vous souhaite bien du plaisir, les mecs !

Il avait confiance dans la barricade érigée par Wendell. Elle tiendrait le coup ; du moins pour un temps. Il reporta son attention sur le parking. Un flic plus excité que la moyenne cavalait comme un dératé tout en vidant son chargeur sur la façade du restaurant. Virgil visa dans sa direction, mais un peu sur la gauche, histoire de ne pas le toucher.

Il pressa la détente et, aussitôt, le monde parut entrer en éruption!

Il avait atteint sans le faire exprès l'une des pompes à essence de la station-service. Celle-ci disparut dans un champignon de flammes qui s'éleva vers le ciel, bourgeonnant dans de spectaculaires convulsions jaunes et orangées. L'onde de choc traversa le parking sous la forme d'un souffle brûlant. Virgil recula, sidéré, un cri bloqué dans la gorge. Il voyait les silhouettes humaines qui couraient en tous sens, aussi paniquées que des fourmis dont on vient de saccager le repaire à coups de talon.

C'est moi qui ai fait ça?

Ses jambes avaient pris une consistance de guimauve fondue.

Les flics se regroupèrent à l'écart des flammes, vers la voie de décélération. L'assaut semblait bel et bien stoppé. Apparemment, personne n'était blessé. Plus de peur que de mal.

Virgil soupira un grand coup. Devant lui, les flammes se tortillaient, surmontées d'un épais panache de fumée noire.

CHAPITRE

38

Les yeux fixés sur le tapis roulant, Gary et Hans guettaient l'apparition de leurs bagages lorsque le téléphone de ce dernier sonna.

– Perry à l'appareil.

Il avait la gorge sèche et la voix râpeuse.

– Rebonjour, monsieur Perry. Voici mes instructions : vous allez vous rendre tout de suite au point de rendez-vous dont je vais vous indiquer la géolocalisation par SMS. C'est à quarante minutes de Miami en voiture, à peu près. L'échange aura lieu là-bas. Venez avec Gary Zaboly... et c'est tout. Je conseille au vieux singe que vous êtes de ne pas essayer de ruser sur ce coup-là. Il en va de la vie de mademoiselle Amadillo.

– Qu'est-ce qui me prouve qu'elle est bien avec vous ?

Il y eut un soupir à l'autre bout des ondes, dix secondes de silence, puis :

– Hans, je... je suis désolée... Un homme m'attendait chez moi et il...

Le Russe reprit l'appareil.

– *Convaincu, monsieur Perry?*

Hans voulut déglutir mais il n'avait plus de salive.

– Oui, articula-t-il péniblement.

– *Bien. Je vous envoie le SMS. À tout à l'heure.*

Le vieil homme rangea son cellulaire.

– Qu'est-ce qui se passe? demanda Gary, le front plissé par des rides d'inquiétude. Vous n'avez pas dit plus de deux phrases de tout le vol et maintenant vous faites une tête d'enterrement!

– Il y a un changement de programme.

– C'est-à-dire?

– Nous allons prendre une voiture de location.

– On ne va plus à Atlanta par avion?

– Pas tout de suite, je vous expliquerai...

Ils récupérèrent leurs bagages, firent une halte à un comptoir Hertz et en repartirent avec les clés d'une voiture en poche. Le véhicule était stationné dans un parking souterrain. Il s'agissait d'une Chrysler de couleur bleu nuit.

– Prenez le volant, dit Hans pendant qu'ils mettaient les valises dans le coffre.

Il donna les clés à Gary. Le toubib mit le contact. Hans referma le coffre. Quand il prit place à côté de son compagnon, il tenait un pistolet en main. Les yeux de Gary semblèrent doubler de volume.

– Hé?! C'est quoi ce délire? Je... je vous faisais confiance, Perry!

– La mafia a retrouvé notre trace. Je ne sais pas comment,

mais le mal est fait. Ils détiennent une amie qui m'est très chère. Ils veulent procéder à un échange.

Gary laissa retomber son front contre le volant et le klaxon résonna brièvement. Il était anéanti.

– Ils vont nous tuer, lâcha-t-il. Vous, moi, votre amie... Ils vont tous nous tuer.

– Je n'ai pas encore dit mon dernier mot.

Gary releva la tête et grogna :

– Ne le prenez pas mal mais, face à ces mecs-là, vous ne faites pas le poids !

– On verra.

– On ferait mieux de prévenir la police.

– Non. Si jamais ils sentent une arnaque, ils liquideront Candice. Je ne veux pas prendre ce risque. Je ne le peux pas.

La paupière de Gary était agitée d'un tic nerveux.

– On va mourir, dit-il.

– Pas sûr... Voyons ce lieu de rendez-vous.

Hans sortit le téléphone de sa poche, l'arme toujours braquée sur le chauffeur. Le SMS était bien arrivé.

– Hon hon, fit l'ex-flic.

Il enregistra les coordonnées GPS du point de rendez-vous. Une image satellite s'afficha.

– Big Cypress, annonça-t-il. Un coin paumé en plein milieu des Everglades. C'est sûr que, là-bas, on ne sera dérangés par personne...

Il zooma sur l'image au maximum. Les pixels étaient gros comme des billes. Il discernait néanmoins les contours d'un étang marécageux. Une jetée (en bois, apparemment) longue d'une vingtaine de mètres partait de la berge.

– Je vous en supplie, gémit Gary. Réfléchissez.

– C'est tout réfléchi.

– Vous nous condamnez à mort en agissant de cette manière, vous en êtes conscient?

– Pas si vous faites exactement ce que je vous dis, d'accord?

– Est-ce que j'ai le choix?

– Non.

Hans agita le canon de son flingue.

– Allez, Gary, roulez. Si jamais on peut arriver les premiers sur place, c'est mieux.

Une résolution sans faille se lisait dans les yeux du vieil homme. Il était inutile d'essayer d'argumenter, il ne changerait pas d'avis. Le toubib desserra le frein à main et appuya sur l'accélérateur.

Ils sortirent de la ville sans encombre et roulèrent vers l'ouest durant une vingtaine de minutes avant de pénétrer dans les Everglades. Il y avait beaucoup de palmiers, mais la canopée était surtout constituée par les feuillages de grands chênes qui paraissaient tous plus que centenaires. Gary conduisait en silence, la mine décomposée. Hans lui donnait les indications, un œil sur le cellulaire, un autre sur la route. Celle-ci devenait de plus en plus mauvaise et se subdivisait en de nombreuses ramifications à mesure que les îlots se multipliaient. La Chrysler traversa une sorte de chenal en passant sur un pont datant au bas mot de la guerre de Sécession, et les planches vermoulues grincèrent de manière sinistre sous les pneus.

– Continuez tout droit, dit Hans.

Ils roulaient à présent sur une bande de végétation dégagée.

– On approche, signala Hans.

Il consulta de nouveau son GPS.

– Oui, c'est là.

Ils apercevaient la jetée.

– Vous vous arrêterez juste devant l'embarcadère, dit Hans.

Quand ils sortirent de l'habitacle climatisé, l'air leur parut pesant, gorgé d'humidité. Une odeur de moisissure montait de la vase qui dessinait une dentelle verdâtre sur la berge.

– Le lieu parfait pour un guet-apens, commenta Gary, les bras croisés. On fait quoi, maintenant ?

– On attend.

Hans regarda sa montre. Ils avaient mis quarante minutes, comme prévu.

– J'aurais dû rester en Haïti, ronchonna Gary. J'ai été cinglé de vous écouter.

– Ne partez pas perdant. On a encore une chance.

– Votre plan ne marchera jamais, Perry.

– Vous avez une meilleure idée ?

– Oui : on se tire d'ici et on prévient les flics !

– Cela reviendrait à signer l'arrêt de mort de Candice.

– Ouais, et si je meurs, c'est l'arrêt de mort des gamins porteurs du virus que vous signez. Vous préférez ça ? Tout ce que vous avez fait jusqu'ici n'aura servi à rien.

– Je ne me rendrai pas sans combattre.

Ils se turent. Provenant d'une direction indéterminée, une sorte de gros bourdonnement montait de la surface de l'étang. Un bruit de moteur ! Ils virent un canot à faible tirant d'eau apparaître au loin. Le bateau voguait vers la jetée. Hans planqua le pistolet dans son dos, au niveau de la ceinture, puis il mit une main en visière et plissa les yeux. Il y avait trois silhouettes dans le canot. Une féminine et deux autres plus carrées.

Candice... Tiens bon, ma jolie...

Le cœur du vieil homme se mit à battre plus vite. Une mauvaise sueur lui poissait les omoplates.

– Faites ce dont on a convenu, murmura-t-il à l'intention de Gary, et peut-être qu'on s'en sortira.

– Vous êtes cinglé, grognassa le médecin.

Le pilote de l'esquif coupa le moteur et se rangea au bout de la jetée, vingt mètres plus loin. Hans et Gary étaient toujours sur la berge. Derrière eux, la voiture à l'arrêt. Devant eux, le ponton branlant. Hans percevait un petit bruit agaçant et mit quelques secondes à comprendre de quoi il s'agissait : son compagnon claquait des dents. L'ex-flic avait une trouille bleue, lui aussi, mais il pouvait au moins puiser dans sa longue expérience pour essayer de se maîtriser.

Candice prit pied sur l'embarcadère grâce à une échelle accolée aux derniers piliers, et Hans dut se retenir de courir vers elle pour la prendre dans ses bras. Un homme blond, coiffé dru et armé d'un revolver, suivait la jeune femme de près, quasiment collé à elle. Il portait des lunettes de soleil miroir qui masquaient son regard. Le deuxième mafieux, une brute au physique de gorille, demeura dans le bateau. Un pistolet-mitrailleur Ingram était posé près de lui, bien en évidence. Des larmes de rage piquèrent les yeux de Hans quand il remarqua les hématomes sur le visage de son amie. Même de loin, on pouvait voir qu'elle avait été maltraitée. L'envie de saisir son arme le démangea. Il avait des fourmis dans les doigts mais réussit à se contenir. Pas de geste inconsidéré. Les deux Russes, eux, restaient de marbre. S'ils éprouvaient de l'appréhension, ils la dissimulaient à merveille.

– Heureux de vous voir ! lança l'homme aux lunettes de soleil depuis l'autre bout de la jetée.

– Vous lui avez fait quoi ? riposta Hans en parlant de Candice.

– Ses blessures sont superficielles... Que voulez-vous ? Ce n'est pas de notre faute si votre amie est une vraie tigresse.

Hans reporta son attention sur la jeune femme.

– Candice, tu vas bien ?

– Oui, Hans, mais...

L'homme au revolver lui saisit le bras en même temps qu'il lui coupait la parole :

– Vous aurez tout le temps de discuter plus tard.

Candice grimaça. Apparemment, son ravisseur avait une poigne d'airain.

– Monsieur Perry, reprit ce dernier, je vous propose la chose suivante : à mon signal, votre jeune camarade et Gary Zaboly marcheront l'un vers l'autre, lentement, sans se précipiter. Quand chacun d'eux nous aura rejoints, je remonterai dans mon bateau et vous remonterez dans votre voiture, et nous en resterons là... Qu'en dites-vous ?

– Eh bien, ça me paraît raisonnable.

Gary cracha un « pfff » de dépit, mais Hans lui donna un coup de coude.

– Je suis d'accord, continua-t-il.

– Bien, fit le Russe avec un large sourire. Très bien. Allez-y, mademoiselle.

Il donna une poussée à Candice qui s'avança d'une démarche hésitante. Gary l'imita. Un silence de mort planait sur l'étang. On aurait dit que la nature s'était tue, qu'elle retenait son souffle, pareille à tous les protagonistes du drame.

Les muscles de la mâchoire de Hans se crispèrent. Il ne quittait pas des yeux les deux silhouettes qui marchaient l'une vers l'autre. Il prit une profonde inspiration quand elles se croisèrent à mi-parcours, au milieu de la jetée, et cria :

– Maintenant !

Gary poussa Candice et tous deux tombèrent dans l'eau croupie.

Hans dégaina son arme, la pointant crosse serrée à deux mains, jambes fléchies, comme au stand de tir. Il fit feu trois fois et l'homme aux lunettes de soleil fut projeté en arrière par les impacts. Son comparse resté dans le canot s'était jeté sur le pistolet-mitrailleur. Il riposta. Les projectiles hachurèrent la berge, non loin de Hans qui battit en retraite vers la voiture et se réfugia derrière la portière entrouverte, côté conducteur. Il vida son barillet sur le costaud, le manquant à chaque fois. Gary et Candice nageaient vers lui aussi vite qu'ils pouvaient.

– Grouillez-vous ! aboya Hans.

Une rafale souleva des geysers de vase sans les toucher.

– Je veux Zaboly vivant ! hurla l'homme aux lunettes de soleil.

Et il se releva !

C'est qui ce mec? songea Hans, stupéfait. *Le petit-neveu de Terminator??*

Il était persuadé de lui avoir logé au moins deux bastos dans le buffet: largement de quoi précipiter ce salopard en enfer! Une nouvelle rafale mit un terme à ses réflexions. Les balles criblaient la carrosserie et les fenêtres de la Chrysler. Le bruit ressemblait à celui d'un orage de grêle. Hans fit basculer le barillet de son revolver et rechargea.

– Je vous couvre! cria-t-il à l'adresse des deux nageurs.

Il se mit à découvert, jouant le tout pour le tout, et arrosa la jetée de plomb. L'ennemi répliqua par un feu tout aussi nourri, et des chaînes de petits volcans entrèrent en éruption autour de lui... sans l'atteindre, par miracle!

Gary et Candice grimpèrent sur la berge à quatre pattes, le dos voûté, pendant que les balles sifflaient à leurs oreilles.

– Vite! les exhorta Hans, dont le flingue était de nouveau vide.

Il se glissa au volant. Ses amis plongèrent à l'arrière du véhicule.

On va y arriver! se dit Hans. *On PEUT y arriver!*

Il se rendit compte que quelque chose de tiède coulait le long de son bras. Du sang! Et son biceps le brûlait comme un feu de forge.

On verra ça plus tard.

Il mit le contact et écrasa la pédale d'accélération. Le moteur rugit. La voiture bondit en avant.

– Les pneus! hurla l'un des Russes. Vise les pneus!

Il y eut une nouvelle rafale. Hans entendit des claquements sourds en même temps que la Chrysler tressautait, puis il perdit le contrôle du véhicule. Le monde tournoya. C'était comme de se retrouver dans le tambour d'une machine à laver en mode «essorage».

Lorsque le vieil homme rouvrit les yeux, le haut était le bas et vice versa. Ses deux passagers gémissaient derrière lui. Au moins, cela voulait dire qu'ils étaient vivants.

La portière de Hans s'ouvrit et quelqu'un le désincarcéra sans aucun ménagement avant de le jeter dans la poussière. Il couina. Son bras lui faisait de plus en plus mal.

– Vous avez bien failli réussir, siffla une voix railleuse.

Hans leva les yeux sur l'homme aux lunettes de soleil, et le Russe ajouta, faussement navré :

– Pas de chance... mais je salue ce bel effort.

Hans louchait presque sur les deux trous qui ornaient le chandail de l'homme. Celui-ci intercepta son regard :

– Oh, ça ?

Il souleva le bas de son pull, révélant la présence d'un gilet en kevlar.

– On n'est jamais trop prudent, déclara-t-il d'un ton badin, juste avant d'abattre la crosse de son revolver sur le crâne de l'ex-flic.

CHAPITRE

39

Hypnotisés, les occupants du snack regardaient l'eau qui jaillissait des tuyaux en une colonne compacte et argentée. Deux fourgons pompe de couleur rouge avaient rejoint les voitures de police depuis une vingtaine de minutes, et l'incendie était presque éteint. Le parking grouillait de pompiers et de flics, mais ces derniers restaient en attente. Toute velléité d'assaut direct semblait les avoir abandonnés. Un hélicoptère blasonné aux armes de la chaîne KWN décrivait des cercles au-dessus de la scène, tel un charognard.

Le téléphone du nain sonna.

– Je peux? demanda-t-il en jetant un coup d'œil interrogateur à Virgil.

– Non, répondit ce dernier, qui se tourna vers sa compagne. Sia, fais la récolte des portables, d'accord?

Sia hocha la tête puis obéit. Le cuistot, la serveuse et les clients lui remirent leur cellulaire sans faire d'histoire. Elle les déposa sur une table mais en garda un dans sa poche.

Elle avait de plus en plus chaud. La panique grossissait en elle comme une mauvaise levure. Personne n'avait été sérieusement blessé jusqu'ici, mais elle avait conscience que la situation ne pouvait qu'empirer...

Les yeux de la jeune fille la piquaient. Envie de pleurer, de crier. Elle en voulait à Virgil de l'avoir plongée dans ce chaos. D'un autre côté, elle ne pouvait s'empêcher d'avoir peur pour lui, peut-être même plus que pour elle. Quels étaient donc ces sentiments qu'elle éprouvait à son égard? Comment avait-elle pu s'attacher à un garçon qui l'avait amenée à un tel point de non-retour? Elle avait lu quelque part que certaines victimes tombaient amoureuses de leur kidnappeur.

Le syndrome de Stockholm, oui, c'est comme ça que ça s'appelle.

Sauf qu'il ne s'agissait pas d'un kidnapping. Elle avait suivi Virgil de son plein gré. Elle aurait pu partir de son côté dix fois au moins mais, à chaque occasion, quelque chose d'indéfinissable l'avait poussée à rester au côté du garçon, et elle était devenue complice de cette folie.

Virgil faisait les cent pas, le front plissé et les yeux rougis par l'excitation et la trouille. Sia baissa le regard sur le Smith & Wesson qu'elle tenait dans ses mains. Elle ne se reconnaissait pas, elle la musicienne pacifique. Elle déglutit et dit :

– Virgil, il faut que j'aille... tu sais où...

– OK, mais dépêche-toi.

– Heu, moi aussi, il faudra que j'y aille, risqua le gros routier qui avait souillé son pantalon.

– Après, rétorqua Virgil.

Sia sortit de la salle, s'engagea dans le couloir de service et trouva la porte des toilettes sans difficulté. Elle s'enferma dans la cabine individuelle puis s'assit sur la cuvette. Le cœur battant, elle tapota un numéro qu'elle connaissait par cœur sur le clavier du téléphone subtilisé.

– Allô, maman?

– *Oui? Sia?*

C'était Janis qui avait décroché. Des larmes se mirent à couler toutes seules sur les joues de la jeune fille, qui renifla un grand coup.

– Oui, c'est moi, maman.

– *Sia, tu es où, ma chérie?*

– Quelque part en Arizona... On est dans une station-service pas très loin de Flagstaff, et... ça va mal.

– *Comment ça?*

– Tu le verras très vite si tu allumes la télé... Je veux que vous sachiez que je vous aime très fort toutes les deux et, s'il vous plaît, ne croyez pas tout ce que les journalistes vont dire sur moi et Virgil. C'est... plus compliqué que ça en a l'air.

– *On nous a parlé de ton ami, Sia. Il a de graves problèmes psychologiques. Il a besoin d'être soigné...*

– C'est ce qu'ils disent, maman... mais Virgil prétend qu'il est victime d'un complot et il y a des choses troublantes, vraiment, je t'assure...

Elle se tut...

– Je ne sais plus ce que je dois faire, reprit-elle. Ici, ça a dérapé...

Cette fois, elle explosa littéralement en sanglots, incapable d'articuler un seul mot de plus.

– *Chérie, calme-toi, je t'en prie*, poursuivit Janis. *Tu dois te rendre à la police, c'est aussi simple que ça.*

– Non, rien n'est simple, maman, au contraire.

Sia s'appuya le dos à la porte et se laissa glisser jusqu'au sol.

– *Je t'en supplie*, dit Janis. *Vous êtes en danger, toi et ton ami. Vous devez subir un examen médical complet.*

Sia essuya ses larmes.

– Virgil pense que cette histoire de virus est bidon.

– *Il se trompe !*

Sia soupira :

– Je dois y aller, maman. Je voulais vous dire que je suis désolée de tout ce que je vous fais endurer... Je n'ai jamais voulu que ça évolue comme ça. Je vous aime... Je vous aime tellement.

– *Sia, attends, ne...*

Une enclume dans le cœur, elle coupa la communication. Une impression de désespoir intense l'écrasait. Elle se releva péniblement puis sortit des W-C. Face à elle, le reflet du miroir au-dessus du lavabo lui renvoyait une image de zombie enfariné issu d'un film de série Z. Elle ouvrit le robinet et s'aspergea le visage d'eau froide.

CHAPITRE

40

Virgil tournait le dos à Bannister. Il regardait la pile des cellulaires confisqués, petit tas qui vibrait sans discontinuer.

Le nain caressa le manche du couteau planqué sous sa chemise. C'était tentant. S'il avait été plus grand, il aurait pu essayer de mettre la lame sous la gorge du gamin en lui ordonnant de lâcher son arme, au lieu de quoi il allait devoir trouver autre chose. Il ne voulait pas lui faire de mal, mais ce môme plus têtu qu'une mule ne lui laissait pas trop le choix.

– Je peux répondre? lança l'homme au costume gris. C'est sûrement mon épouse...

– Non, grogna Virgil.

Il avisa l'ordinateur de l'homme.

– Votre portable, il est puissant?

– Euh, il l'est assez pour mon travail, en tout cas...

Virgil s'avança jusqu'à la table du voyageur de commerce et examina rapidement l'ordinateur.

– Mouais, ça devrait aller, marmonna-t-il.

Il s'assit. Il n'était plus de dos par rapport à Bannister, mais de côté. Toute son attention se focalisait sur le petit clavier où il pianotait ainsi que sur l'écran rempli de fenêtres qu'il ouvrait et fermait à sa guise.

Le cœur battant à tout rompre, Bannister fit un pas en avant. C'était le moment ou jamais d'agir.

La porte du couloir s'ouvrit, le stoppant net dans son élan. Virgil se tourna vers Sia, qui était pâlichonne.

– Tu te sens bien? demanda-t-il.

– Oui, ça ira, répondit la jeune fille.

Bannister recula et se traita de tous les noms en son for intérieur. Il avait laissé passer sa chance.

Virgil connecta sa première clé USB sur le portable, puis la seconde. D'un doigt, il fit glisser le logiciel et le dossier vers le bureau virtuel.

– C'est le fichier que tu as piraté sur le site du Pentagone? questionna Bannister.

– Je vois que vous êtes bien informé pour un type du Centre de contrôle des maladies, railla Virgil.

– On bosse en partenariat avec le FBI, qu'est-ce que tu crois? Ton dossier top secret, c'est un leurre, un trompe-l'œil, histoire de donner du grain à moudre aux *backers* amateurs, pendant que les vrais dossiers secrets sont protégés ailleurs.

– Ah oui? Ben, on va vérifier ça tout de suite...

Virgil cliqua sur *ouvrir le fichier* en passant par le logiciel de décryptage acheté à Mel Hondo.

– Nom de Dieu! pesta le jeune homme.

– Qu'est-ce qu'il y a? s'inquiéta Sia.

Virgil soupira :

– Pfff, ça va être super long... Super super long... Il est drôlement protégé, pour un dossier bidon, celui-là !

La barre de travail indiquait *0 % effectués* et *temps restant : vingt et une heures trente-neuf minutes et dix secondes.*

– Si j'avais mon matos, ça irait plus vite, râla le garçon, mais là...

Il pivota vers le cuistot et la serveuse.

– Il n'y a pas un autre ordinateur, ici ?

– Si, on en a un pour la comptabilité et la gestion du stock, acquiesça la rouquine. Mais c'est un vieux machin qui bugue tout le temps.

– Eh bien, on dirait qu'il ne nous reste plus qu'à attendre, grommela Virgil.

– Dans vingt et une heures, vous serez peut-être morts, et nous aussi ! intervint Bannister. La clim, c'était notre assurance-vie. (Il montra le panneau troué.) La météo annonce de grosses chaleurs, et le virus se déclenche quand on dépasse les 45 °C.

– Je dois reconnaître que vous avez beaucoup d'imagination ! railla Virgil. Le coup de la température qui active la maladie, fallait le trouver.

– C'est toi le champion des délires imaginaires, Connor ! s'exclama le nain. Pas moi. Tu es paumé dans ton monde, complètement coupé de la réalité, espèce de petit con !

– Ne l'insultez pas, le reprit Jenny.

Puis, un ton plus bas :

– Inutile de jeter de l'huile sur le feu. (Elle se tourna vers Virgil.) Et si on demande aux autorités de te donner un ordi plus performant pour accélérer le mouvement, tu serais d'accord?

– Une bécane piégée qui va griller mes fichiers? Pas question! s'insurgea l'ado.

– Hé, regardez! dit le cuistot. On parle de nous à la télé!

– Montez le son, fit Virgil.

L'image montrait une vue plongeante du *Rendez-vous des routiers*. Le restaurant était complètement ceinturé par des voitures de patrouille, et il y avait des flics partout!

La voix off du commentateur débitait:

– *L'identité des preneurs d'otages n'a pas encore été confirmée par les autorités, mais tout porte à croire qu'il s'agit des deux adolescents recherchés par toutes les polices du pays depuis déjà plus de...*

– Merde, souffla Virgil.

Sa photo et celle de Sia venaient d'apparaître en médaillon sur le quart inférieur droit de l'écran.

– Vous espérez quoi, à la fin, tous les deux? cracha Bannister. Vous croyez qu'on va vous donner une voiture et que vous pourrez passer la frontière mexicaine peinards?

– Je me fiche du Mexique, riposta le garçon.

– Il a raison, gémit Sia. On n'a aucune chance.

– Écoute ta copine; elle est plus intelligente que toi, grinça Bannister.

Virgil aboya:

– Tout ce dont j'ai besoin, c'est un sursis de vingt et une heures! Une fois que cette saloperie de fichier sera décrypté, plus personne ne pourra nier que j'avais raison depuis le début, et je passerai du statut de «cinglé» à celui de «héros national», comme ces journalistes qui ont fait tomber Nixon dans les années 1970 !

Il faisait référence au scandale du Watergate, qui avait en effet coûté sa place au président de l'époque.

– Toi contre le reste du monde, hein, c'est ça ? s'énerva Bannister. On nous cache tout, on nous dit rien, c'est ton credo ? Laisse-moi te dire que ça porte un nom, ça : c'est une névrose, une maladie mentale !

– Vous pouvez penser de moi ce que vous voulez, je m'en moque, contre-attaqua Virgil.

Il allait ajouter quelque chose quand il vit sur l'écran une grappe de silhouettes qui couraient vers l'arrière du restaurant, et plus précisément vers la fenêtre des toilettes. Le cameraman posté dans l'hélicoptère zooma. Le commando était équipé de gros chalumeaux. Une première flamme bleutée attaqua les barreaux.

– Les enflures ! rugit Virgil.

Il s'avança en direction de ce qui restait de la baie vitrée, mit sa main en porte-voix et cria :

– Dites à vos gars qui sont derrière de retourner d'où ils viennent, sinon je zigouille un otage !!

Après un silence, le shérif John T. Chance attrapa son mégaphone et répondit :

– OK, petit, OK, calme-toi... Je m'en occupe... Mais il faudrait que tu nous donnes en retour un gage de bonne volonté, toi aussi !

– Faites d'abord replier vos hommes !

Les secondes passaient lentement, lestées de tension larvée.

Sia gardait un œil sur l'écran pendant que Virgil surveillait les tractations entre les différents officiers de police, sur le parking.

– C'est bon, annonça la jeune fille. Ils se replient.

La télé montrait que le commando équipé de chalumeaux reculait. Le shérif reprit son mégaphone :

– On a fait comme tu as voulu, dit-il. À ton tour, maintenant. Libère la moitié des otages.

– Même pas en rêve ! rétorqua Virgil.

– On ne veut pas lancer un assaut contre toi et ta copine, mais il faut que tu nous montres que vous êtes des gens avec qui on peut dialoguer. Si on reste dans une impasse trop longtemps, il ne nous restera pas trente-six options, mon gars...

– Je... je vais réfléchir. Mais en attendant, pas de tour de cochon, d'accord ?

– D'accord.

– Si vous avez l'intention de nous balancer des lacrymos ou de faire venir des snipers, je vous conseille de ne pas rater votre coup parce que, sinon, ça va être un vrai carnage ici !

– On fera tout pour ne pas en arriver là, je t'assure, petit. Cela ne dépend que de toi et de ton amie.

Virgil se tourna vers Sia :

– Tu en penses quoi ?

– Je pense qu'on devrait libérer des gens. Qu'on ait six ou trois otages avec nous, ça ne change pas grand-chose, au fond...

– Ce sera même plus facile à gérer pour vous, intervint Jenny.

Tous les regards convergèrent vers la psychologue, qui poursuivit sur sa lancée :

– Et surtout ça vous fera gagner du temps. C'est bien ce que tu veux, non, Virgil ?

Le garçon acquiesça, méfiant.

– Les autorités verront que vous n'êtes pas des psychopathes ; ça leur donnera confiance dans une résolution pacifique de la crise, martela Jenny. Vous avez tout à y gagner.

Virgil hocha la tête au ralenti, l'air très concentré.

– D'accord, dit-il. On libère deux personnes.

– Les deux femmes, suggéra Bannister.

Jenny le foudroya du regard et dit :

– Non, moi je reste. Je ne suis pas ici en touriste.

Le nain voulut protester, mais elle reprit :

– Il faut évacuer ce monsieur, qui est visiblement malade.

Elle montrait du doigt le routier.

– C'est vrai que je ne me sens pas bien du tout, bredouilla celui-ci.

– OK, trancha Virgil. Monsieur et la serveuse, vous allez sortir par la porte de devant, les bras levés et les mains bien en évidence. Les crétins d'en face seraient capables de vous transformer en passoires au moindre doute.

– Oh, merci, merci ! dit le gros homme.

– Remerciez-la plutôt. C'est elle qui vous cède sa place.

Il désignait la psychologue du canon de son fusil à pompe.

La serveuse avait l'air très soulagée, elle aussi. Son collègue cuisinier la serra rapidement dans ses bras en murmurant :

– Ne t'inquiète pas, tout va bien se passer.

Virgil retourna devant la baie vitrée :

– Deux otages vont sortir ! cria-t-il. Ne tirez pas !

Bannister fixait Jenny, l'âme agitée par des sentiments violents et contrastés. D'un côté, il était furieux contre la jeune femme ; de l'autre, il ne pouvait s'empêcher d'admirer son courage et son abnégation.

Finalement, il prit la main de la psychologue et murmura :

– C'est bien que vous soyez là...

– On commence juste à s'amuser, lui répondit-elle avec un clin d'œil. Ne vous inquiétez pas, je suis une habituée des situations de crise.

CHAPITRE 41

Hans ouvrit les yeux dans un endroit inconnu qui ressemblait à une grange. Les murs étaient en bois. Il y avait de la paille et de la sciure sur le plancher. Une odeur infecte montait du sol. Ce n'était pas du fumier... plutôt de la viande avariée. On aurait dit du gibier en train de pourrir.

– Hans, fit la voix amicale de Candice.

Elle était assise à côté de l'enquêteur, adossée à des planches disjointes. Ils avaient tous les deux les mains liées par-derrière.

– Mon bras, grogna le vieil homme.

La douleur l'avait réveillé. Son biceps le brûlait.

– Rien de grave, dit Candice. Tu as perdu du sang et il aurait fallu te recoudre tout de suite, mais la balle n'a fait que t'effleurer. Si la blessure ne s'infecte pas, ça devrait aller... Tu auras juste une belle cicatrice d'ancien combattant.

– Super, ronchonna Hans.

Sa vision se faisait plus nette. Il distinguait nettement les ecchymoses sur le visage de Candice, à présent.

– Les salauds, cracha-t-il. Ils t'ont battue !

Son amie trouva la force de plaisanter :

– Disons que j'ai eu des mots avec le monsieur, là-bas.

Elle montrait du menton une silhouette assise derrière une sorte de pupitre, quelques mètres plus loin sur leur droite. Hans reconnut l'homme. C'était le colosse au pistolet-mitrailleur ; celui qui conduisait le bateau.

– Où est Gary ? demanda Hans.

– Je suis là, répondit une voix venant de la gauche des deux prisonniers.

Hans tourna la tête et vit le médecin dont le corps ballottait au-dessus du plancher, suspendu par les poignets à un crochet de boucher. Il ne semblait pas encore trop esquinté, même si sa position n'avait rien de folichon. Deux carcasses de bœuf embrochées l'encadraient. Les crochets étaient reliés à une chaîne qui courait le long du plafond.

– Je vous avais dit que cet échange était une mauvaise idée, marmonna Gary, l'air complètement abattu, résigné.

– Désolé, soupira Hans.

Il avait joué et il avait perdu. Et maintenant, ils allaient mourir tous les trois. À cause de lui.

Il se tourna vers Candice :

– Tu sais où nous sommes ?

– Non. On dirait une ferme...

– Une ferme d'élevage, pour être plus précis, fit la voix railleuse de Dimitri Kurylenko.

Le chef des Russes avait enlevé son chandail troué. Il était en tee-shirt, et sans gilet pare-balles cette fois. Il n'en avait nul besoin. Il referma la porte par laquelle il était entré, puis s'avança vers les prisonniers.

– Et vous élevez quoi? questionna Hans.

– Nous sommes en Floride, cher monsieur Perry. Vous n'avez pas une petite idée?

Hans réfléchit. L'odeur de pourriture continuait d'assaillir ses narines. Et il entendait des bruits, sous le plancher. Des clapotis. Des espèces de reptations, également, comme si quelque chose de pesant glissait dans la boue.

– Des crocodiles! lâcha-t-il.

– Bravo, sourit Kurylenko. Enfin... des alligators. Mais ils appartiennent à la même famille du règne animal, aussi je vous autorise à revenir jouer en deuxième semaine.

Hans n'aimait pas le ton sarcastique de cet homme, dont le calme apaisant n'était que poudre aux yeux. Il préférait encore le mutisme de l'ours des cavernes assis au pupitre.

– Vous vous demandez sûrement «quel rapport entre les sauriens et le trafic de stupéfiants», n'est-ce pas? continua Kurylenko.

Il se planta devant Hans et Candice qui, muets, refusaient de rentrer dans son jeu.

– Les alligators ont un système de digestion extrêmement lent, et ils avalent les aliments sans les mâcher, expliqua-t-il. Très pratique pour transporter des sachets de drogue d'un bout à l'autre du territoire. On envoie quelques spécimens dans des zoos, des parcs aquatiques, des animaleries... Dans le lot, on s'arrange pour qu'il y ait toujours un animal qui décède durant le transport. Pas n'importe lequel, bien sûr. Quand on ouvre le ventre de la pauvre bête, on récupère la marchandise intacte et prête à être revendue. Astucieux, non?

Les prisonniers restèrent cois. Kurylenko pivota en direction de Gary et marcha jusqu'à lui.

– Cela faisait longtemps, hein, monsieur Zaboly? lança-t-il, goguenard.

– Très longtemps, répondit Gary d'une voix sans timbre. Vous avez la rancune tenace.

– Je vous l'accorde. Vous savez, je pensais ne jamais vous revoir. Je m'étais habitué à cette idée.

– Moi aussi, grinça le médecin.

Ses pieds s'agitaient mollement dans le vide. Les muscles de ses bras étaient tendus à l'extrême.

– Je n'ai plus votre argent, dit-il en regardant le mafieux droit dans les yeux. Je m'en suis servi pour voyager et me construire une nouvelle vie.

Kurylenko hocha la tête :

– Je ne suis pas surpris... L'argent est secondaire, dans le fond.

– Vraiment?

– Notre entreprise s'est remise du léger préjudice financier que vous lui avez fait subir. (Il prit une longue inspiration.) Non, voyez-vous, le fond du problème c'est... le principe.

– Le principe?

– Oui. On n'arnaque pas la Fraternité Potemkine. Et surtout, on ne m'arnaque pas, MOI!

Le vernis de l'ironie s'effritait dans la voix de Kurylenko. Il se mit à tourner autour du médecin, pareil à un squale attiré par une proie. Il marchait sans s'arrêter de parler, une main en poche, l'autre s'agitant au gré de ses explications :

– J'étais le responsable de notre petite transaction, à l'époque, cher monsieur Zaboly. Quand vous avez disparu, c'est moi qui ai dû en payer les conséquences.

Il s'arrêta en face de Gary et lui montra sa main où un doigt manquait à l'appel !

– Voilà ce que la Fraternité inflige à ses membres qui ont failli, cracha-t-il. Je garde un trrrrrès mauvais souvenir de cet épisode. Tout cela à cause de vous !

– Je sais que ça ne sert à rien mais... je suis désolé, tenta Gary.

– Il est trop tard pour ça ! hurla le Russe.

Un silence terrible s'installa. Kurylenko contractait ses mâchoires en fusillant Gary du regard.

– Qu'est-ce que vous allez faire de nous ? demanda Candice.

Kurylenko poussa un long soupir et haussa les épaules.

– Vous tuer, évidemment... En ce qui concerne monsieur Perry et vous, je n'ai pas encore choisi la méthode. Par contre, j'ai plusieurs idées pour monsieur Zaboly.

– Mettez-moi une balle dans la tête et qu'on en finisse, dit Gary.

– Non, non, non, rétorqua le Russe. Trop simple. Trop rapide.

Il pointa du doigt une batte de base-ball posée de guingois contre le pupitre.

– Je vais vous casser les os un par un, monsieur Zaboly. Les alligators aiment qu'on leur attendrisse la viande avant de la manger... Vous serez mal en point, c'est certain... Mais encore en vie et conscient. Je m'en assurerai. Je veux que vous passiez les dernières minutes de votre vie à bien réfléchir à la portée de vos actes. Je veux que vous soyez pleinement lucide quand mes petits chéris, là-dessous, commenceront à vous dévorer.

Gary soutenait le regard du mafieux avec courage mais il ne put retenir deux larmes. Sa lèvre inférieure tremblait.

– Vous êtes complètement marteau ! lança Hans. Relâchez notre amie, au moins.

Il savait qu'il n'y avait aucune chance que Kurylenko leur accorde cette faveur, mais il fallait quand même qu'il tente le coup.

– Vous avez besoin de taupes dans la police, non ? poursuivit-il. Candice vous servira d'informatrice.

– Oui, je... je ferai ça, enchaîna la jeune flic. Si vous gardez mes compagnons en vie. Prisonniers, mais en vie. Je... je vous promets de travailler pour vous en échange.

Kurylenko pouffa. Il avait recouvré son sang-froid et son ton pince-sans-rire :

– Ai-je l'air si naïf ?

Il s'approcha de Candice pour lui caresser les cheveux.

– Ne vous fatiguez pas, ma belle. Vous êtes condamnés. Tous. On ne peut pas laisser de témoins derrière nous, c'est une règle intangible de la Fraternité. Ne comptez pas sur moi pour y déroger.

Candice aurait voulu cracher à la figure de ce monstre, mais elle n'en avait pas le courage. Elle se mit à pleurer, comme Gary.

– Alexi, je te confie nos invités pour la nuit, dit Kurylenko en se redressant. Je reviendrai les voir demain matin... Tu as tout ce qu'il te faut?

– *Da*, répondit le colosse, puis il brandit une bouteille de vodka à moitié vide.

– Parfait. Et n'oublie pas de donner à manger à nos petits camarades sauriens.

– *Da!*

Kurylenko se tourna une dernière fois vers les prisonniers:

– Je vous laisse méditer. Bonne soirée et à demain.

CHAPITRE

42

Jenny Agutter regardait la lumière du jour décroître entre des lamelles de plastique mi-closes. Virgil avait fait descendre les stores, davantage pour protéger les occupants du snack de la chaleur que pour gêner d'éventuels tireurs d'élite. Il savait ces derniers équipés de visée infrarouge et il aurait au moins fallu des panneaux en plomb pour espérer handicaper leur précision.

Il avait fait chaud, très chaud même, mais ni le garçon ni sa compagne n'avaient développé les avant-signes de la maladie. Autorités et preneurs d'otages étaient arrivés à un statu quo : les flics s'engageaient à ne pas donner l'assaut et Virgil s'engageait à ne faire de mal à personne. Il avait obtenu son sursis. Les négociations reprendraient le lendemain midi.

– Si tout va bien, à cette heure-là, la vérité aura éclaté, avait-il déclaré à ses prisonniers.

Il comptait plus que jamais sur le fichier piraté pour renverser la situation du tout au tout. Mais le décryptage traînait en longueur. À 20 heures passées, la barre de contrôle des tâches en était encore à 49%...

Bannister donna un coup de coude à Jenny.

– Vous avez vu ça? murmura-t-il. On dirait que ça tourne au vinaigre.

Les otages étaient regroupés d'un côté pendant que Virgil et Sia se trouvaient à l'autre bout de la salle, derrière le bar. Ils parlaient à voix basse mais, à leur ton et à leurs expressions, il paraissait clair qu'ils n'étaient pas en train de se dire des amabilités.

– Ils sont crevés, c'est normal, fit Jenny.

Elle se sentait épuisée, elle aussi. La chaleur et la tension nerveuse qui baignaient la pièce avaient tout pour produire un cocktail détonant.

– J'ai l'impression que la petite a de plus en plus de doutes, dit Bannister.

– Possible... Vous croyez qu'on doit leur révéler qu'ils sont demi-frère et demi-sœur?

– J'en sais rien. C'est vous la psy.

Jenny se rongeait l'ongle du pouce.

– Pas évident, dit-elle. Virgil est déjà très... perturbé. J'ai peur que cela ne fasse que compliquer encore plus les choses. Si seulement je pouvais parler à Sia seule à seule.

– Il y aura sans doute des occasions d'ici à demain. Faudra qu'ils se relaient pour dormir.

– L'histoire du virus, c'est vrai? demanda le cuistot.

Bannister hocha la tête.

– Et ça se déclenche autour de 45 °C, comme vous l'avez prétendu?

– Oui.

– Jésus-Christ... Avec la clim bousillée, c'est un miracle qu'on soit encore là... Vous savez ce que la météo annonce pour la suite?

Ce fut le voyageur de commerce qui répondit:

– Il va faire de plus en plus chaud.

– Vous êtes sûr? s'enquit Jenny.

– C'est ce que dit ma montre, en tout cas.

Il leva le poignet pour faire admirer l'objet à ses trois compagnons d'infortune.

– Une petite station météo portative, reprit-il. Il y a des capteurs incorporés. Ça donne la température, l'hydrométrie, les prévisions... Comme je me déplace beaucoup... C'est un cadeau de ma femme. (Ses yeux s'embuèrent et il secoua la tête.) Bon Dieu, elle doit se faire un sang d'encre. (Il regarda la pile de téléphones sur le comptoir.) Si au moins je pouvais l'appeler...

– Si elle suit les infos, elle sait qu'on va bien pour l'instant, intervint Jenny.

– Est-ce que vous pouvez me prêter votre joujou? demanda Bannister.

– Pourquoi?

– J'aimerais garder un œil sur les températures. Ça peut nous sauver la vie.

Le voyageur de commerce hésita durant quelques secondes, puis il déclipsa le bracelet et tendit son gadget à Bannister.

– Merci, dit celui-ci.

Il mit la montre à son poignet et consulta le minuscule cadran à cristaux liquides. Il indiquait 35 °C.

– Hé, vous ! cria Virgil, et tous les otages sursautèrent.

L'adolescent montrait du doigt le grand Noir qui portait un tablier.

– Vous, le cuistot. Vous allez nous préparer à manger. Je vous accompagne.

Le cuisinier se leva. Virgil et lui prirent la porte qui donnait sur le couloir de la réserve. Sia resta seule, à côté de la pile de téléphones. Elle avait toujours une arme en main et semblait songeuse.

– Virgil n'a pas pris le risque de laisser la gamine toute seule avec un grand baraqué dans un endroit plein de couteaux, chuchota Bannister.

– En parlant de couteau, qu'est-ce que vous comptez faire avec le vôtre ? demanda Jenny.

– Vous avez un couteau ? fit le voyageur de commerce.

– Inutile de le crier sur tous les toits, le rabroua Bannister.

Puis, se tournant vers Jenny :

– Je ne sais pas ce que je vais faire... Je tenterai de les désarmer si la température monte trop, j'imagine.

– Vous seriez prêt à... les blesser, ou pire encore ? questionna la psychologue.

– Si, à un moment donné, c'est eux ou nous, il faudra bien que je prenne une décision.

– Je suis sûre qu'on peut éviter d'en arriver là.

– J'aime votre optimisme... même si je ne le partage pas.

Jenny se leva et marcha vers Sia. Elle s'attendait à ce que l'adolescente lui ordonne de retourner à sa place, mais il n'en fut rien. Sia avait-elle envie de parler ? de se confier ? Jenny serait fixée très vite. Elle s'assit sur un tabouret de bar, face à la jeune fille.

Sia la regarda, méfiante, sans piper mot.

– Ça va ? lui demanda la psychologue.

Sia haussa les épaules.

– À votre avis ? C'est le paradis, non ?

Jenny passa sa manche sur son front en sueur.

– Je tuerais pour une douche, dit-elle.

Sia sourit tristement.

– Oui, moi aussi. Je me sens sale.

– Je n'aimerais pas être à votre place. Vous devez vivre un moment très difficile.

Sia baissa les yeux au sol.

– Demain, tout sera fini, lâcha-t-elle d'une voix morne. D'une façon ou d'une autre.

– Il y a des scénarios plus souhaitables que d'autres.

– Laissez-moi deviner : vous allez encore me parler de ce fameux virus ?

– C'est très sérieux. Demain matin, cet endroit risque de se transformer en une vraie fournaise.

– Vous savez réparer une clim, vous ?

– Non. Si jamais on dépasse les 45 °C, Virgil et toi devrez vous mettre au frais. Il y a bien une chambre froide, non ?

Sia émit un rire sans joie :

– Ha ! Je vous vois venir avec vos gros sabots.

– Je ne cherche qu'à vous sauver la vie.

– Et si Virgil avait raison à propos du fichier piraté ?

– Je ne sais rien à propos de ce fichier et je m'en moque ! Mais, par contre, je peux vous assurer que l'homme qui m'accompagne est bien directeur adjoint du CDC. Il y a déjà eu des morts. Deux adolescents, un garçon et une fille, ainsi que tous les gens qui les entouraient au moment où le virus s'est réveillé...

– Quel rapport avec moi et Virgil? On ne les connaissait même pas, ces ados. Comment pourrait-on avoir contracté le même virus?

C'est le moment ou jamais de lâcher le morceau, se dit Jenny.

Elle prit une longue inspiration.

C'est à cet instant que Virgil revint dans la salle. Il poussait le cuistot devant lui. Ce dernier avait les bras chargés d'assiettes de crudités.

– Qu'est-ce que tu fiches? lança le garçon. Tu pactises avec l'ennemi!

– Je ne suis pas votre ennemie, protesta Jenny.

– Ne l'écoute pas, Sia. Elle essaie de te laver le cerveau.

Jenny descendit du tabouret et se posta face à Virgil, droite comme un i:

– C'est vous qui allez m'écouter, jeune homme. Avant de vous croiser, Sia avait une vie normale.

– C'est pas moi qui suis allé l'arrêter en scaphandre!

– C'était pour sa sécurité. Vous n'aimez pas votre vie et ça ne vous effraie pas de la jeter aux orties, c'est votre choix, mais Sia ne vit pas dans votre monde, elle: c'est une jeune fille heureuse, qui fait de la musique, va au lycée, a des amis et une famille qu'elle aime profondément.

– Je prends la responsabilité de tout ce qui a été fait. Sia n'y est pour rien.

– Sia est complice d'une prise d'otages. À cause de vous!

Le coup avait porté. Virgil ne trouva rien à répliquer. Il y eut un long moment de silence, puis le garçon jeta :

– Retournez d'où vous venez... Avec les autres !

La psychologue obtempéra sans chercher à discuter davantage. Virgil était décidément trop borné. Sia se massa le front, comme si elle était sujette à un début de migraine.

– Allez, faites le service, ordonna Virgil en se tournant vers le cuisinier.

Celui-ci commença à distribuer les entrées. Virgil se rapprocha de Sia.

– Je t'assure que ça va aller, murmura-t-il.

– Je n'en suis plus si sûre, Virgil. J'ai peur. Il faut qu'on trouve le moyen de refroidir la pièce.

– Le coup de la maladie, c'est du bluff.

– Tu en es sûr à 100 % ?

– Je te promets que je ne laisserai rien de mal t'arriver, dit Virgil, solennel.

Il poussa une assiette vers elle.

– Mange. Tu verras, ça ira mieux une fois que tu auras quelque chose dans l'estomac.

– C'est bien joli de la dorloter, dit Jenny, soudain très tranchante. Mais vous feriez mieux de la mettre hors de danger. Et nous aussi, d'ailleurs.

Virgil serra les dents.

– Vous, fermez-la et mangez ! lança-t-il, des éclairs dans les yeux.

CHAPITRE 43

Hans n'arrivait pas à dormir. Assis dos contre le mur, les genoux repliés, il écoutait les bruits de la nuit : hululements ponctuels, coassements plus réguliers, lourdes reptations sous le plancher... Il passait en revue le film de sa vie : son enfance, son boulot chronophage, son mariage raté, sa fille...

Si seulement c'était à refaire, je changerais mes priorités...

Oui, bien sûr. Sauf qu'il ne pouvait pas remonter le temps : il était un peu tard pour les regrets.

Les heures passaient et l'espoir s'amenuisait. Le vieil homme avait bien essayé de défaire ses liens, mais c'était peine perdue. Ses compagnons et lui n'avaient plus qu'à attendre la mort. Au moins, pour Candice et lui, pouvait-il espérer une fin expéditive. Gary Zaboly n'aurait pas cette chance. Hans regarda le toubib, toujours suspendu à son crochet. Il avait les yeux fermés mais sa tête était bien droite, signe qu'il n'avait pas trouvé le sommeil lui non plus.

Le menton de Candice, en revanche, dodelinait, retombant de temps à autre vers sa poitrine.

Hans jeta un œil au Russe prénommé Alexi. Assis derrière son pupitre, il biberonnait sa vodka en fredonnant mollement des chansons. Pour tout dire, il avait l'air de s'ennuyer ferme.

À un moment, le colosse bâilla, s'étira et consulta sa montre. Puis il se leva et marcha vers le centre de la grange. Une fois accroupi, il fit basculer vers le haut le panneau d'une trappe découpée dans le plancher et retourna à son poste. Gary avait ouvert les yeux. Candice aussi. Le Russe appuya sur un gros bouton-poussoir rouge. Aussitôt, la chaîne reliée au plafond se mit à bouger en cliquetant. Gary et les deux carcasses de bœufs se déplaçaient et se balançaient en rythme. Quand la première parvint au-dessus de la trappe, Alexi stoppa le mécanisme et tira un levier à lui. Le segment de chaîne relié au crochet se dévida. La viande descendit vers la flotte. Le bâtiment était sûrement construit sur pilotis. Hans déglutit. Il attendait la suite avec angoisse mais, durant une ou deux minutes, il ne se passa rien. Il allait se détendre quand il perçut, sous lui, une nette agitation. Les sauriens avaient mis du temps à réagir mais, à présent, ils bougeaient, se bousculaient, et on entendait des «floc, floc, floc» précipités. La partie verticale de la chaîne se raidit, puis elle s'agita, tirée à hue et à dia, pendant que les bruits de lutte s'intensifiaient. Hans n'avait pas besoin de faire un gros effort pour imaginer les mâchoires de ces monstres quasi préhistoriques en action. Gary perdit ce qui lui restait de *self-control*. Il s'agitait comme un fou, ses jambes tricotant dans le vide de manière un peu grotesque. D'ailleurs, ce spectacle semblait beaucoup amuser le Russe. Celui-ci fit remonter la chaîne. Il ne restait plus que quelques lambeaux de viande sur le crochet.

– Mon Dieu ! gémit Candice.

Gary continuait de se démener comme un beau diable, dans des efforts aussi vains que pathétiques.

– Arrêtez ça ! aboya Alexi, qui avait fini de rire.

Mais Gary ne l'écoutait pas. Au prochain tour, il était bon pour se retrouver au-dessus de la trappe et il le savait. Cette perspective avait de quoi rendre fou n'importe qui. Le costaud revint à sa hauteur et lui décocha un coup de poing qui coupa net sa respiration.

– Arrêter, compris ?!

Après cinq secondes, la poitrine de Gary se souleva alors qu'il hoquetait bruyamment.

– Tu as vu *Rocky*? demanda Alexi. Premier *Rocky*?... Le meilleur. Stallone (Il sourit.) Stallone s'entraîne sur quartiers viande. (Il serra les poings et se mit en garde, mimant des gestes de boxeur.) Tu l'as vu, non?

Il éclata de rire.

– Ha ha ha ! Très bon film !

Le Russe se trouvait à moins d'un mètre du trou. Il était de trois quarts dos par rapport à Hans et à Candice. Une idée germa dans le cerveau du vieil homme.

Pas évident, mais jouable...

Son cœur se mit à battre très fort dans sa poitrine. Alexi mimait feintes et esquives. Il n'avait pas un mauvais jeu de jambes. Il sautillait sur place en chantant la célèbre musique de *Rocky*, quand Stallone monte quatre à quatre les marches du grand parvis de Philadelphie.

– Ta da daaam, ta da daaam!

Et merde, se dit Hans. *Foutus pour foutus...*

Il se leva et se rua sur sa cible, tête baissée, façon taureau furieux. Il rugit juste avant l'impact. Alexi amorça un quart de tour, mais il était trop tard. Hans le heurta de plein fouet avec son épaule, au niveau du sternum. Le Russe perdit l'équilibre et bascula dans la trappe en hurlant. Hans tomba à genoux au bord du trou. Il était essoufflé et en sueur, alors que l'action n'avait pas duré plus de trois secondes. Gary et Candice le regardaient sans parvenir à en croire leurs yeux. L'audace de leur ami les stupéfiait. Personne ne parlait. La scène semblait figée en «arrêt sur image». Puis, tout d'un coup, Alexi jaillit de l'ouverture rectangulaire tel un diable de sa boîte. Hans se rejeta en arrière. Les mains du Russe avaient bien failli se refermer sur lui. Alexi griffait le plancher, s'accrochait avec les ongles en jurant et pestant. S'il avait été moins lourd (ou moins saoul), il aurait pu se hisser plus vite et sans trop de difficultés mais, là, il n'y arrivait pas.

– Donnez-lui un coup de godasse! brailla Gary. Grouillez-vous!

Hans était paralysé.

– Il va remonter! Grouillez-vous, bon sang! continua Gary d'une voix en même temps impérieuse et suppliante.

Soudain, Alexi sursauta, comme électrisé. Ses yeux s'ouvrirent grand, sa bouche aussi: c'était tout juste s'il n'avait pas les cheveux hérissés sur la tête... Une force colossale l'entraînait vers le bas, et il disparut en hurlant. Visiblement, la carcasse de bœuf n'avait pas suffi à caler l'appétit des locataires du dessous. Une main apparut brièvement dans l'ouverture, et les hurlements reprirent de plus belle. Alexi avait beau être un mafieux de la pire espèce, il y avait dans ces cris une douleur à vous fendre l'âme. La voix grimpait dans les aigus. Cela n'en finissait pas. Hans referma la trappe avec son pied. L'agonie du malfrat se poursuivit en sourdine durant une ou deux minutes, puis le silence se fit, seulement ponctué par des bruits de mastication écœurants.

– Bien joué, dit Gary, laconique.

– Merci, répondit Hans.

Mais il n'était pas fier. Il était même à deux doigts de tomber dans les pommes. Une terreur rétrospective rendait ses jambes molles et tremblantes. Il n'avait, à son sens, réussi que par miracle.

– Libérez-moi, reprit Gary. S'il vous plaît...

– Oui, je... je vais faire ça, bredouilla Hans, comme s'il recouvrait ses esprits.

Il fouillait l'endroit du regard, à la recherche d'un objet tranchant, mais n'en voyait aucun.

– J'ai une idée, fit Candice.

Elle se leva, et Hans remarqua qu'elle était livide. Il ne devait pas avoir une bien meilleure mine, ceci étant dit.

– Grouillez, les pressa Gary. Si les autres ont entendu les cris, ils vont rappliquer.

– S'ils les avaient entendus, ils auraient rappliqué depuis longtemps, le contra Hans.

– Ouais, ben... grouillez-vous quand même.

Candice fracassa la bouteille de vodka sur le pupitre sans lâcher le goulot. Hans avait saisi son plan. Ils se mirent dos à dos, et elle entreprit de cisailler les entraves de son ami à l'aide du tesson. La manœuvre n'avait rien d'aisé ; elle entailla plusieurs fois les poignets de Hans.

– Désolée, répétait-elle.

– Pas grave, répondait Hans, qui grimaçait à chaque nouvelle blessure.

Il réussit à dégager l'une de ses mains. Ses poignets étaient striés de coupures plus ou moins profondes mais, heureusement, aucune veine n'avait été touchée. Il détacha Candice, puis ils se mirent à deux pour décrocher Gary. Défaire les liens de ce dernier ne fut alors plus qu'une formalité.

– Tirons-nous d'ici, lâcha le médecin.

– Bien d'accord avec vous, approuva Hans.

Ils sortirent de la grange. Une lune pâle et argentée éclairait le décor. Derrière eux, à une cinquantaine de mètres, se trouvait un bâtiment d'habitation construit de plain-pied. De la lumière filtrait des fenêtres et on entendait des rires sonores ainsi que de la musique : des chants russes, style « chœurs de l'Armée rouge ». Une longue berge boueuse s'étendait devant les fugitifs. Le canot à moteur stationnait contre un ponton de bois, beaucoup plus court que celui de l'échange. Long de cinq ou six mètres, l'embarcadère jouxtait un hangar, vaste rectangle monté sur pilotis et dont les murs étaient en tôle ondulée. Il y avait un arbre mort et un puits au milieu de ce qui semblait être la cour centrale d'une ferme. Un pneu accroché à une corde se balançait à une branche basse. Deux voitures étaient garées à côté de l'arbre d'aspect lugubre sous la lumière fantomatique de la lune.

– M'étonnerait que les clés soient sur le tableau de bord, dit Gary à Hans. Vous savez faire démarrer une bagnole avec les fils électriques?

– Hum, ça fait une éternité que j'ai pas essayé. Je manque d'entraînement. Cela me prendrait sans doute un peu de temps, et si l'un de nos petits copains russes sort pour pisser ou admirer le clair de lune à ce moment-là, on est marron.

– Et puis il faudrait crever les pneus de l'autre véhicule, ajouta Candice.

Ils murmuraient tous les trois, collés à l'entrée du hangar.

– Reste le bateau, dit Hans.

– Je vote pour, jeta Gary.

– Moi aussi, fit Candice.

Ils se dirigèrent vers la berge à pas de loup, montèrent sur le ponton puis embarquèrent l'un après l'autre dans le canot. Gary détacha le cordage relié à un pilier de bois pendant que Hans se postait à l'arrière, près du moteur. Ce dernier démarrait grâce à une cordelette, comme une tondeuse à gazon.

– Ça va faire du bruit, dit le vieil homme.

– On n'a pas trop le choix, soupira Gary.

Hans ramena la ficelle à lui en la tirant d'un coup sec. Le moteur gronda, puis se tut. Hans recommença, le cœur battant la chamade. Même résultat.

– Merde!

Il recommença encore. L'hélice tourna trois secondes puis s'arrêta dans un gargouillis de bulles. La porte de la ferme s'ouvrit et une silhouette se découpa dans l'entrebâillement.

– Hééé! cria l'homme.

Il se mit à courir vers la berge.

– Peut-être qu'il n'y a plus assez d'essence, pesta Hans.

Il tira de toutes ses forces et, cette fois, le moteur partit dans un rugissement triomphal. Une seconde silhouette, puis une troisième apparurent. L'homme qui courait était armé. Il tira en direction du canot. Hans vit un geyser éclore à un mètre de lui. Il poussa à fond la manette des gaz. L'embarcation prit de la vitesse. Deux nouveaux coups de feu claquèrent, sans faire plus de dégâts que la première tentative. La berge s'éloignait.

– On a réussi ! fit Candice.

Gary adressa un bras d'honneur aux silhouettes de plus en plus petites qui s'agitaient sur la terre ferme.

– Allumez la lampe, dit Hans. On n'y voit rien.

Le toubib obéit. Devant eux s'étendait la surface plane et morne de l'eau. Les contours de nombreux îlots se dessinaient au loin.

– Il y a des espèces de bouées orange, devant, annonça Candice.

– Sûrement des balises, dit Hans. Elles signalent les bancs de sable.

Dès qu'il en voyait une, il gardait ses distances, infléchissant la course de l'esquif. Il n'avait aucune envie de s'échouer sur un haut-fond. Le canot à moteur filait dans les ténèbres, éventrant la nuit avec le faisceau de son projecteur. Il s'engagea bientôt dans les méandres de la mangrove. Hans n'avait aucune idée de la direction prise. Tout ce qu'il désirait, c'était mettre le plus de distance possible entre lui et les Russes. Candice et Gary jouaient les vigies. Des oiseaux de grève s'envolaient à l'approche de l'embarcation. Les chenaux étaient bordés par les racines d'immenses palétuviers.

– Bon Dieu, j'ai du mal à réaliser qu'on leur a échappé, sourit Gary en secouant la tête.

– On ne leur a pas encore échappé, rectifia sombrement Hans.

Il venait d'entendre un bruit nouveau qui se superposait à celui du moteur. Mais il était plus feutré, plus aérien. Cela ressemblait davantage à un vrombissement qui gagnait en volume. Gary et Candice avaient perçu le bruit, eux aussi, et ils ne regardaient plus vers l'avant.

– Ils sont après nous, dit Hans, la bouche sèche et la peur au creux des entrailles.

Un pinceau de lumière troua la nuit. Il provenait de derrière une caye, petite île recouverte de végétation. Un hydroglisseur apparut, avec trois hommes à son bord. Sa grande hélice arrière fouettait l'air. Il paraissait glisser sur l'eau plutôt que flotter. Et il allait plus vite que le canot. Bien plus vite !

– On ne les distancera jamais, grogna Hans.

– Vous êtes à fond? s'enquit Gary.

– Ouais.

– Putain, mais il était où, ce truc?!

Ce fut Candice qui répondit :

– Dans le hangar, certainement.

Ils se maudirent tous les trois pour ne pas avoir songé à vérifier ce « détail ».

– On est dans de beaux draps, gémit Gary.

Une détonation claqua, mais la balle passa bien au-dessus de leurs têtes. Il ne s'agissait que d'un coup de semonce.

– Stoppez le moteur ! ordonna Kurylenko.

Il avait pris un porte-voix.

– Arrêtez-vous ! Vous n'avez aucune chance.

L'hydroglisseur les rattrapait inexorablement. Candice se mit à fouiller le fond de l'embarcation à la recherche d'une arme quelconque...

Les Russes arrivèrent à la hauteur des fuyards. Les deux coques étaient parallèles.

– La partie est finie, dit Kurylenko.

Il braquait un revolver sur Hans et ses compagnons. Le deuxième mafieux était équipé d'un Uzi. Le troisième pilotait l'hydroglisseur.

– Allez vous faire foutre, répliqua Hans.

L'hydroglisseur vira de bord et les coques raclèrent l'une contre l'autre.

Ils essaient de nous déporter sur tribord, songea Hans.

Il avait aperçu des balises, un peu plus loin. Ils allaient s'échouer sur un haut-fond.

Soudain, Candice se dressa, armée d'une espèce de flingue à canon rond, du genre obusier. Il y eut un gros « WOUSH ! » et une strie de feu siffla.

Un pistolet de détresse !

– Raté, ricana Kurylenko.

– Pas sûr, fit Candice.

La fusée s'était encastrée non loin de l'hélice, entre deux bidons de kérosène. Le deuxième Russe se retourna et lâcha son arme pour se jeter sur la cartouche incandescente qui dégageait une abondante fumée rouge. Il essaya de s'en saisir mais ne réussit qu'à se brûler. Le pilote cria un avertissement et amorça un virage qui l'éloigna momentanément du canot. Fou de rage, Kurylenko s'accrochait d'une main au plat-bord. De l'autre, il mit en joue Candice. Une insulte en russe sortit de ses lèvres. Il allait appuyer sur la détente quand une explosion dantesque secoua l'arrière de l'hydroglisseur. Un puissant poing de flammes s'éleva au-dessus de la cime des arbres. Arrachée de son support, une pale de l'hélice décapita le pilote et coupa Kurylenko en deux. Le troisième larron avait été instantanément carbonisé par l'explosion. Des débris sifflaient et retombaient alentour, pêle-mêle.

– Yihhaaa ! hurla Gary, euphorique. Cette fois, on est vraiment sauvés !

Il prit Candice dans ses bras et l'embrassa sur les deux joues.

– Vous avez eu un éclair de génie !

Il allait donner une bourrade à Hans quand il vit que ce dernier faisait une drôle de tête. Il arborait un rictus pincé et regardait son ventre. Un morceau de métal s'était fiché au-dessus de sa ceinture.

– Je veux bien que quelqu'un me remplace à la barre, dit-il d'une voix blanche.

Il s'allongea pendant que Candice prenait sa place.

– Oh mon Dieu, Hans ! dit-elle. Non... non... Pas maintenant, c'est trop bête...

Elle pleurait. Gary examina la blessure.

– Vous allez vous en sortir, papi. Vous avez une bonne couche de gras qui vous protège...

– Je savais que... que j'avais raison de pas faire de régime.

– Mais il faut que je retire ce truc.

– Allez-y.

– Je vous préviens, ça va faire mal...

– Allez-y, je vous dis...

– Très bien, je vais compter jusqu'à trois.

Hans se raidit, dents serrées. Candice détourna les yeux.

– Trois!

Gary arracha le bout de métal et le jeta par-dessus bord. Hans hurla.

– Restez avec nous, dit Gary. C'est pas le moment de vous évanouir...

Le médecin enleva sa veste, la roula en boule et la pressa contre la blessure.

– On doit l'emmener aux urgences sans tarder, fit-il.

– Vous en avez de bonnes, répliqua Candice. Vous voyez un hôpital dans les environs?

Elle caressa les cheveux du vieil homme. Ils étaient collés de transpiration.

– Hans, reste avec nous, dit-elle. Ne nous lâche pas.

L'enquêteur émit un vague grognement. Il s'efforçait de maîtriser sa douleur mais avait le regard absent. Il aurait donné tout ce qu'il possédait pour un peu de morphine. Gary prit son pouls, puis il le gifla gentiment.

– Elle a raison, papi. C'est pas le moment de dormir. Vous avez des enfants?

– Ouais... Une fille...

– Comment elle s'appelle?

– Linda.

– Bien.

– J'ai un... petit-fils, aussi... Nathan.

Les mots sortaient de plus en plus difficilement. Il sentait la vibration du moteur contre son dos, et ça le berçait.

– Vous allez les revoir, assura Gary. Mais, pour ça, il faut que vous teniez le coup, OK? Ne vous endormez pas!

– OK...

Ils naviguèrent pendant encore une heure, au gré du tracé sinueux de la mangrove. Les rives étaient boisées, mais ce n'était plus la forêt sauvage et enchevêtrée qui prospérait au cœur des marais. Le canot se rapprochait du monde des hommes, et ses occupants guettaient avec angoisse la première trace de civilisation qui leur sauterait aux yeux. Hans était conscient, bien qu'il délirât par intermittence. Il demandait: «Où est Gaudi? Elle a plongé dans l'eau?»

– Qui est Gaudi? s'inquiéta Gary.

– Sa chienne, répondit Candice.

Elle se pencha à l'oreille de son ami:

– Gaudi va bien, ne t'inquiète pas. Elle est chez ta voisine.

Au sortir d'une boucle, ils aperçurent... une vache! L'animal était couché au bord de l'eau, le long d'un talus. Passé le méandre suivant, ils tombèrent sur une maison. Enfin, plutôt une cabane, mais c'était mieux que rien.

Gary grogna:

– Ça m'étonnerait qu'ils aient le téléphone...

– On verra bien, fit Candice.

Ils accostèrent sur la berge. Contrairement aux apparences, les occupants de la cabane possédaient un portable dernier cri, un four à micro-ondes et même la télé par satellite!

Moins d'un quart d'heure plus tard, un hélicoptère rouge se posa sous le regard placide de l'unique vache des fermiers qui ne s'était même pas levée.

Puis l'appareil décolla et transporta Hans Perry au Jackson Memorial Hospital de Miami.

CHAPITRE

44

La chaleur revint dès le lever du jour. À 8 heures, il faisait déjà 30 °C. On pouvait entendre les mouches voler dans le *Rendez-vous des routiers*. Le cuistot distribuait du café aux occupants du snack. Chacun était perdu dans ses pensées, ses espoirs, ses peurs.

– Merci, dit Virgil.

Il avait branché le portable du voyageur de commerce sur secteur. La machine ramait. La barre de progression indiquait 73 %.

– Cet engin va me rendre dingue, jura l'ado, à bout de nerfs.

Il venait de passer une nuit blanche, après avoir refusé que Sia le relaie pour monter la garde.

– Je préfère garder un œil sur l'ordi, avait-il prétexté, au cas où ça s'accélérerait.

Mais Sia le soupçonnait d'avoir repoussé son offre de peur qu'elle ne flanche. Il n'avait vraiment pas apprécié de la voir discuter avec la psy. Il sentait que le doute sapait ses défenses de l'intérieur. Elle avait un air hébété et de grands cernes sous les yeux. Assise sur un siège en skaï, elle regardait Virgil d'un œil torve pendant qu'il se débattait avec le PC portable. Elle était perdue et ne savait plus quoi penser. Elle n'aurait jamais dû le suivre, elle aurait dû couper court quand il était encore temps. La psy n'avait pas tort. Comment une fille raisonnable comme elle avait-elle pu se laisser influencer par un garçon comme Virgil? Elle aurait dû le détester... L'ancienne Sia aurait détesté ce garçon. Mais la nouvelle Sia n'y arrivait pas. Le pire était que, si jamais le nain et sa copine ne racontaient pas de bobards, elle risquait de mourir d'une heure à l'autre! Mourir à seize ans dans ce minable relais d'autoroute, quelle nullité! Elle secoua la tête, comme pour évacuer ces pensées plombantes.

Elle eut soudain très soif et se leva pour aller chercher un gobelet à la fontaine de sodas. Elle fit tomber plus de glaçons que de boisson et colla le carton contre ses joues pour se rafraîchir. C'est à ce moment qu'elle entendit la voix de sa mère. Elle en lâcha son gobelet de surprise.

– Sia, c'est maman, c'est Janis, cracha un mégaphone. Je veux que tu saches que nous sommes là toutes les deux avec Patty. Personne ne vous veut du mal.

Virgil ne lâchait pas Sia du regard. Elle s'était tournée d'instinct vers lui. Le garçon se rapprocha d'elle.

– Ils les utilisent, Sia, dit-il en lui prenant la main. Ils savent qu'au son de leur voix tu vas craquer. Ils veulent saper ton moral.

Sia se rua vers l'une des tables du restaurant, grimpa dessus et tenta tant bien que mal d'écarter en grand les lamelles d'un store.

– Tout va bien, cria-t-elle, je vais bien !

Janis poursuivit, la bouche toujours collée au mégaphone :

– Ma chérie, vous devez vous rendre. Toi et ton ami devez impérativement vous faire mettre en quarantaine pour être dépistés. Sia, il faut vraiment que tu m'écoutes. On peut venir te chercher à la porte du restaurant, là, maintenant, et tu seras évacuée.

La jeune fille déglutit. Elle avait à nouveau la gorge sèche et une irrépressible envie de boire. Elle voyait le grand shérif aux lunettes noires qui se tenait à côté de sa mère et lui parlait à l'oreille. Elle se retourna vers l'intérieur du restaurant. Virgil faisait les cent pas, nerveux comme un drogué en manque. Son regard allait de Sia aux otages regroupés dans un coin. Aucun d'eux ne bougeait. Ils attendaient la suite du feuilleton avec angoisse.

Ce fut une voix d'homme qui rompit le silence :

– Virgil, c'est ton père ! Il faut que tu reviennes à la raison. Tous les gens qui sont enfermés dans cet établissement risquent la mort au même titre que vous deux. Il y a un agent du CDC avec vous. Laisse-le prendre les choses en main. Je sais ce que tu penses mais... c'est une question de santé publique et non d'espionnage ou de complot...

Visiblement, monsieur Connor était en train de s'emporter plus qu'il n'aurait dû : il se fit retirer le mégaphone des mains, geste brusque qui laissa traîner dans les airs une fin de phrase inaudible.

Virgil regardait maintenant lui aussi dehors. Il aperçut sa mère en pleurs puis se tourna, et ses yeux croisèrent ceux de Sia. Le garçon commençait à vaciller. Il souffla un grand coup et cracha :

– Ce mec n'est même pas mon vrai père et je devrais gober ses salades alors qu'il m'a menti pendant plus de quinze ans !

– Mes parents à moi ne m'ont jamais menti et je n'ai jamais eu aucune raison de douter de leur parole, répondit Sia du tac au tac.

Elle descendit de la table, rejoignit son compagnon, lui prit le bras et lui dit plus bas :

– Nous avons fait un pacte, mes deux mères et moi.

– Un pacte ?

– Oui : tout nous dire, toujours. Ça fait mal, parfois, mais c'est ainsi qu'on fonctionne, chez nous...

Elle s'assit lourdement sur une banquette.

– Je suis fatiguée.

La voix de Janis retentit dans le mégaphone :

– Nous venons te chercher, Sia !

La jeune fille resta tétanisée de peur, à la fois pour elle, pour Virgil qui semblait sur le point de péter un fusible, mais aussi et surtout pour ses mères qui allaient se retrouver prises entre deux feux par sa faute. Elle remonta sur la table et leur fit de grands signes avec les bras en criant :

– Non, c'est pas la peine, restez où vous êtes !

Mais Janis et Patty se trouvaient déjà à quelques mètres du restaurant. Virgil était en nage, tous les nerfs du visage tendus. Il retint Sia par le poignet tandis qu'elle se dirigeait vers la porte.

– Je dois y aller, dit la jeune fille.

– Je sais, répondit Virgil.

Il la prit soudainement dans ses bras en la serrant très fort. En réponse, Sia saisit son visage dans ses mains et l'embrassa. Derrière eux, Bannister hésitait visiblement à bondir. Le temps qu'il se décide, le moment de communion était terminé.

Puis Sia fit volte-face et ne se retourna pas. Virgil jeta un œil aux otages. Bannister s'était sensiblement rapproché. Le garçon braqua son fusil sur lui :

– Reculez...

Le petit homme retourna vers Jenny, le cuistot et le voyageur de commerce.

Dans le même laps de temps, Sia était sortie rejoindre ses parents. Elles s'étreignirent toutes les trois. Les larmes coulaient à flots.

– Allez, on y va, dit Janis, déterminée à extraire sa fille de ce traquenard.

C'était indéniablement elle qui prenait les décisions importantes dans la famillle.

– Non, rétorqua Sia.

– Mais... tu dois t'éloigner de là, chérie, intervint Patty. C'est trop dangereux.

– Je ne peux pas le laisser comme ça. Il a confiance en moi. Je suis la seule qui puisse le raisonner. Il faut que j'y retourne. Il faut que j'essaie.

– Tu ne nous laisses pas le choix, dit Janis.

Cette dernière sortit une main de sa poche. Elle tenait quelque chose.

Une seringue !

Sia voulut reculer mais elle n'en eut pas le temps. Patty la retenait.

– Lâche-moi ! cria-t-elle en se débattant.

L'aiguille s'enfonça dans son bras. Elle se sentit devenir aussi molle qu'une poupée de chiffon.

Virgil s'était tendu comme un ressort en entendant Sia crier. Il se précipita à la porte et vit les deux femmes qui emmenaient son amie, un bras passé sous chaque épaule. Il n'avait pas l'intention de tirer mais, d'instinct, il leva son arme en criant :

– Nooon !!!

Geste d'agressivité caractérisé. Cible parfaitement visible dans l'encadrement de la porte. Additionnant ces deux données, un sniper prit l'initiative d'ouvrir le feu.

Virgil sentit la balle lui arracher du cuir chevelu sur une longueur de dix centimètres. Il se rejeta en arrière et se mit à l'abri derrière une table. Bannister s'était de nouveau rapproché de lui, plié en deux, le visage moite de transpiration, mais, cette fois, ce fut l'averse de projectiles expédiés par les forces de l'ordre qui le força à battre en retraite.

Un luminaire vola en éclats, de même qu'une photo sous cadre.

Jenny se leva et courut à la porte.

– Arrêtez ! cria-t-elle. Vous allez blesser quelqu'un !

Elle saisit Virgil par le bras, et sa poigne était telle que le gamin se laissa entraîner. Elle l'emmena direct derrière le bar.

– Laissez-la partir, Virgil, c'est ce que vous voulez pour elle, je vous assure.

– Je ne veux pas qu'ils lui fassent du mal, dit le forcené entre deux respirations.

– Elle est avec ses mères. Qui mieux qu'elles peut la protéger? Elle est entre de bonnes mains.

Il y eut encore deux ou trois détonations, aussitôt suivies par des bruits de verre brisé, puis le shérif beugla dans le mégaphone:

– Cessez le feu! Cessez le feu!

Les snipers obéirent.

Jenny appliqua une serviette en papier sur le crâne de Virgil. La serviette s'imbibait de sang de la même manière qu'un buvard noircit au contact de l'encre.

C'est pas le moment de tomber dans les pommes, se dit le garçon.

Il n'avait pas lâché le fusil.

– Merci, fit-il en jetant un regard en biais à Jenny.

– Vous devriez penser à sauver votre peau maintenant, tenta-t-elle puisqu'un semblant de confiance s'était installé entre eux.

Le cœur de Virgil avait commencé à se calmer mais il repartit de plus belle quand une pensée horrible lui traversa l'esprit:

L'ordinateur!!!

Si jamais le portable avait écopé d'une balle perdue...

Il se précipita à la table où l'ordinateur était posé.

Pourvu que...

Heureusement, le PC était intact.

La barre de contrôle affichait 75%!

Virgil souffla un gros «ouf» de soulagement. Ses jambes tremblaient, et son cuir chevelu lui faisait un mal de chien.

Plus que trois ou quatre heures à tenir, se dit-il.

Un coup d'œil à l'extérieur : deux hommes en scaphandre emportaient Sia, toujours inconsciente, dans une espèce de camping-car high-tech. Un laboratoire ambulant, sans doute.

Ces petits malins jouent leur partition du faux virus jusqu'au bout !

À moins que...

Non, non, non... Ne commence pas à flancher maintenant, si près du but !

Sans Sia, il se sentait atrocement seul et malheureux. Perdu. Abandonné. Mais, au moins, la jeune fille n'était plus dans le viseur des snipers. Virgil se raccrocha tant bien que mal à cette pensée réconfortante.

Il pivota d'un bloc vers les otages. Le voyageur de commerce était prostré. Bannister murmurait quelque chose à Jenny sur un ton de conspirateur. Virgil s'adressa au grand Noir :

– Préparez-nous du café, dit-il.

CHAPITRE

45

La matinée touchait à sa fin. La lumière semblait de plus en plus crue, verticale derrière les stores, et la chaleur ne cessait de monter. Virgil était assis à une table, l'ordinateur posé devant lui, à côté d'une tasse de café vide. Crispé à l'extrême, il regardait tantôt l'écran (où la barre approchait des 96%), tantôt les otages agglutinés quelques mètres plus loin, au centre de son champ de vision. Il lui suffisait de lever le nez pour contrôler les gestes et les attitudes de chacun. Le garçon n'en pouvait plus ; il était vraiment fatigué ; à bout. Il aurait tout donné pour accélérer le cours du temps par la seule force de sa pensée. Mais il n'avait pas de super-pouvoirs, à part peut-être celui de se fourrer dans des ennuis plus gros que lui. Il pensait à Sia. Était-elle toujours retenue dans le laboratoire sur roues ? Est-ce qu'on lui avait fait du mal ? L'incertitude rongeait le cœur de l'ado. Des cernes gris se creusaient sous ses yeux, et la sueur lui piquait la cornée. Il fit quelques mouvements avec sa nuque pour amoindrir la tension accumulée en haut de son dos et se surprit à rêvasser aux massages que sa mère lui prodiguait jadis. Il avait soudain très envie de la voir, de la savoir à ses côtés, de respirer son parfum. Il s'en voulait d'avoir eu des paroles très dures à l'égard de son père. D'accord, il ne s'agissait pas de son père biologique, mais ils avaient partagé de bons moments ensemble, avant que le voile fragile de la réalité, «sa» réalité, ne se déchire, deux ans plus tôt. Virgil se remémorait des parties de base-ball, des parties de pêche. Enfant, il aimait l'odeur d'après-rasage de cet homme, sa voix grave et ses grosses mains.

Tu ne vas pas te mettre à chialer maintenant, hein?

Il touchait au but.

97%...

Qu'est-ce qu'il y avait dans cette saloperie de fichier? La vérité sur le 11 septembre? Des filouteries capables de faire sauter le gouvernement en place? de discréditer l'œuvre d'un ancien président? Des liens inavouables avec un dictateur du Moyen-Orient?

Virgil avait envie de taper l'ordinateur pour le forcer à mouliner plus vite.

Il leva les yeux vers les otages. Le cuistot fumait une clope. Virgil lui en avait donné l'autorisation. L'homme en gris somnolait pendant que le nain et sa copine discutaient encore à voix basse. Le nain lui renvoya un regard dénué d'aménité. Il mijotait quelque chose, mais quoi? Il consultait sa montre régulièrement... Est-ce qu'il avait une montre, la veille? Virgil ne s'en souvenait pas, cependant ce détail le chiffonnait.

Nouveau coup d'œil à la barre de contrôle. Elle était toujours sur 97 %.

Secondes et minutes s'étiraient avec un évident sadisme.

Quand la porte du labo ambulant s'ouvrit, une bouffée d'air chaud envahit l'habitacle et Sia plissa les yeux pour ne pas être aveuglée par la lumière.

On avait fait une prise de sang à la jeune fille durant son sommeil forcé. Quand elle s'était réveillée, Janis lui avait annoncé :

– Tu es sauvée, ma chérie, tu n'as rien.

– Hein ?

– Les médecins ont testé ton sang. Tu n'as pas le virus. C'est presque... un miracle ! Il y avait une chance sur dix, à peu près...

Janis pleurait ; et Patty aussi, bien sûr.

Soulagement. Trouble. Difficulté à réorganiser les souvenirs... mais une image s'imposa rapidement à l'esprit de l'adolescente :

– Virgil ? s'enquit-elle.

– On n'a pas de nouvelles. Il est toujours dans le restaurant, avec les otages.

– Lui aussi, il a... une chance sur dix ?

– Je suppose.

Une fois sortie du laboratoire, Sia fut escortée par des policiers jusqu'à un homme en costard-cravate.

– Agent Mark Snow, dit l'homme. Du FBI.

Il tendit la main. Sia la serra non sans avoir hésité. Elle avait l'esprit aussi pâteux que la bouche. Elle avait soif.

– On aimerait que tu parles à ton copain, expliqua Snow. Que tu essaies de le raisonner. On ne sait pas combien il fait à l'intérieur, mais ici, sur le parking, on a dépassé les 45 °C. La situation est critique.

Sia ne savait plus quoi penser. Une prise de sang et hop, en un clin d'œil, elle était tirée d'affaire? Tout était fini? Cela semblait un peu trop simple, un peu trop beau pour être vrai. Et s'il s'agissait d'une ruse? Et si on se servait d'elle pour forcer Virgil à se rendre?

– Écoute l'agent Snow, conseilla Janis. Je te jure qu'il dit la vérité.

Patty approuva d'un mouvement de menton. Elle pleurait toujours.

– On ne t'a pas fait de mal, n'est-ce pas, Sia? continua Snow.

– C'est vrai, reconnut la jeune fille du bout des lèvres.

– Eh bien ce sera pareil pour ton copain. On veut juste le dépister et le garder au frais si jamais il est positif. Je viens d'apprendre que votre père biologique à tous les deux a été retrouvé. On va pouvoir fabriquer un vaccin et...

– Attendez, attendez, fit Sia, sourcils froncés. «Notre» père?

Son cœur passa directement en cinquième, et quelque chose craqua en elle, comme si sa boîte de vitesses interne protestait. Elle se sentait moite et tremblante.

– Elle n'est pas au courant? demanda Snow en se tournant vers les deux mères.

– On n'a pas encore eu le temps de lui en parler, expliqua Patty avec un air paniqué.

Janis prit sa fille par les épaules et lui dit:

– Virgil est ton frère, enfin ton demi-frère. C'est pour cette raison que vous étiez tous les deux potentiellement...

Sia n'entendit pas la suite. Sa tête tournait tel un manège en folie.

– Je... il faut que je m'assoie, bredouilla-t-elle.

– 45 °C, chuchota Bannister à l'oreille de Jenny. Cette fois, on y est.

Il lui montra le cadran de la «montre météo». Le cœur de la psychologue se garrotta. Elle jeta un regard discret à Virgil, assis derrière l'ordinateur portable. Le garçon les surveillait du coin de l'œil.

– Au moins on a sauvé la fille, déclara Jenny sur un ton peu enthousiaste.

Les larmes lui vinrent aux yeux.

– Hé, c'est pas le moment de me lâcher, drôle de dame ! s'étonna Bannister. Vous en avez vu d'autres, non?

– Si je ne sauve pas le garçon, je le vivrai comme un échec, et cela me hantera toute ma vie, continua-t-elle à voix encore plus basse.

– Hum, ça ne vous hantera pas bien longtemps alors, parce que je vous rappelle que, en gros, s'il meurt, on meurt.

– Ce garçon n'a rien d'un criminel, continua Jenny comme si elle n'avait rien écouté. Il est paumé, c'est tout.

Bannister soupira :

– Il faut créer une diversion. J'ai besoin de vous, alors haut les cœurs.

– Hein?

– Vous allez m'aider.

– Comment?

– Je ne sais pas... Levez-vous et dites à Virgil que vous avez envie d'aller aux toilettes, par exemple...

– Et s'il refuse de m'y accompagner?

– Trouvez quelque chose. J'ai besoin qu'il me tourne le dos ou se mette simplement de côté pendant deux ou trois secondes... Simulez un malaise ou ce que vous voulez.

Jenny déglutit.

– Vous allez le tuer? Je ne vous aiderai pas à commettre un tel acte.

– Chuuut... Je vais essayer de le désarmer.

– Il va se défendre.

– Probable.

Jenny secoua la tête.

– Attendez encore une minute ou deux. Il va bien finir par s'ouvrir, son fichier à la noix...

– On n'a plus le temps de jouer à son petit jeu débile... La température limite est dépassée. Si ce gosse était une souris, il serait déjà en train de convulser.

– Peut-être qu'il n'a pas le virus.

– Une chance sur dix. Vous voulez prendre le risque? Moi pas.

Jenny se mordit la lèvre inférieure.

– D'accord, dit-elle. Je vais le faire.

Bannister se tourna vers les deux autres otages.

– Vous allez m'aider, vous aussi. À trois, on a toutes les chances de le maîtriser. On lui sautera dessus à mon signal... Je peux compter sur vous?

Le Noir et le voyageur de commerce hochèrent la tête.

99%...

Allez, allez...

Virgil n'en pouvait plus. Il tapotait le sol avec son pied, la table avec sa main.

La délivrance était toute proche.

Il était tellement absorbé par l'écran qu'il n'avait pas vu Jenny se lever.

Mais il l'entendit marcher.

– Vous allez où comme ça ? rugit-il.

– Aux toilettes. J'ai un besoin pressant.

– Vous allez attendre.

– Non. C'est très pressant.

Elle avait insisté sur le mot « très ».

– Je m'en fous, dit Virgil. J'y suis presque... Vous n'avez qu'à... vous accroupir dans un coin !

– Pas question que je fasse pipi devant tout le monde.

– Ne me prenez pas la tête. Pas maintenant !

Jenny fit encore deux pas vers la porte de service.

– Arrêtez-vous ! aboya Virgil.

Il s'était levé à son tour. Bannister aussi. Le cuistot et l'homme en gris semblaient prêts à bondir. Virgil n'aimait pas ça du tout.

– Vous allez devoir me tirer dessus si vous voulez m'empêcher d'aller aux toilettes, dit froidement Jenny. Quant à la prise de tête, parlons-en ! Ça fait un moment que vous me la prenez, la tête ! Alors allez-y, tirez, il vaut sans doute mieux mourir ainsi, d'ailleurs.

Elle était pâle et résolue.

– Je le ferai si vous ne me laissez pas le choix, répliqua Virgil.

Il regarda l'écran.

99 %...

D'abord, Sia avait eu un haut-le-cœur. Son premier réflexe avait été de refuser la vérité. Mais tout prenait sens, elle devait bien le reconnaître. Tout devenait clair... Aussi avait-elle choisi d'arrêter de lutter pour accepter l'évidence : Virgil était son demi-frère. Janis et Patty essayaient de la réconforter pendant qu'elle laissait couler des pleurs libérateurs. Il fallait juste qu'elle parvienne à ordonner ses idées.

Mark Snow lui tendit un mégaphone :

– Parle-lui... Sinon, je vais être obligé de donner le feu vert aux snipers.

Il y avait un tireur d'élite en position, tout près de leur petit groupe. L'homme au fusil portait une casquette de base-ball. Il avait les coudes calés sur un capot de voiture et il attendait, immobile, l'œil collé à sa lunette de visée. Une statue aurait semblé plus vivante. Son index était sur la détente, prêt à faire feu.

Sia accepta de prendre le porte-voix.

Il ne va pas me croire, songea-t-elle. *Il va penser que je suis passée dans l'autre camp.*

Pourtant, il fallait qu'elle agisse. Qu'elle essaie.

Elle se racla la gorge, porta le mégaphone à ses lèvres et cria :

– Virgil !

Virgil sursauta.

C'était la voix de Sia, comme surgie d'un monde parallèle.

Il se tourna vers l'extérieur et fit trois pas en direction de la porte vitrée. Il se mit de côté, jeta un œil et aperçut la silhouette menue de son amie au milieu des flics, sur le parking. Ses deux mères étaient à côté d'elle.

– Virgil, c'est moi ! reprit Sia.

Le garçon sentit quelque chose vaciller en lui... puis il perçut un mouvement, sur sa gauche. Quelqu'un courait. Quand il pivota, Bannister était déjà sur lui. Virgil vit le couteau. Il donna un coup de crosse au nain et le toucha durement à la pommette. Le petit homme tomba mais il n'avait pas lâché son arme. Le cuistot chargeait également. Virgil tira un coup de feu en l'air et le Noir recula jusqu'au voyageur de commerce qui, lui, n'avait pas bougé. Il tremblait de peur. Jenny était toujours près du bar. Virgil braqua le canon de son fusil sur la tête de Bannister.

– Abattez-le, ordonna Mark Snow.

Sia jeta le mégaphone sur le sniper. Un coup de feu claqua et la balle s'écrasa sur la devanture du *Rendez-vous des routiers*.

La jeune fille s'élança. Bousculant les policiers tétanisés, elle se mit à courir vers le restaurant.

– Ne tirez pas ! cria Snow. Ne tirez pas !

Virgil écrasait le poignet de Bannister avec le plat de sa chaussure. Il envoya le couteau voler au loin d'un coup de pied.

– Je vais te buter, salopard, dit-il.

C'est à cet instant que l'ordinateur émit une espèce de «bip bip» triomphal.

Virgil se rua vers l'écran qui affichait *100% des tâches accomplies.*

Il ouvrit le fichier en un clic et son cœur s'arrêta.

Un smiley lui tirait la langue. Dans le phylactère surmontant la petite tête jaune, on pouvait lire:

Circulez, y a rien à voir!

Non, c'est pas vrai... C'est pas possible...

Un fichier bidon. Un leurre. Le nain n'avait pas menti.

Pour la seconde fois en deux ans, le monde de Virgil s'écroulait.

Il n'y avait pas de complot, pas de secret à percer. La réalité n'avait aucun sens caché. Tout n'était que chaos, et il avait faux sur toute la ligne.

Le garçon gémit. Quelque part dans son esprit, d'anciennes blessures fragilement suturées se rouvraient.

Il avait soudain atrocement chaud. Un noir museau émergeait de la ligne de faille qui déchirait son cœur. Il se mit à transpirer comme dans un sauna. «Ça» partait de la poitrine, et «ça» grossissait. Une boule noire de douleur hérissée de piquants. Il essaya d'avaler sa salive mais il sentait le flux aigre-doux, nauséeux, bileux monter en lui. Les autres occupants de la salle le regardaient sans oser amorcer le moindre geste.

– Je suis désolé, dit Virgil.

La porte du restaurant s'ouvrit pour laisser entrer Sia.

– Je suis désolé, répéta Virgil en se tournant vers elle.

Elle se figea, effrayée par le masque de détresse qui déformait les traits de son ami. *Son frère.*

Virgil lâcha son arme et fonça vers la porte de service. Bannister s'élança à sa suite, mais l'adolescent courait plus vite.

Quand Sia fit mine de les imiter, Jenny la stoppa.

– Non, dit-elle en la retenant dans ses bras et en la serrant du plus fort qu'cllc pouvait.

– Virgil ! hurla Sia.

Virgil n'entendait plus rien, à part le bruit de sa course et celui de son cœur. Le hérisson de douleur ravageait sa poitrine. Il luttait contre l'envie de vomir cette mélasse noire comme la nuit qui fermentait en lui.

Il remonta le couloir de la réserve en quelques enjambées, ouvrit la porte de la chambre froide et s'enferma.

C'était trop tard pour sauver sa peau, il le savait, mais au moins il ne contaminerait pas les autres.

Bannister arriva avec une seconde de retard. La porte lui avait claqué au nez.

Il tambourina sur le métal froid en criant le nom de l'ado.

Quand il entendit les premiers râles et les vomissements, il comprit que c'était fini.

La porte de la chambre froide fut forcée un quart d'heure plus tard. Des hommes en combinaison jaune évacuèrent le corps de Virgil sur un chariot enveloppé d'une coque de plastique opaque. Tout le restaurant avait été recouvert d'une bulle de quarantaine similaire. C'était comme si un cocon géant, monstrueux reposait au milieu de l'aire de repos, attendant d'éclore. Les otages avaient été regroupés sur le parking. Inconsolable, Sia pleurait dans les bras de ses deux mères. Des reporters tournaient comme des mouches autour d'elles, réclamant à grands cris une déclaration, mais les forces de l'ordre les maintenaient à distance.

Hanche appuyée contre la portière d'une voiture, Bannister regardait la jeune fille effondrée, perdu dans ses pensées. Il avait l'air totalement abattu. Un médecin appliquait un pansement sur sa pommette ouverte, mais il n'en avait cure. La douleur n'avait aucune accroche sur lui. Jenny lui prit la main.

– Vous avez fait le maximum, dit-elle.

– Vous aussi, et je ne veux pas que vous preniez l'issue de cette affaire comme un échec. Cette petite, dit Bannister en pointant Sia du doigt, a un avenir devant elle, et c'est en grande partie grâce à vous.

Jenny lui serra la main un peu plus fort et retint un sanglot.

– Si vous étiez à ma hauteur, je vous aurais dit de poser votre tête sur mon épaule, osa-t-il dans un éclat de rire un peu forcé mais qui eut son petit effet.

Jenny rit ; pas longtemps, mais elle rit. Elle s'adossa à la portière, descendit tout doucement le long de celle-ci et, une fois assise sur le macadam, posa sa tête sur le flanc de Bannister.

Mark Snow arriva près d'eux.

– Zaboly est à Atlanta, annonça-t-il. Greg Johnson va pouvoir commencer les tests préliminaires. C'est une bonne nouvelle, non ?

Bannister acquiesça. Sauf que le cœur n'y était pas. Il repensait à ce gosse en train de dire « Je suis désolé ». Il n'avait pas la larme facile, en temps normal... mais, là, il sentait ses yeux le picoter sérieusement.

– Tu as une clope? lança-t-il à Snow.

– Tu fumes?

– Je crois que c'est le bon moment pour commencer.

L'agent du FBI haussa les épaules, sortit un paquet de cigarettes de sa poche et en donna une à Bannister. Puis il lui tapa sur le bras en disant:

– Beau boulot.

Snow alluma la cigarette de son ami et s'éloigna.

– Beau boulot, répéta tristement Bannister.

Il inspira une première bouffée, toussa et recracha la fumée avec un petit rire amer.

– C'est dégueulasse, ce truc.

Il jeta la clope sur le goudron et l'écrasa. Jenny n'avait pas lâché sa main. Il avait une irrépressible envie de l'étreindre, de l'embrasser, de se fondre en elle pour tout oublier.

– Vous faites quoi, ce soir? demanda-t-il.

– Vous me proposez un rencard, c'est ça?

Bannister hésita un instant puis il répondit:

– Oui.

Jenny lui sourit:

– C'est d'accord.

CHAPITRE 46

Comme tout le monde, Candice n'était vraiment pas fan des hôpitaux. Cette odeur de propre, entre chlore et clou de girofle, mélangée à celle de la maladie ou de la mort, lui donnait des haut-le-cœur. À chaque fois qu'elle pénétrait dans cet univers blanc et aseptisé, elle revivait la terrible journée où sa mère l'avait appelée en larmes pour qu'elle la rejoigne de toute urgence au chevet de son père, blessé mortellement par balle dans l'exercice de ses fonctions.

Dès qu'elle entendait le «ding» ouaté, très caractéristique, de la sonnette de l'ascenseur, Candice avait une boule dans l'estomac. Quand la porte s'ouvrait sur un couloir, toujours avec cette fichue sonnette en bruit de fond, ses yeux se mettaient à la piquer, et son malaise s'accentuait. Surmontant celui-ci, elle arriva en quelques pas dans la chambre de Hans. Le vieil homme était allongé sur son lit. Il avait de nouveau bonne mine, mais une énorme bande blanche lui barrait encore toute la partie abdominale. Ça lui faisait comme une bouée. Finalement, en voyant son ami, Candice retrouva son sourire et oublia presque où elle se trouvait.

– Tu n'es pas encore prêt? lança-t-elle gaiement.

– Je comptais sur toi pour m'aider. Cette saloperie me fait toujours souffrir, tu sais.

– Je m'en doute, je te charriais. Et je t'avais dit que je ferais ta valise. Il y a quelqu'un qui t'attend impatiemment dans la voiture.

– Tu as dit à Gaudi qu'elle allait prendre l'avion?

– Hans... Je ne parle pas encore couramment le chien, donc je te laisse lui annoncer toi-même la bonne nouvelle, tu veux bien?

Hans eut envie de rire, mais il s'arrêta bien vite. Le moindre mouvement de son diaphragme était une torture.

– Gaudi n'a jamais pris l'avion, fit Hans, tout d'un coup plus soucieux. Ça me tracasse.

– Elle n'est pas en sucre tout de même.

– Elle va m'en vouloir de lui imposer ça.

– Dans ce cas, laisse-la à ta voisine.

– Ça va pas la tête?

Candice rigola. Elle le trouvait vraiment trop mignon. Elle redressa la partie inclinable de son lit à l'aide d'un bouton.

– T'es pas mieux comme ça?

– Bof... Tu sais, j'ai promis à mon petit-fils que j'amènerais Gaudi. Je crois qu'il est plus impatient de jouer avec elle que de me voir... Tu veux pas venir avec nous? Ça te changerait les idées...

Candice baissa les yeux. Hans se pinça les lèvres.

– Tu regrettes ton choix? demanda-t-il.

– Il y a des moments où je regrette, oui, confirma la jeune femme.

Elle laissa son regard dévier vers la fenêtre qui donnait sur le parking, derrière lequel il y avait un parc. Elle fixa la cime des arbres, se concentrant afin de ne pas craquer. Ses fiançailles étaient annulées depuis une semaine, et elle avait du mal à s'habituer à cette idée.

– Tu peux encore faire machine arrière, suggéra Hans.

– Non, je ne crois pas.

L'amoureux de Candice avait été traumatisé par ce qu'elle avait vécu. Elle avait eu beau lui expliquer que cette aventure était loin d'être ordinaire, que les flics ne se faisaient pas kidnapper tous les jours, a fortiori quand ils travaillaient comme elle dans un bureau, le jeune homme n'avait rien voulu entendre. «Je ne veux pas que la mère de mes enfants risque sa peau», avait-il assené, sommant sa fiancée de choisir entre son job et lui. Elle avait choisi.

– Je n'aurais pas supporté de me retrouver enfermée dans un mariage où il m'aurait demandé de rester à la maison, dit Candice. Tu sais mieux que personne à quel point il est difficile de concilier notre métier avec une vie de famille, non?

Hans acquiesça sombrement.

– J'ai juste décidé de prendre les devants et de ne pas aller droit dans le mur, conclut son amie.

– Candice, tu es jeune, mais un jour ou l'autre le travail ne pourra plus remplacer le reste... Écoute le vieux con de baroudeur que je suis!

– J'ai bien pesé le pour et le contre. Ce boulot, c'est ma vie, j'y peux rien. J'ai fait trop de sacrifices pour être bridée aujourd'hui. Je veux gravir les échelons, aller sur le terrain...

Sa voix chevrota. Hans fit la moue. Il voyait que la façade de résolutions affichée par Candice était encore fragile. Elle culpabilisait. Les larmes étaient toutes proches. Elle laissa son regard se perdre au loin, au-dessus des arbres. Si on lui avait prédit un mois plus tôt qu'elle allait se retrouver toute seule, elle n'y aurait pas cru.

Le silence emplit la chambre. Mais ni Hans ni Candice n'avaient besoin de parler pour se comprendre. Il n'y avait pas de gêne entre eux, rien à voir avec ce malaise que certaines personnes ressentent quand un ange passe. Le temps du silence faisait partie de leur discussion. Ils étaient comme deux vieux potes ou des membres d'une même famille.

Soudain, le téléphone de Candice sonna. Elle sursauta. Elle pensait l'avoir éteint en entrant dans l'hôpital. Elle sortit le petit appareil de sa poche. C'était le texto d'un collègue qui lui annonçait les dernières nouvelles en direct d'Atlanta. Le vaccin fabriqué à partir des échantillons sanguins de Zaboly venait d'être injecté à tous ses descendants : les quarante-neuf « Dillon positifs » étaient désormais hors de danger. Candice lut le texto à voix haute. Hans émit un grand souffle de soulagement.

– J'ai bien mérité des petites vacances ! dit-il. Tu es sûre que tu ne veux pas m'accompagner à Los Angeles ? Ça te laisserait le temps de réfléchir au futur.

Candice changea de sujet afin de ne pas répondre à cette

proposition qu'il lui faisait pour la dixième fois en l'espace de trois jours.

– Zaboly t'a appelé? lança-t-elle.

– Non, il aurait dû?

– Je ne sais pas, moi... C'est pas rien, ce que vous avez traversé ensemble... Et comme, de surcroît, il a été blanchi fiscalement en récompense de ses récents bons et loyaux services, il n'a plus de raisons de t'en vouloir, non?

– Mouais, enfin, il s'est quand même retrouvé suspendu à un croc de boucher à cause de moi... Peut-être que cet épisode lui est resté en travers de la gorge. Tu sais quand il repart pour Haïti?

– Pas tout de suite, d'après ce que j'ai cru comprendre. Il a dit aux autorités qu'il avait encore quelque chose à faire aux USA. Il va une nouvelle fois changer d'identité, semble-t-il, mais je me demande si cela suffira et si la mafia va le laisser tranquille.

– Bah, apparemment, il était surtout l'objet d'une vendetta personnelle... Tu crois qu'il pourra reprendre le cours de sa vie comme avant? Il va forcément vouloir prendre des nouvelles de ses enfants. Maintenant qu'il les «connaît», ça doit être très étrange quand même...

– Pour les gosses aussi!

Candice tapota la tête de son ami.

– Allez, on y va?

– Allons-y.

Elle finit de remplir la valise ouverte sur l'unique table de la chambre pendant que Hans s'habillait dans la salle de bains. Ensuite, elle l'aida à s'installer dans le fauteuil roulant qu'une infirmière avait laissé dans un coin. Ils sortirent dans le couloir, parlant de tout et de rien. Quand ils arrivèrent aux ascenseurs, Candice riait et elle n'entendit pas le «ding».

CHAPITRE 47

Sia avait demandé à Janis et à Patty de rester dans la voiture. Elle avait besoin d'être seule. Le cimetière était beau et calme, avec ses étendues d'herbe verdoyantes, ses arbres dont les ramures filtraient la lumière pour moucheter les stèles de taches d'or. Sia remontait les allées, un bouquet à la main. Elle n'avait pas assisté à l'enterrement de Virgil ou, plus exactement, à l'inhumation de ses cendres. Le CDC avait préconisé la crémation, pour plus de sûreté, et la famille avait donné son accord. Le jour de la mise en terre de l'urne funéraire, Sia était encore trop fragile, trop perturbée pour sortir de chez elle. Il lui avait fallu de longues journées de repos avant de pouvoir affronter l'extérieur.

Et puis elle avait enduré toute une batterie de tests supervisés par Tommy Bannister. Les scientifiques avaient découvert que la jeune fille était atteinte d'une forme très légère de saturnisme, une intoxication au plomb autrement dit. Ses demi-frères et sœurs qui n'étaient pas «Dillon positifs» présentaient le même taux de plomb dans le sang. Ce taux un peu plus élevé que la normale avait, par un curieux miracle de la chimie moléculaire, empêché le virus de se développer. Pour Sia, l'origine du problème se trouvait à l'*Apothéosis* : la plomberie plus que vétuste de la salle où elle jouait et répétait l'avait intoxiquée... et lui avait sauvé la vie du même coup ! Elle suivait dorénavant un traitement à base de fer, vitamine C et vitamine D. Le saturnisme allait s'estomper, avec le temps. Quant aux souvenirs, le problème était autrement plus complexe...

Sia repensait souvent à ce baiser qu'ils avaient échangé avec Virgil au bord de la route, à celui de leurs adieux, et aussi à ce sentiment naissant alors même que tous les deux ignoraient leur véritable lien de parenté. Elle n'avait aucun regret d'avoir suivi le jeune homme. Elle se disait que c'était peut-être un signe du destin, qu'il avait fallu que ce soit elle qui l'accompagne dans cette terrible aventure. Jusqu'au bout. Quand elle revivait les derniers moments de la traque et l'ultime sacrifice de son frère, elle se sentait fière de lui mais aussi désespérée à l'idée de son agonie, seul dans une chambre froide.

Tandis qu'elle avançait entre les pierres tombales, Sia lisait les épitaphes et ses yeux s'embuaient. Elle regarda le plan du cimetière. La tombe de Virgil n'était plus très loin. Elle s'arrêta net. Un homme se tenait à une dizaine de mètres devant elle, immobile et la tête baissée. Il n'avait pas senti la présence de la jeune fille. Si l'on en croyait le plan, c'était devant la dernière demeure de Virgil qu'il était en train de se recueillir. Sia ne savait pas trop comment réagir. Elle ne voulait pas faire semblant d'aller devant une autre tombe. Elle se retrouva un peu bête, au milieu du chemin, à caresser nerveusement l'emballage de son bouquet. Elle s'assit dans l'herbe et attendit.

Puis l'homme se retourna et le cœur de l'adolescente sauta un battement. Elle avait vu ce visage tellement de fois, en photo, à la télé... C'était donc lui, c'était son père, leur père. Ils s'examinèrent sans oser bouger durant de longues secondes. Enfin, Sia se leva et s'avança à la rencontre de l'homme. Ce dernier lui fit un sourire. Un sourire un peu triste mais un sourire quand même.

– Vous êtes Gary Zaboly?

– C'est bien moi.

Sia n'arrivait pas à croire qu'elle parlait à la personne qui avait permis à ses deux mères de devenir parents. Elle ne savait pas trop si elle devait lui en vouloir d'avoir transmis une saloperie mortelle à Virgil ou bien si elle devait lui dire merci pour... pour le fait d'exister, tout simplement. Au final, ce fut son cœur qui parla: elle se blottit contre Gary et se mit à pleurer en silence. Après un moment de flottement, son père lui passa la main dans les cheveux et lui rendit son étreinte. Aucun son ne sortait de leur bouche. Aucun mot n'aurait servi à rien. Les fleurs étaient un peu écrasées contre la poitrine de Gary mais ils s'en moquaient. Ils se tinrent ainsi enlacés pendant une bonne minute. Puis lentement, doucement, Sia se décolla de cet homme qui lui avait fait le cadeau de la vie. Le visage de la jeune fille était humide. Son maquillage avait coulé et elle avait toujours des hoquets de sanglots. Gary prit un mouchoir en papier dans sa poche et essuya le mascara sous les yeux de sa fille. Elle se laissa faire, avec un semblant de sourire.

– Je le connaissais à peine, parvint-elle à prononcer. Mais c'est comme si je l'avais connu depuis toujours. Il me manque tellement... C'est si injuste...

Gary ne savait visiblement pas quoi répondre. Son visage était marqué par le chagrin. Il avait dû faire le deuil d'enfants qu'il ne connaissait pas du tout, lui, mais dont il se savait néanmoins le géniteur. Sia lut cette détresse dans ses traits burinés par le soleil des Caraïbes.

– Ça doit être dur pour vous aussi, d'une certaine manière, réussit-elle à dire dans un sourire esquissé après avoir reniflé bruyamment.

– Je crois que tu peux me tutoyer, Sia, répondit l'adulte. Tu es plus jolie qu'à la télévision, tu sais?

– Merci. Et vous aussi, vous êtes mieux en vrai. Enfin, je veux dire, toi aussi.

Elle hésita avant de balbutier:

– C'est dommage qu'il n'ait pas pu vous... te rencontrer.

Elle désignait de son bouquet la tombe de Virgil.

– Je crois que cela aurait été important pour lui. Peut-être que ça aurait, je ne sais pas comment dire..., injecté de la vérité dans un monde où il doutait de tout...

– Moi aussi, j'aurais aimé le rencontrer et discuter avec lui comme je le fais maintenant avec toi.

Sia se moucha un bon coup, puis demanda:

– Vous savez quelle est l'origine du... du virus?

– Ce qui a empoisonné mon sang? Non, on ne le sait toujours pas... mais le CDC m'a prélevé assez de sang pour faire des recherches pendant des années. De vrais vampires, ces mecs!

– On ne connaîtra peut-être jamais le fin mot de l'histoire... C'est trop rageant... Vous n'avez vraiment aucun indice? Pas la moindre petite idée?

Zaboly haussa les épaules:

– J'ai tellement bourlingué dans ma jeunesse, et dans des coins où l'hygiène n'était guère la priorité des priorités... J'ai un peu peur que l'origine du mal ne reste un mystère.

– Vous allez repartir... euh... tu vas repartir? questionna Sia.

– Oui, je retourne en Haïti demain.

Sia baissa la tête vers le sol et envoya promener un petit caillou avec sa chaussure.

– C'est comment, là-bas?

– Chaud. Ensoleillé. Vivant...

– Ça doit être bien.

– Tu veux y venir un jour? Tu es la bienvenue, tu sais? Quand tu veux.

Elle sourit. Il lui tendit une carte avec toutes ses coordonnées.

– N'hésite jamais à m'appeler, OK?

– OK... Un jour, peut-être...

– Alors j'attendrai ton coup de fil. Quand tu seras prête. Rien ne presse...

Sia posa ses fleurs sur la tombe de Virgil et ils reprirent ensemble le chemin du parking.

– Parle-moi de Virgil, demanda Gary.

Et Sia lui raconta...

Les auteurs

Après des études de cinéma, **Christophe Lambert** a réalisé plusieurs courts métrages, puis travaillé pour la télévision. Il est aujourd'hui une signature bien connue de la littérature de jeunesse, mais aussi de la littérature adulte, auteur d'une trentaine de romans : romans policiers, d'aventure, de fantasy et de science-fiction. Il puise parfois son inspiration parmi les nombreux films de genre visionnés pendant son adolescence. Depuis septembre 2013, il est professeur de scénario dans une école de réalisation audiovisuelle parisienne, la MJM. On peut citer, parmi ses derniers titres, *La Fille de mes rêves* (Syros, 2011), *Titanic 2012* (Gründ, 2012) ou encore *Swing à Berlin* (Bayard, 2012).

Journaliste, écrivain et comédienne, **Sam VanSteen** réalise il y a quatre ans son rêve de partir vivre à San Francisco, une ville qu'elle affectionne tout particulièrement. Aux États-Unis, elle continue d'écrire, que ce soit pour la presse ou en littérature, et mène son entreprise de production audiovisuelle Lili Merveille, qui travaille pour de nombreuses chaînes françaises et des compagnies américaines. Elle intervient de temps en temps en atelier d'écriture auprès des enfants scolarisés dans des structures françaises.

Des mêmes auteurs, aux éditions Syros

La Fille de mes rêves, Christophe Lambert et Sam VanSteen, coll. « Soon », 2011

Et pour les plus jeunes :

Papa, maman, mon clone et moi, Christophe Lambert, coll. « Mini Syros Soon », 2012

Soon

Des histoires de futurs pour réinventer le présent

www.syros.fr/blogs/soon/

À mille milles de toute terre habitée
Ange

La Ballade de Trash
Jeanne-A Debats

ÉdeN en sursis
Jeanne-A Debats
Sélection du ministère de l'Éducation nationale

Pixel noir
Jeanne-A Debats

Le Mensonge dans les veines
Michaël Espinosa
Prix Ados du festival Midi-Pyrénées 2012

***Le Signe de K1*, tome 1 : « Le Protocole de Nod »**
Claire Gratias
Prix d'Onet à lire 2011

***Le Signe de K1*, tome 2 : « Le Temps des TsahDiks »**
Claire Gratias

Théa pour l'éternité
Florence Hinckel
Prix Enlivrez-vous en mai 2013
Prix Saint-Beuve des collégiens 2014

La Fille de mes rêves
Christophe Lambert et Sam VanSteen

Le Bout du monde
Loïc Le Borgne

Imago
Nathalie Le Gendre

Des yeux dans le ciel
Jean-Marc Ligny

C.H.A.R.L.Ex
Danielle Martinigol

Les Clefs de Babel
Carina Rozenfeld
Prix d'Onet à lire 2010
Prix du Jeune Poisson 2010
Prix Adolire 2011 de Meylan
Prix Page à Page 2011 de Meudon
Prix des Incorruptibles 2010-2011
Prix Lire, Élire 2011
Prix littéraire du Giennois 2011
Prix des Jeunes Lecteurs du Nord-Isère 2011
Sélection du ministère de l'Éducation nationale

Les Sentinelles du futur
Carina Rozenfeld
Grand Prix du Jeune Lecteur de Casablanca 2014

L'Arche des derniers jours
Éric Simard

Découvrez aussi chez Syros
(Hors-série)

MÉTO

Yves Grevet

Une vertigineuse uchronie sur notre monde moderne. Le premier tome de cette époustouflante trilogie d'Yves Grevet a reçu 13 prix littéraires à ce jour et enflammé le public comme les critiques.

Tome 1 - « La Maison »

Soixante-quatre enfants vivent coupés du monde, dans une grande maison à l'organisation très stricte. Chacun d'eux sait qu'il devra en partir lorsqu'il aura trop grandi. Mais qu'y a-t-il après la Maison ?...

Prix des collégiens du Doubs 2008, Prix Tam-Tam Je Bouquine 2008, Prix jeunesse de la ville d'Orly 2009, Prix Enfantaisie 2009 (Suisse), Prix Ruralivres en Pas-de-Calais 2008/2009, Le Roseau d'or 2009, Prix Gragnotte 2009 de la ville de Narbonne, Prix Chasseurs d'histoires 2009 de la ville de Bagneux, Prix des Dévoreurs de livres 2010 (27), Prix Frissons du Vercors 2010, Prix Bouqu'en Stock 2010, Prix des lecteurs ados de Concarneau et Quimperlé 2010, Prix Adolises Montélimar 2011

Tome 2 - « L'Île »

Tome 3 - « Le Monde »

NOX

Yves Grevet

Une ville basse plongée dans l'obscurité de la nox.
Des hommes qui produisent leur énergie à la force de leurs muscles.
Une société codifiée, régentée par une milice toute puissante.
Des amis d'enfance qui deviennent des ennemis.
Un héros qui se bat pour épouser celle qu'il aime.
Une jeune fille qui vit dans la lumière, à la recherche d'une femme disparue.

Tome 1 - « Ici-bas »

Prix Utopiales Européen Jeunesse 2013

Tome 2 - « Ailleurs »

Le Cycle des Destins, « Aylin et Siam »

Éric Simard

2132, la ville de Paris a été presque entièrement engloutie par la mer. Seuls émergent çà et là les sommets de quelques monuments où se sont installées des communautés de rescapés. Aylin, treize ans, habite sur l'îlot du mont Valérien, dans un village construit au cœur d'une forteresse. Les Valériens reçoivent parfois la visite de garçons étranges aux doigts palmés qui vivent sur la tour Eiffel – rebaptisée tour des Elfes. Qui sont ces êtres mystérieux apparus au moment de la Catastrophe ? Fascinée, Aylin bravera l'interdiction de les approcher...

Une saga à lire dès 10 ans.

Loi n° 49-956 du 16 juillet 1949
sur les publications destinées à la jeunesse,
modifiée par la loi n° 2011-525 du 17 mai 2011.

Mise en pages : DV Arts Graphiques à La Rochelle
N° d'éditeur : 10197798 – Dépôt légal : juin 2014
Achevé d'imprimer en mai 2014
par Aubin (86240, Ligugé, France).